曹文軒作品 長篇小說

草房子

曹文軒◎著
李永平◎圖

感人的工筆畫（代序）

林良

長篇小說本來就是小說藝術裡的工筆畫，但是「感動」，卻跟作家對人性提升的熱切期盼有關。讀曹文軒先生的《草房子》，既能從容欣賞他生動具象的「文字工筆畫」，又往往不自覺地被書中人物的高貴情操、高貴行爲所震動。

「草房子」是一所鄉村小學的校舍。《草房子》寫的是小男孩「桑桑」在六年小學生活中所接觸到的「人」和「事」。曹文軒先生處理這樣的題材，有他自己的手法。他以寫「人」爲主。這些「人」，都是進入「桑桑」六年小學生活世界裡的難忘角色。這些人物一經亮相，作者緊接著就以一件又一件具體的事實來凸顯人物的性格，然後，再把他引入一個成爲敘述重點的「事件」。作者的不尋常之處，就在那「一件又一件具體的事實」上面。那些事實，不僅僅是「足夠」，而且十分「豐滿」。這是需要投入時間和心血去醞釀的。

曾經讀過曹文軒先生的《紅葫蘆》，對於他所描寫的水景，一直到現在仍然留下深刻的印象。小說裡景物描寫的深層意義在介紹跟人物有關的「地緣」。記得童年讀小說，遇到寫景的段落，往往跳過不看，總覺得那些文字離不開「風花雪月」一套。曹文軒先生不同，他寫景講究「運鏡」，遠景、近景、整體、局部都有安排，使你不自覺地跟著他的鏡頭去「感受」風景，「關心」風景。這部小說裡描寫「白雀」和「蔣一輪」約會的「蘆葦蕩」景色，氣氛十足，用的也是同樣的手法。

要用一句話來形容這部小說在文學藝術上的成就，那句話就是「具體生動」。這應該是多年從事小說創作結出的美果。要達到這樣的境界，內在的力量來自想像力，也來自親歷的經驗。想像力要進入細微，親歷的經驗也要加以爬梳，使模糊變爲明晰，使游移變爲確定，然後下筆才能有力。江蘇少年兒童出版社以「沉澱多年，醞釀數載」來形容作者爲這部小說投入的心血，這句話是很恰當的。聽說大陸的電視台，已經著手把這部小說拍成電視劇集。這個消息使人再度想到《草房子》的「具體生動」的美質。它是最適合拍成影片的小說，因爲全書都是具體生動的細節。

在這部小說裡，作者雖然以第三人稱寫主角「桑桑」，但是全書的敘述處處都能照顧到「寫桑桑所見，寫桑桑所感，寫桑桑所思，寫桑桑所爲」的原則，因此全書的文字都有「桑桑味兒」，不遠離跟桑桑同齡的孩子們的自然語言。與桑桑同齡的孩子，閱讀起來非常相宜。可見作者行文的時候，也關心到作品的「兒童性」。

最令人感動的是作者在〈追隨永恆〉的「自序」中所提到的「感動」論。感動有許多類型。當我們為高貴的情操、高貴的行為所感動的時候，那感動是一種可以提升人性的感動，代表我們對一種永恆價值的追求。作者能關心到這一點，可以證明他是一個心中有愛的人。

讀《草房子》，我有一個發現：作者筆下所寫的桑桑和許多令人難忘的孩子，幾乎都是具有高貴情操的孩子。他們的行為也感動了我。

《草房子》眞像一幅感人的工筆生活畫。

藝術的越界飛行（推薦序）

中國海洋大學文學院副院長
朱自強

曹文軒是一位個性化的、不用標注就能識別出來的作家。是作品的什麼特質，將他的創作與其他作家區別開來的呢？

我注意到，曹文軒在許多公開、重要的場合表述過這樣一種兒童文學創作觀念：不要刻意去寫兒童文學作品。他說：「我的體驗是，一開始還有一點意思說這是給孩子寫的、給孩子看的。但是寫著寫著，這個意思就淡化了，就化為烏有了。」我解讀這句話透露的含義是，在曹文軒的創作中，當「給孩子寫」這點意識「化為烏有」時，作品會完全成為自我表現的文本。曹文軒還把自己的作品稱為「兒童視角的作品」。這些資訊都透露出作家將「兒童」作為一種小說方法的意識。

將兒童作為小說創作的方法，正是作品的這一特質，使曹文軒成為中國大陸兒童文學作家中獨特的「這一個」。作家通過抒寫「兒童」，表達著作為成人的自我；作家渴望通過抒寫從前的自己的「童年」，感動當今的孩子，以追隨文學的永恆。《草房子》也正是這樣的作品。小說不僅在開篇明確給出「那是一九六二年八月的一個上午」這一過往時代的時間，而且，作家暗中在現在時的童年敘述中插入了敘述學上稱爲「跳角」的過去時的回望式敘述（「因爲那時候的課本，都是按人數訂的，很難多出一套。」）。以二十萬字的篇幅，盡情地揮灑過去時代的童年經驗和感受，足見作家對逝去的童年的執著和珍視。

由於《草房子》將兒童作爲小說創作的方法，我們看到，作品常常旁逸斜出，向讀者傳遞著被許多兒童文學作品所遮蔽的藝術資訊，比如，〈藥寮〉一章中有這樣的文字——

因爲她的房間一年四季總飄逸著發苦的藥香，蔣一輪就在她的門上掛了一塊木牌，那上面寫了兩個字：藥寮。

……

溫幼菊笑笑，沒有摘掉牌子。她的小屋本就是熬藥的地方。她喜歡熬藥，甚至喜歡自己有病。「藥寮」——這個名字挺古樸，挺雅的。

我讀這段文字，竟由「藥寮」想到周作人的「苦雨齋」，想到他的「藥堂」的「藥味」以及「旁人若問其中意，切到寒齋吃苦茶」這樣的詩句。在苦中作樂這一點上，「藥寮」和「苦雨齋」是有一點兒聯繫吧。所不同的是，周作人不曾向孩子敞開「苦雨齋」的大門，而曹文軒則是把桑桑們迎進了「藥寮」——「在桑桑看來，溫幼菊最讓人著迷的還不僅僅在於她會唱歌，會拉胡琴，更在於她一年四季總守著她的藥罐子。他喜歡看她熬藥，看她喝藥，看她一副弱不禁風的樣子。」

再看看校長桑喬導演《紅菱船》這齣小戲，爲十八歲的女主角白雀講戲時說的一段話——

……姑娘一時沒心思再撐船，任由小船在水上漂；漂出去一兩里，河水忽然變寬了，浩浩蕩蕩的，姑娘你心慌了，姑娘你臉紅了——你想要到的那個小鎮，就立在前邊不遠的水邊上；一色的青磚，一色的青瓦，好一個小鎮子；姑娘你見到小鎮時，已是中午時分，小鎮上，家家煙囪冒了煙，煙飄到了水面上，像飄了薄薄的紗；你不想再讓小船走了，你怕聽到大柳樹下的笛子聲——大柳樹下，總有個俊俏後生在吹笛子……

小說寫道：「桑喬的描繪，迷住了一屋子人。」這一屋子人裡，當有桑桑。其實，被這段描寫的語言和情調迷住的何止油麻地小學裡的一屋子人，還應該有衆多的讀者。

後來，《紅菱船》裡的男女主人翁把劇情變成了現實，而桑桑做了在白雀和蔣一輪之間傳書的鴻雁。當有情人難成眷屬，白雀將她寫給蔣一輪的信，全部交給了桑桑，並說：「這些信，一封一封，都是從你手上經過的。但，它們在以前，從不屬於你。現在，我把它們全部贈給你了。你長大了再看，那時，你才能看明白。那裡頭，有你的白雀姊姊。」

我讀這些文字，深感曹文軒在兒童文學作品中觸及愛情題材時的大膽和坦然。讓少年介入成人的愛情世界，以少年的視角看取成人的愛情（也是少年自己將要覺醒的情感），這樣的情感教育與很多直接描寫少年人的朦朧愛情的兒童文學作品殊異其趣。

細讀《草房子》，會發現它在兒童文學藝術和一般文學藝術之間所作的越界飛行。要保持兒童文學的藝術張力，追求兒童文學的可能性，實現兒童文學的生態性，這樣的越界飛行難能可貴。我曾在評論曹文軒的幾篇少年性心理小說時，說那些少年小說具有先鋒性質、探索性質和個性化特徵，現在，重讀《草房子》我覺得小說中的很多藝術表現也當得此論。

追隨永恆（自序）

「如何使今天的孩子感動？」這一命題的提出，等於先承認了一個前提：今天的孩子是一個一個的「現在」，他們不同於往日的孩子，是一個新形成的群體。在提出這一命題時，我們是帶了一種歷史的莊嚴感與沉重感的。我們在咀嚼這一短語時，就覺得我們所面對的這個群體，是忽然崛起的，是陌生的，是難以解讀的，從而也是難以接近的。我們甚至感到了一種無奈，一種無法適應的焦慮。

但我對這一命題卻表示懷疑。

作為一般的，或者說是作為一種日常性的說法，我認為這一命題可能是成立的。因為，有目共睹，今天的孩子其生存環境確實有了很大的改變，他們所面對的世界，已不再是我們從前所面對的世界；今天的孩子無論是從心理上還是從生理上，與「昨日的孩子」相比，都起了明顯的變化。

然而，如果我們一旦將它看成是一個抽象性的或者說具有哲學意味的命題提出時，我則認爲它是不能成立的。我的觀點很明確——在許多地方，我都發表過這樣的觀點：今天的孩子與昨天的孩子，甚至於與明天的孩子相比，都只能是一樣的，而不會有什麼根本性的不同。

我對這樣一個大家樂於談論而從不懷疑的命題耿耿於懷，並提出疑問，是因爲我認爲它是一個極重要的問題，它直接影響著我們的思維取向、觀察生活的態度、體驗生活的方式乃至我們到底如何來理解「文學」。

遺憾的是，在這短小的篇幅裡我根本無法來論證我的觀點。我只能簡單地說出一個結論：今天的孩子，其基本欲望、基本情感和基本的行爲方式，甚至是基本的生存處境，都一如從前；這一切「基本」是造物主對人的最底部的結構的預設，因而是永恆的；我們所看到的一切變化，實際上，都只不過是具體情狀和具體方式的改變而已。

由此推論下來，孩子——這些未長大成人的人，首先一點依舊：他們是能夠被感動的。其次：能感動他們的東西無非也還是那些東西——生死離別、遊駐聚散、悲憫情懷、厄運中的相扶、困境中的相助、孤獨中的理解、冷漠中的脈脈溫馨和殷殷情愛……總而言之，自有文學以來，無論是抒情的浪漫主義還是寫實的現實主義，它們所用來做「感動」文章的那些東西，依然有效——我們大概也很難再有新的感動招數。

那輪金色的天體，從寂靜無涯的東方升起之時，若非草木，人都會爲之動情。而這輪金色的天體，早已存在，而且必將還會與我們人類一起同在。從前的孩子因它而感動過；

今天的這些被我們描繪爲在現代化情景中變得我們不敢相認的孩子，依然會因它而感動；到明日，那些又不知在什麼情景中存在的孩子，也一定會因它而感動。

「如何使今天的孩子感動？」我們一旦默讀這一短句，就很容易在心理上進行一種邏輯上的連接：只有反映今日孩子的生活，才能感動今日的孩子。我贊同這樣的強調，但同時我想說：這只能作爲對一種生活內容書寫的傾斜，而不能作爲一個全稱判斷。感動今世，並非一定要寫今世。「從前」也能感動今世。我們的早已逝去的苦難的童年，一樣能夠感動我們的孩子，而並非一定要在寫他們處在今天的孤獨中，我們表示了同情時，才能感動他們。若「必須寫今天的生活才能感動今天的孩子」能成爲一個結論的話，那麼豈不是說，從前的一切文學藝術都不再具有感動人的能力因而也就不具有存在的價值了嗎？豈不是說，一個作家十幾年、幾十年乃至一輩子的經驗都不再具有文學素材的意義，而只能眼睜睜地看著它們隨風而去了嗎？

再說，感動今世，未必就是給予簡單的同情。我們並無足夠的見識去判別今日孩子的處境的善惡與優劣。對那些自以爲是知音、很隨意地對今天的孩子的處境作是非判斷、濫施同情而博一泡無謂的眼淚的做法，我一直不以爲然。感動他們的，應是道義的力量、情感的力量、智慧的力量和美的力量，而這一切是永在的。我們何不這樣問一問：當那個曾使現在的孩子感到痛苦的某種具體的處境明日不復存在了呢——肯定會消亡的——你的作品又將如何？還能繼續感動後世嗎？

就作家而言，每個人有每個人的一份獨特的絕不會與他人雷同的生活。只要你曾眞誠地生活過，只要你又能眞誠地寫出來，總會感動人的。你不必爲你不熟悉今天的孩子的生活而感到不安（事實上，我們也根本不可能對今天的孩子的生活完全一無所知）。你有你的生活——你最有權利動用的生活，正是與你的命運、與你的愛恨相織一體的生活。動用這樣的生活，是最科學的寫作行爲。即使你想完全熟悉今日孩子的生活（而這在實際上也是不可能的），你也應該有你自己的方式——走近的方式、介入的方式、洞察和了悟的方式。我們唯一要記住的是，感動人的那些東西是千古不變的，我們只不過是想看清楚它們是在什麼新的方式下進行的罷了。

追隨永恆——我們應當這樣提醒自己。

一九九七年四月二十八日於北京大學燕北園

目次

作品賞析

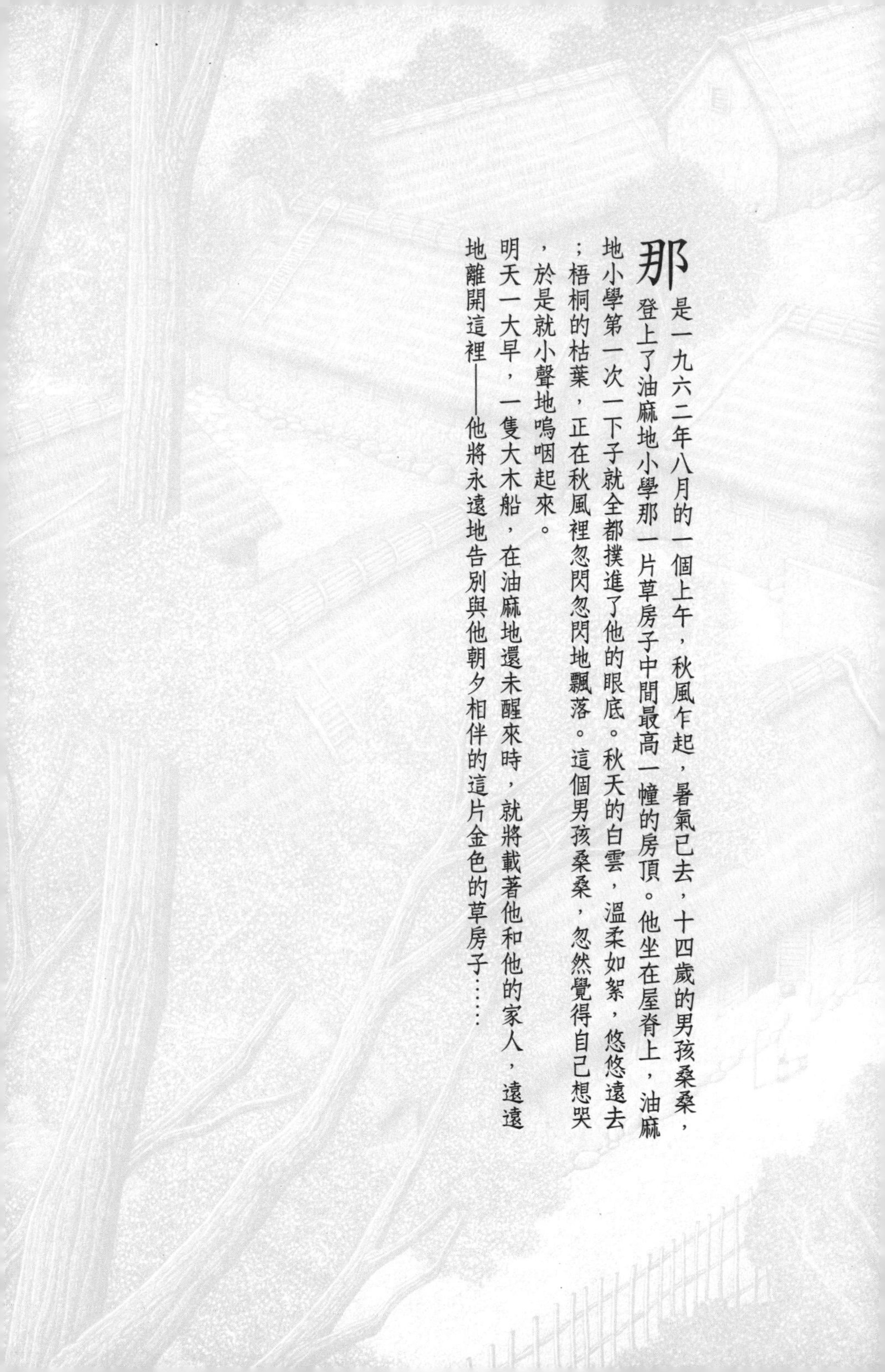

那是一九六二年八月的一個上午，秋風乍起，暑氣已去，十四歲的男孩桑桑，登上了油麻地小學那一片草房子中間最高一幢的房頂。他坐在屋脊上，油麻地小學第一次一下子就全都撲進了他的眼底。秋天的白雲，溫柔如絮，悠悠遠去；梧桐的枯葉，正在秋風裡忽閃忽閃地飄落。這個男孩桑桑，忽然覺得自己想哭，於是就小聲地嗚咽起來。

明天一大早，一隻大木船，在油麻地還未醒來時，就將載著他和他的家人，遠遠地離開這裡——他將永遠地告別與他朝夕相伴的這片金色的草房子……

第一章　禿　鶴

1

禿鶴與桑桑從一年級開始，一直到六年級，都是同班同學。

禿鶴應該叫陸鶴，但因爲他是一個十足的小禿子，油麻地的孩子，就都叫他爲禿鶴。禿鶴所在的那個小村子，是個種了許多楓樹的小村子。每到秋後，那楓樹一樹一樹地紅起來，紅得很耐看。但這個村子裡，卻有許多禿子。他們一個一個地光著頭，從那麼好看的楓樹下走，就吸引了油麻地小學的老師們停住腳步，在一旁靜靜地看。那些禿頂在楓樹下，微微泛著紅光。在楓葉密集處偶爾有些空隙，那邊有人走過時，就會一閃一閃地亮，像沙裡的瓷片。那些把手插在褲兜裡或雙臂交叉著放在胸前的老師們，看著看著，就笑了起來，也不知道是什麼意思。

禿鶴已許多次看到這種笑了。

但在桑桑的記憶裡，禿鶴在讀三年級之前，似乎一直不在意他的禿頭。這或許是因爲他們村也不光就他一個人是禿子，又或許是因爲禿鶴還太小，想不起來自己該在意自己是個禿子。禿鶴一直生活得很快活。有人叫他禿鶴，他會很高興地答應的，彷彿他本來就叫禿鶴，而不叫陸鶴。

禿鶴的禿，是很地道的。他用長長的好看的脖子，支撐起那麼一顆光溜溜的腦袋。這顆腦袋絕無一絲瘢痕，光滑得竟然那麼均勻。陽光下，這顆腦袋像打了蠟一般亮，讓他的同學們無端地想起，夜裡它也會亮的。由於禿成這樣，孩子們就會常常出神地去看，並會在心裡生出要用手指頭蘸一點唾沫去輕輕摩挲它一下的欲望。事實上，禿鶴的頭，是經常被人撫摸的。後來，禿鶴發現了孩子們喜歡摸他的頭，就把自己的頭看得珍貴了，不再由著他們想摸就摸了。如果有人偷偷摸了他的頭，他就會立即掉過頭去判斷。見是一個比他弱小的，他就會追過去讓那個人在後背上吃一拳；見是一個比他有力的，他就會罵一聲。有人一定要摸，那也可以，但得付禿鶴一點東西：要麼是一塊糖，要麼是將橡皮或鉛筆借他用半天。桑桑用一根斷了的格尺，就換得了兩次撫摸。那時，禿鶴將頭很乖巧地低下來，放在了桑桑的眼前。桑桑伸出手去摸著，禿鶴就會數道：「一回了……」桑桑覺得禿鶴的頭很光滑，跟他在河邊摸一塊被水沖洗了無數年的鵝卵石時的感覺差不多。

禿鶴讀三年級時，偶然地，好像是在一個早晨，他對自己的禿頭在意起來了。禿鶴的頭現在碰不得了。誰碰，他就跟誰急眼，就跟誰玩命。人再喊他禿鶴，他就不再答應了。並且，誰也不能再用東西換得一摸。油麻地的屠夫丁四見禿鶴眼饞地看他肉案上的肉，就用刀切下足有兩斤重的一塊，用刀尖戳了一個洞，穿了一截草繩，然後高高地舉在禿鶴眼前：「讓我摸一下你的頭，這塊肉就歸你。」說著，就要伸出油膩的手來。禿鶴說：「你先把肉給我。」丁四說：「先讓我摸，然後再把肉給你。」禿鶴說：「不，先把肉給我。」丁四等到將門口幾個正在閒聊的人招呼過來後，就將肉給了禿鶴。禿鶴看了看那塊肉——那真是一塊好肉！但禿鶴用力向門外一甩，將那塊肉甩到滿是灰土的路上，然後拔腿就跑。丁四抓了殺豬刀追出來。禿鶴跑了一陣卻不再跑了。他從地上抓起一塊磚頭，轉過身來，咬牙切齒地面對著抓著鋒利刀子的丁四。丁四竟不敢再向前一步，將刀子在空中揮舞了兩下，說了一聲「小禿子」，轉身走了。

禿鶴不再快活了。

那天下大雨，禿鶴沒打雨傘就上學來了。天雖下雨，但天色並不暗。因此，在銀色的雨幕裡，禿鶴的頭就分外亮。同打一把紅油紙傘的紙月與香椿，就閃在了道旁，讓禿鶴走過去。禿鶴感覺到了，這兩個女孩的眼睛正在那把紅油紙傘下注視著他的頭。他從她們身邊走了過去。當他轉過身來看她們時，他所見到的情景是兩個女孩正用手捂住嘴，遮掩著笑。禿鶴低著頭往學校走去。但他沒有走進教室，而是走到了河邊那片竹林裡。

雨沙沙沙地打在竹葉上，然後從縫隙中滴落到他的禿頭上。他用手摸了摸頭，一臉沮喪地朝河上望著。水面上，兩三隻羽毛豐滿的鴨子，正在雨中游著，一副很快樂的樣子。

禿鶴撿起一塊瓦片，砸了過去，驚得那幾隻鴨子拍著翅膀往遠處游去。禿鶴又接二連三地砸出去六、七塊瓦片，直到他的瓦片再也驚動不了那幾隻鴨子，他才罷手。他感到有點涼了，但直到上完一節課，他才走向教室。

晚上回到家，他對父親說：「我不上學了。」

「有人欺負你了？」

「沒有人欺負我。」

「那爲什麼說不上學？」

「我就是不想上學。」

「胡說！」父親一巴掌打在禿鶴的頭上。

禿鶴看了父親一眼，低下頭哭了。

父親似乎突然明白了什麼。他轉身坐到燈光照不到的陰影裡的一張凳子上。隨即，禿鶴的禿頭就映出了父親手中菸捲忽明忽暗的亮光。

第二天，父親沒有逼禿鶴上學去。他去鎭上買回幾斤生薑：有人教了他一個祕方，說是用生薑擦頭皮，七七四十九天，就能長出頭髮來。他把這一點告訴了禿鶴。禿鶴就坐在凳子上，一聲不吭地讓父親用切開的薑片，在他的頭上來回擦著。父親擦得很認眞，像一個想要讓顧客動心的銅匠在擦他的一件青銅器。禿鶴很快就感到了一種火辣辣的刺痛。但禿鶴一動不動地坐著，任由父親用薑片去擦著。

桑桑他們再見到禿鶴時，禿鶴依然還是個禿子，只不過那禿頭有了血色，像剛喝了酒一樣。

不知是紙月還是香椿，當禿鶴走進教室時，聞到了一股好聞的生薑味，便輕輕說出聲來：「教室裡有生薑味。」

當時全班的同學都在，大家就一齊嗅鼻子，只聽見一片吸氣聲。隨即都說確實有生薑味。於是又互相地聞來聞去，結果是好像誰身上都有生薑味，誰又都沒有生薑味。

禿鶴坐在那兒不動。當他感覺到馬上可能就有一個或幾個鼻子順著氣味的來路嗅呀嗅的要嗅到他，並要嗅到他的頭上時，說了一聲「我要上廁所」，趕緊裝出憋不住的樣子跑出了教室。他跑到河邊上，用手摳了一把爛泥，塗在頭上，然後再用清水洗去。這樣反覆地進行了幾次，直到自己認爲已經完全洗去生薑味之後，才走回教室。

七七四十九天過去了，禿鶴的頭上依然毫無動靜。

夏天到了，當人們盡量從身上、腦袋上去掉一些什麼時，禿鶴卻戴著一頂父親特地從城裡買回的薄帽，出現在油麻地人的眼裡。

2

桑桑是校長桑喬的兒子。桑桑的家就在油麻地小學的校園裡，也是一幢草房子。

油麻地小學是一色的草房子。十幾幢草房子，似乎是有規則，又似乎是沒有規則地連成一片。它們分別用作教室、辦公室、老師的宿舍，或活動室、倉庫什麼的。在這些草房子的前後或在這些草房子之間，總有一些安排，或一叢兩叢竹子，或三株兩株薔薇，或一片花開得五顏六色的美人蕉，或乾脆就是一小片夾雜著小花的草叢。這些安排，沒有一絲刻意的痕跡，彷彿是這個校園裡原本就有的，原本就是這個樣子。這一幢一幢草房子，看上去並不高大，但屋頂大大的，裡面很寬敞。這種草房子實際上是很貴重的。它不是用一般稻草或麥稭蓋成的，而是從三百里外的海灘上打來的茅草蓋成的。那茅草旺盛地長在海灘上，受著海風的吹拂與毫無遮擋的陽光的曝晒，一根一根地都長得很有韌性。陽光一照，閃閃發亮如銅絲，海風一吹，竟然能發出金屬般的聲響。用這種草蓋成的房子，是經久不朽的。這裡的富庶人家，都攢下錢來去蓋這種房子。油麻地小學的草房子，那上面的草又用得很考究，很鋪張，比這裡的任何一個人家的選草都嚴格，房頂都厚。因此，油麻地小學的草房子裡，冬天是溫暖的，夏天卻又是涼爽的。這一幢幢房子，在鄉野純淨的天空下，透出一派古樸來。而當太陽凌空而照時，那房頂上金澤閃閃，又顯出一派華貴來。

桑桑喜歡這些草房子，這既是因爲他是草房子裡的學生，又是因爲他的家也在這草房子裡。桑桑就是在這些草房子裡、草房子的前後及四面八方來顯示自己的，來告訴人們「我就是桑桑」的。

桑桑就是桑桑，桑桑與別的孩子不大一樣，這倒不是因爲桑桑是校長的兒子，而僅僅只是因爲桑桑就是桑桑。

桑桑的異想天開或者做出一些出人意料的古怪的行爲，是一貫的。桑桑想到自己有個好住處，他的鴿子卻沒有——他的許多鴿子還只能鑽牆洞過夜或孵小鴿子，心裡就起了憐憫，決心要改善鴿子們的住處。當那天父親與母親都不在家時，他叫來了阿恕與朱小鼓他們幾個，將家中碗櫃裡的碗碟之類的東西統統收拾出來扔在牆角裡，然後將這個碗櫃抬了出來，根據他想像中的一個高級鴿籠的樣子，讓阿恕與朱小鼓他們一起動手，用鋸子與斧頭對它大加改造。四條腿沒有必要，鋸了；玻璃門沒有必要，敲了。那碗櫃本來有四層，但每一層都沒有隔板。桑桑就讓阿恕從家裡偷來幾塊板子，將每一層分成了三檔。桑桑算了一下，一層三戶「人家」，四層共能安排十二戶「人家」，覺得自己爲鴿子們做了一件大好事，心裡覺得很高尚，自己被自己感動了。當太陽落下，霞光染紅草房子時，這個大鴿籠已在他和阿恕他們的數次努力之後，穩穩地掛在了牆上。晚上，母親望著一個殘廢的碗櫃，高高地掛在西牆上成了鴿子們的新家時，她將桑桑拖到家中，關起門來一頓結結實實地揍。

但桑桑不長記性，僅僅相隔十幾天，他又舊病復發。那天，他在河邊玩耍，見有漁船在河上用網打魚，每一網都能打出魚蝦來，就在心裡希望自己也有一張網。但家裡並無一張網。桑桑心裡癢癢的，覺得自己非有一張網不可。他在屋裡屋外轉來轉去，一眼看到了支在父母大床上的蚊帳。這明明是蚊帳，但在桑桑的眼中，它分明是一張很不錯的網。他三下兩下就將蚊帳扯了下來，然後找來一把剪子，三下五除二地將蚊帳改製成了一張網，然後又叫來阿恕他們，用竹竿做成網架，撐了一條放鴨的小船，到河上打魚去了。河兩岸的人都到河邊上來看，問：「桑桑，那網是用什麼做成的？」桑桑回答：「用蚊帳。」桑桑心裡想：我不用蚊帳又能用什麼呢？兩岸的人都樂。女老師溫幼菊擔憂地說：「桑桑，你又要挨打了。」桑桑突然意識到了問題的嚴重性，但在兩岸那麼多感興趣的目光的注視下，他還是很興奮地沉浸在打魚的快樂與衝動裡。中午，母親見到竹籃裡有兩三斤魚蝦，問：「哪來的魚蝦？」桑桑說：「是我打的。」「你打的？」「我打的。」「你用什麼打的？」「我就這麼打的唄。」母親忙著要做飯，沒心思去仔細考查。中午，一家人高高興興地吃著魚蝦。吃著吃著，母親又起了疑心：「桑桑，你用什麼打來的魚蝦？」桑桑借著嘴裡正吃著一隻大紅蝦，故意支支吾吾地不說清。但母親放下筷子不吃，等他將那隻蝦吃完了，又問：「到底用什麼打來的魚蝦？」桑桑一手托著飯碗，一手抓著筷子，想離開桌子，但母親用不可違抗的口氣說：「你先別離開。你說，你用什麼打的魚蝦？」桑桑退到了牆角裡。小妹妹柳柳坐在椅子上，一邊有滋有味地嚼著蝦，一邊高興得不住地擺動著雙腿，一邊朝桑桑看著：「哥哥用網打的魚。」母親問：「他哪來的網？」柳柳說：「用蚊帳做的唄。」母親放下手中的碗筷，走到房間裡去。過不多一會兒，母親又走了出來，對著拔腿就跑的桑桑的後背罵了一聲。但母親並沒有追打。晚上，桑桑回來後，母親也沒有打他。母親對他的懲罰是：將他的蚊帳摘掉了。而摘掉蚊帳的結果是：他被蚊子叮得渾身上下到處是紅包，左眼紅腫得發亮。

眼下的夏天，是地地道道的夏天。太陽才一露臉，天地間便瀰漫開無形的熱氣。而當太陽如金色的輪子，轟隆隆滾動過來，直滾到人的頭頂上時，天地間就彷彿變得火光閃閃了。河邊的蘆葦葉晒成了捲，一切植物都無法抵抗這種熱浪的襲擊，而昏昏欲睡地低下了頭。大路上，偶爾有人走過，都是匆匆的樣子，彷彿在這種陽光下一旦待久了，就會被燒著似的。會游泳與不會游泳的孩子，都被這難忍的炎熱逼進了河裡。因此，河上到處是喧鬧聲。

桑桑已在水中泡了好幾個鐘頭了，現在他先到岸上來吃個香瓜，打算吃完了再接著下河去。他坐在門檻上一邊吃著，一邊看著母親拿了根藤條抽打掛了一院子的棉被與棉衣。他知道，這叫

「曝伏」，就是在最炎熱的伏天裡將棉被棉衣拿到太陽光下來晒，只要晒上那麼一天，就可以一直到冬天也不會發霉。母親回屋去了。桑桑吃完瓜，正想再回到河裡去，但被突發的奇想留住了。他想：在這樣的天氣裡，我將棉衣棉褲都穿上，人會怎樣？他記得那回進城，看到賣冰棍的都將冰棍捂在棉套裡。他一直搞不清楚爲什麼被棉套死死捂著，冰棍反而不融化。這個念頭纏住了他。桑桑這個人很容易被一些念頭纏住。

不遠處，紙月正穿過玉米叢中的田埂，上學來了。紙月戴了一頂很好看的涼帽，一路走，一路輕輕地用手撫摸著路邊的玉米葉子。那時，玉米正吐著紅艷艷的或綠晶晶的穗子。紙月不太像鄉下的小女孩，在這樣的夏天，居然還是那麼白。她的臉以及被短袖衫和短褲留在外面的胳膊與腿，在玉米叢裡一晃一晃地閃著白光。

桑桑往屋裡瞥了一眼，知道母親已在竹床上午睡了，就走到了院子裡。他汗淋淋的，卻挑了一條最厚的棉褲穿上，又將父親的一件肥大的厚棉襖也穿上了身。轉眼看到大木箱裡還有一頂父親的大棉帽子，自己一笑，走過去，將它拿出，也戴到了汗淋淋的頭上。桑桑的感覺很奇妙，他前後左右地看了一下，立即跑出院子，跑到教室中間的那片空地上。

那時，紙月也已走進校園。

但桑桑裝著沒有看見她，順手操了一根竹竿，大模大樣地在空地上走。

首先發現桑桑的是蔣一輪老師。那時，他正在樹蔭下的一張竹椅上打盹，覺得空地上似乎有個人在走動，一側臉，就看見了那樣一副打扮的桑桑。他先是不出聲地看，終於忍俊不禁，噗哧一聲笑出來。隨即起來，把老師們一個一個地叫了出來：「你們快來看桑桑。」

過一會兒就要上課了，各年級的學生正陸續走進校園。

桑桑爲他們製造了一道風景。桑桑經常爲人們製造風景。

紙月將身子藏在一棵粗壯的梧桐後，探出臉來看著桑桑。

桑桑似乎看到了那一對烏溜溜的眼睛，又似乎沒有看見。

空地周圍站了許多人，大家都興高采烈地看著。不知是誰「嗷」了一聲，隨即得到響應，「嗷嗷」聲就在這七月的天空下面回響不止，並且愈來愈響。桑桑好像受到一種鼓舞，拖著竹竿，在這塊空地上，小瘋子一樣走起圓場來。

過不一會兒，「嗷嗷」聲又轉換成很有節奏的「桑桑！桑桑……」

桑桑就越發起勁地走動，還做出一些莫名其妙的動作來。桑桑將這塊空地當做了舞台，沉浸在一種貫穿全身的快感裡。汗珠爬滿了他的臉。汗水流進了他的眼睛，使他睜不開眼睛。睜不開眼睛就睜不開眼睛，他就半閉著雙眼打著圓場。或許是因爲雙眼半閉，或許是因爲無休止地走圓場，桑桑就有了一種陶醉感，和那回偷喝了父親的酒之後的感覺一模一樣。

四周是無數赤著的上身，而中間，卻是隆冬季節中一個被棉衣棉褲緊緊包裹的形象。有幾個老師一邊看，一邊在喉嚨裡咯咯地笑，還有幾個老師笑得彎下腰去，然後跑進屋裡喝口水，潤了潤笑乾了的嗓子。

桑桑這回是出盡了風頭。

正當大家看得如癡如醉時，油麻地小學又出現了一道好風景：禿鶴第一回戴著他父親給他買的帽子上學來了。

不知是誰第一個看到了禿鶴：「你們快看呀，那是誰？」

「禿鶴！」「禿鶴！」「是禿鶴！」

那時，禿鶴正沿著正對校門的那條路，很有派頭地走過來。

禿鶴瘦而高，兩條長腿好看倒也好看，但稍微細了一點。現在，這兩條長腿因穿了短褲，暴露在陽光下。他邁動著這樣的腿，像風一般，從田野上蕩進了校園。禿鶴光著上身，赤著腳，卻戴了一頂帽子——這個形象很生動，又很滑稽。或許是因爲人們看桑桑這道風景已看了好一陣，也快接近尾聲了；或許是因爲禿鶴這個形象更加絕妙，人們的視線彷彿聽到了一個口令，齊刷刷地從桑桑的身上移開，轉而來看禿鶴，就把桑桑冷落了。

禿鶴一直走了過來。他見到這麼多人在看他，先是有點小小的不自然，但很快就換到了另一樣的感覺裡。他挺著瘦巴巴的胸脯，有節奏地邁著長腿，直朝人群走來。現在最吸引人的就是那頂帽子：雪白的一頂帽子，這樣的白，在夏天就顯得很稀罕、格外顯眼；很精緻的一頂帽子，有優雅的帽舌，有細密而均匀的網眼。它就這樣戴在禿鶴的頭上，使禿鶴陡增了幾分俊氣與光彩。

彷彿來了一位貴人，人群自動地閃開。

沒有一個人再看桑桑。桑桑看到，梧桐樹後的紙月也轉過身子看禿鶴去了。桑桑彷彿是一枚棗子，被人有滋有味地吃了肉，現在成了一枚無用的棗核被人唾棄在地上。他只好拖著竹竿，尷尬地站到了場外，而現在走進場裡來的是瀟灑的禿鶴。

3

當時，那純潔的白色將孩子們全都鎮住了。加上禿鶴一副自信的樣子，孩子們別無心思，只是一味默默地注視著。但僅僅過了兩天，他們就不再願意恭敬地看禿鶴了，心裡老有將那頂帽子摘下來再看一看禿鶴的腦袋的欲望。幾天看不見禿鶴的腦袋，他們還有點不習慣，覺得那是他們日子裡的一個不可缺少的點綴。

桑桑還不僅僅有那些孩子的一般欲望，他還有他自己的念頭。那天，是禿鶴的出現，使他被大家冷落了，他心裡一直在生氣。

這天下午，禿鶴的同桌在上完下午的第一節課後，終於克制不住地一把將那頂帽子從禿鶴的頭上摘了下來。

「哇！」先是一個女孩看到了，叫了起來。

於是無數對目光，像夜間投火的飛蛾，一齊聚到那顆已幾日不見的禿頭上。大家就像第一次見到這顆腦袋一樣感到新奇。

禿鶴連忙一邊用一隻手擋住腦袋，一邊伸手向同桌叫著：「給我帽子！」同桌不給，拿著帽子跑了。

禿鶴追過去：「給我！給我！給我帽子！」

同桌等禿鶴快要追上時，將帽子一甩，就見那帽子像隻展翅的白鴿飛在空中。未等禿鶴搶住，早有一個同學爬上課桌先抓住了。禿鶴又去追那個同學，等禿鶴快要追上了，那個同學如法炮製，又一次將那頂白帽甩到空中。然後是禿鶴四處追趕，白帽就在空中不停地飛翔。這隻「白鴿」就成了一隻被許多人攆著、失去落腳之地而不得不停一下就立即飛上天空的「白鴿」。

禿鶴苦苦地叫著：「我的帽子！我的帽子！」

帽子又一次飛到了桑桑的手裡。桑桑往自己的頭上一戴，在課桌中間東挪西閃地躲避緊追不捨的禿鶴。桑桑很機靈，禿鶴追不上。等有了一段距離，桑桑就掉過頭來，將身子站得筆直，做一個立正舉手敬禮的樣子，眼看禿鶴一伸手就要奪過帽子了，才又轉身跑掉。

後來，桑桑將帽子交給了阿恕，並示意阿恕快一點跑掉。阿恕抓了帽子就跑，禿鶴要追，卻正好被桑桑堵在走道裡。等禿鶴另尋空隙追出門時，阿恕已不知藏到什麼鬼地方去了。

禿鶴在校園裡東一頭西一頭地找著阿恕：「我的帽子，我的帽子……」腳步越來越慢，越來越小，眼睛裡已有了眼淚。

阿恕卻早已穿過一片竹林，重新回到了教室。

桑桑對阿恕耳語了幾句，阿恕點點頭，抓了帽子，從後窗又跑了出去。而這時，桑桑將自己的書包倒空，揉成一團，塞到了背心裡，從教室裡跑出去，見了禿鶴，拍拍鼓鼓的胸前：「帽子在這兒！」轉身往田野跑去。

禿鶴雖然已沒有什麼力氣了，但還是追了過去。

桑桑將禿鶴引出很遠。這時，他再回頭往校園看，只見阿恕正在爬旗杆，都爬上去一半了。

禿鶴揪住了桑桑：「我的帽子！」

桑桑說：「我沒有拿你的帽子。」

禿鶴依然叫著：「我的帽子！」

「我眞的沒有拿你的帽子。」

禿鶴就將桑桑撲倒在田埂上：「我的帽子！」他掀起桑桑的背心，見是一個皺巴巴的書包，打了桑桑一拳，哭了。

桑桑「哎喲」叫喚了一聲，卻笑了，因爲，他看見那頂白色的帽子，已被阿恕戴在旗杆頂那個圓溜溜的木疙瘩上。

等禿鶴與桑桑一前一後回到校園時，全校的學生幾乎都已到了旗杆下，正用手遮住陽光仰頭看那高高的旗杆頂上的白帽子。當時天空十分藍，襯得那頂白帽子異常耀眼。

禿鶴發現了自己的帽子。他推開人群，走到旗杆下，想爬上去將帽子摘下，可是連著試了幾次，都只是爬了兩三米，就滑跌在地上，倒引得許多人大笑。

禿鶴倚著旗杆，癱坐著不動了。他腦袋歪著，咬著牙，噙著淚。

沒有人再笑了，並有人開始離開旗杆。

有風。風吹得那頂白帽子在旗杆頂上微微旋轉擺動，好像是一個人在感覺自己的帽子是否已經戴正。

蔣一輪老師來了，仰頭望了望旗杆頂上的帽子，問禿鶴：「是誰幹的？」

孩子們都散去了，只剩下阿恕站在那裡。

「你幹的？」蔣一輪問。

阿恕說：「是。」

禿鶴大聲叫起來：「不，是桑桑讓人幹的！」

禿鶴站起來，打算將桑桑指給蔣一輪看，桑桑卻一矮身子，躲到樹叢裡去了。

蔣一輪命令阿恕將帽子摘下還給禿鶴，禿鶴卻一把將阿恕摘下的帽子打落在地：「我不要了！」說罷，脖子一梗，直奔桑桑家，仰面朝天，將自己平擺在院子裡。

桑桑的母親出來問禿鶴怎麼了，禿鶴不答。桑桑的母親只好出來找桑桑。沒有找到桑桑，但她從其他孩子嘴裡問明了情況，就又回到院子裡哄禿鶴：「好陸鶴，你起來，我饒不了他！」

禿鶴不肯起來，淚水分別從兩眼的眼角流下來，流到耳根，又一滴一滴落在泥土上，把泥土濕了一片。

後來，還是剛從外面回來的桑喬將禿鶴勸走。

桑桑從學校的樹叢裡鑽出去，又鑽到校外的玉米地裡，直到天黑也沒敢回家。母親也不去呼喚他回家，還對柳柳說：「不准去喊他回家，就讓他死在外面！」

起風了，四周除了玉米葉子的沙沙聲與水田裡的蛙鳴，就再也沒有其他聲響。

桑桑害怕了，從玉米地裡走到田埂上。他遙望著他家那幢草房子裡的燈光，知道母親沒有讓他回家的意思，很傷心，有點想哭。但沒有哭，轉身朝阿恕家走去。

母親等了半夜，見桑桑眞的不回家，反而在心裡急了。嘴裡說著不讓人去喚桑桑回家，卻走到院門口四處張望。

阿恕的母親怕桑桑的母親著急，摸黑來到了桑桑家，說：「桑桑在我家，已吃了飯，和阿恕一起上床睡覺了。」

桑桑的母親知道桑桑有了下落，心裡的火頓時又起來了。對阿恕的母親說是讓桑桑回來睡覺，但當她將桑桑從阿恕的床上叫醒，讓他與她一起走出阿恕家，僅僅才走了兩塊地遠，就用手死死揪住了桑桑的耳朵，直揪得桑桑齜牙咧嘴地亂叫。

桑喬早等在路口，說：「現在就去陸鶴家向人家道歉。」

當天夜裡，熟睡的禿鶴被父親叫醒，矇矇矓矓地見到了看上去可憐巴巴的桑桑，並聽見桑桑吭哧吭哧地說：「我以後再也不摘你的帽子了……」

4

禿鶴沒有再戴那頂帽子。禿鶴與大家的對立情緒日益強烈。禿鶴換了念頭：我就是個禿子，怎麼樣！因爲有了這個念頭，即使冬天來了，他本來是可以順理成章地與別人一樣戴頂棉帽子的，他也不戴。大冬天裡，露著一顆一毛不存的光腦袋，誰看了誰都覺得冷。他就這樣在寒風裡，在雨雪裡，頂著光腦袋。他就是要向眾人強調他的禿頭：我本來就是個禿子，我沒有必要瞞人！

這個星期的星期三上午，這一帶的五所小學，要在一起匯操，並要評出個名次來。這次匯操就在油麻地小學舉行。

油麻地小學從星期一開始，就每天上午拿出兩節課的時間來練習方陣、列隊、做操。一向重視名譽的桑喬，盯得很緊，並不時地大聲吼叫著發脾氣。這個形象與平素那個頭髮梳理得一絲不苟、渾身上下竟無一絲灰塵、褲線摺得鋒利如刀的斯文形象似乎有點格格不入。但只要遇到與學校榮譽相關的事情，他就會一改那副斯文的樣子，整天在校園裡跳上跳下，一見了不滿意的地方，就會朝老師與學生大聲地叫喊。他常弄得大家無所適從，要麼就弄得大家很不愉快，一個個消極怠工。這時候，他就獨自一人去做那件事，直累得讓眾人實在過意不去了，又一個個參加進來。

桑喬是全區有名的校長。

「這次匯操，油麻地小學必須拿第一，哪個班出了問題，哪個班的班主任負責！」桑喬把老師們召集在一起，很嚴肅地說。

匯操的頭一天，桑桑他們班的班主任蔣一輪，將禿鶴叫到辦公室，說：「你明天上午就在教室裡待著。」

禿鶴問：「明天上午不是匯操嗎？」

蔣一輪說：「你就把地好好掃一掃，地太髒了。」

「不，我要參加匯操。」

「匯操人夠了。」

「匯操不是每個人都要參加的嗎？」

「說了，你明天就在教室裡待著。」

「爲什麼？」

蔣一輪用眼睛瞥了一下禿鶴的頭。

禿鶴低下頭朝辦公室外邊走。在將要走出辦公室時，他用腳將門「咚」的一聲狠踢了一下。

第二天早上，其他四所小學的學生，在老師們的嚴厲監督下，從不同的方向朝油麻地小學的操場走來。歌聲此起彼伏，在寒冷的冬天，硬是渲染出一番熱氣騰騰的景象。

蔣一輪走到教室裡，並沒有看到禿鶴，就問班上同學：「見到陸鶴沒有？」

有同學說：「他在操場的台子上。」

蔣一輪聽罷，立即奔到操場，果然見到禿鶴正坐在本是給那些學校的校長們預備的椅子上。他立即走上那個土台，叫道：「陸鶴。」

禿鶴不回頭。

蔣一輪提高了嗓門：「陸鶴。」

禿鶴勉強轉過頭去，但看了一眼蔣一輪，又把臉轉過去看台下那些來自外校的學生。台下的學生正朝禿鶴指指點點，並在嘻嘻嘻地笑。

蔣一輪拍了一下禿鶴的肩膀：「走，跟我回教室。」

禿鶴堅決不讓步：「我要參加匯操。」

「你也要參加匯操？」蔣一輪不自覺地在喉嚨裡笑了一聲。

這一聲笑刺痛了禿鶴，使禿鶴變得很怪，他站起來，走到台口去，朝下面的同學齜著牙傻笑。

蔣一輪連忙追到台口：「跟我回教室，你聽到沒有？」

「我要參加匯操！」

蔣一輪只好說：「好好好，但你現在跟我回教室！」說著，連拖帶拉地將他扯下了台。

「我要參加匯操！」

蔣一輪說：「那你必須戴上帽子。」

「我沒有帽子。」

「我去給你找帽子。你先站在這裡別動。」蔣一輪急忙跑回宿舍，將自己的一頂閒置的棉帽子從箱子裡找出來，又匆匆忙忙跑回來給禿鶴戴上了。

禿鶴將棉帽摘下，摸了摸自己的腦袋，又將棉帽戴上，然後譏諷而又古怪地一笑，站到已經集合好的隊伍裡去了。

匯操開始了，各學校的校長「一」字坐到了台上，露出一對對自得與挑剔的目光。

各學校都是精心準備好了到油麻地小學來一決雌雄的，一家一家地進行，一家一家都顯得紀律嚴明，一絲不苟。雖說那些孩子限於條件，衣服難免七長八短，或過於肥大或過於短小，但還是整潔的。低年級的孩子，十有八九褲子下垂，彷彿隨時都有可能當衆滑落，在寒冬臘月裡露出光臀，但眼睛卻是瞪得溜圓，一副認眞到家的樣子。各家水平相近，外行人不大看得出差異。但那些校長們很快就在心裡寫出了分數。

油麻地小學是東道主，最後一家出場。

當第四所小學進行到一半時，桑喬臉上就已露出一絲讓人覺察不到的笑容。因爲就他見到的前四家的水平來看，油麻地小學在這一次的匯操中拿第一，幾乎已是囊中取物。桑喬早把油麻地小學吃透了，很清楚地知道它在什麼水平上。他不再打算看人家的表演，而是把目光轉移開去，望著場外正準備入場、躍躍欲試的油麻地小學的大隊伍。桑喬對榮譽是吝嗇的，哪怕是一點點小榮譽，他也絕不肯輕易放過。

第四所小學表演一結束，油麻地小學的隊伍風風火火、迅捷地占領了偌大一個操場。

操場四周種植的都是白楊樹。它們在青灰色的天空下，筆直地挺立著。落盡葉子而只剩下褐色樹幹之後的白楊，顯得更爲挺拔。

油麻地小學的表演開始了。一切正常，甚至是超水平發揮。桑喬的笑容已抑制不住地流露出來。他有點坐不住了，想站起來爲油麻地小學的學生鼓掌。

當表演進行了大約三分之二，整個過程已進入最後一個高潮時，一直面孔莊嚴的禿鶴，突然將頭上的帽子摘掉，扔向遠處。那是一頂黑帽子，當它飛過人頭時，讓人聯想到那是一隻遭到槍擊的黑烏鴉從空中跌落下來。這使隊伍出現了一陣小小的騷動。緊接著，是場外的人，如久閉黑暗之中忽然一下子看見了一盞大放光明的燈火，頓時被禿鶴那顆禿頭吸引住了。那時候的孩子上學，年齡參差不齊，禿鶴十歲才進小學門，本就比一般孩子高出一頭，此時，那顆禿頭就顯得格外突出。其他孩子都戴著帽子，並且都有一頭好頭髮。而他是寸毛不長，卻大光其頭。這種戲劇性的效果，很快產生。場外的哄笑，立即淹沒了站在台子上喊口令的那個女孩的口令聲，油麻地小學的學生一下子失去了指揮，動作變得凌亂不堪。場外的笑聲又很快感染了場內的人，他們也一邊做著動作，一邊看著禿鶴的頭，完全忘記了自己為油麻地小學爭得榮譽的重任。先是幾個女生笑得四肢發軟，把本應做得很結實的動作，做得像檐口飄下來的水一樣不成形狀。緊接著是幾個平素就很不老實的男生乘機將動作做得橫七豎八，完全走樣。其中的一個男生甚至像打醉拳一般東搖西晃，把幾個女生撞得連連躲閃。

桑喬一臉尷尬。

只有禿鶴一人像什麼事情也沒有發生似的，全神貫注地做著應該做的動作，簡直是無可挑剔。做到跳躍動作時，只見他像裝了彈簧一樣，在地上輕盈地彈跳。那顆禿頭，便在空中一聳一落。當時，正是明亮的陽光從雲罅中斜射下來，猶如一個大舞台上的追光燈正追著那個演員，禿鶴的禿頭便在空中閃閃發亮。

桑喬也克制不住地笑了，但他很快把笑凝在臉上。

就這樣，禿鶴以他特有的方式，報復了他人對他的輕慢與侮辱。

5

但禿鶴換得的是衆人對他的冷淡，因爲他使大家失去了榮譽，使油麻地小學蒙受了「恥辱」。孩子們忘不了那天匯操結束之後，一個個灰溜溜地從人家眼皮底下退到場外、退回教室的情景，忘不了事後桑喬的勃然大怒與劈頭蓋臉的訓斥。

禿鶴想討好人家。比如朱淼淼的紙飛機飛到房頂上去搆不著了，禿鶴就「吭哧吭哧」地搬了兩張課桌再加上一張長凳，爬到了房頂上，將紙飛機取了下來。但朱淼淼並未接過禿鶴雙手遞過來的紙飛機，看也不看地說：「這架飛機，我本來就不要了。」禿鶴說：「挺好的一架飛機，就不要了。」他做出很惋惜的樣子，然後拿了紙飛機，到草地上去放飛。本來就是一架不錯的紙飛機，飛得又高又飄，在空中忽高忽低地打旋，遲遲不落。他做出玩得很快活的樣子，還「嗷嗷」地叫，但他很快發現，別人並沒有去注意他。他又放飛了幾次，然後呆呆地看著那架紙飛機慢慢地飛到水塘裡去了。

這天，禿鶴獨自一人走在上學的路上，被一條從後面悄悄地追上來的野狗狠咬了一口。他「哎喲」叫喚了一聲，低頭一看，小腿肚已鮮血如注。等他抓起一塊磚頭，那野狗早已逃之夭夭了。他坐在地上，歪著嘴，忍著疼痛，從路邊掐了一枚麻葉，輕輕地貼在傷口上。然後，他找了一根木棍拄著，一瘸一拐地往學校走。等快走到學校時，他把一瘸一拐的動作做得很大。他要誇張誇張。但，他看到，並沒有人來注意他。他又不能變回到應有的動作上，就把這種誇大了的動作一直堅持著做到教室。終於，有一個女生問他：「你怎麼啦？」他大聲地說：「我被狗咬了。」於是，他也不管那個女生是否想聽這個被狗咬的故事，就繪聲繪色地說起來：「那麼一條大狗，我從沒有見到的一條大狗，有那麼長，好傢伙！我心裡正想著事呢，牠悄悄地、悄悄地就過來了，刷的一大口，就咬在了我的後腿肚上……」他坐了下來，蹺起那條傷腿，將麻葉剝去了：「你們來看看這傷口……」眞是個不小的傷口，還淸晰地顯出狗的牙印。此刻，他把那傷口看成一朵迷人的花。有幾個人過來看了看，轉身就走了。他還在硬著頭皮說這個故事，但，並沒有太多的人理會他。這時，蔣一輪夾著課本上課來了，見了禿鶴說：「你坐在那裡幹什麼？」禿鶴說：「我被狗咬了。」蔣一輪轉過身去一邊擦黑板一邊說：「被狗咬了就咬了唄。」禿鶴很無趣，一瘸一拐地回到了自己的座位上。

又是一個新學年。一些孩子躥個兒了，而另一些孩子卻原封不動；一些孩子的成績突飛猛進，而另一些孩子的成績卻直線下降；一些孩子本來是合穿一條褲子都嫌肥的好朋友，現在卻見面不說話了，甚至想抓破對方的臉皮……因爲這些原因，新學年開始時，照例要打亂全班，重新編組。

禿鶴想：「我會編在哪個小組呢？會與桑桑編在一個小組嗎？」他不太喜歡桑桑，常在心裡說：「你不就是校長家的兒子嗎？」但他又覺得桑桑並不壞，與桑桑一個小組也行。「會與香椿編在一個小組嗎？」他覺得香椿不錯，香椿是班上最通人情的女孩，但香椿的姊姊腦子出了問題，常離家出走，搞得香椿心情也不好，常沒心思答理人。「不過，這又有什麼關係呢？就與香椿一個小組吧，或許我還能幫她出去找她的姊姊呢。」

但，誰也沒有想到要和禿鶴編在一組。禿鶴多少有點屬於自作多情。

等各小組的初步名單已在同學間傳來傳去時，那些得知禿鶴就在他們小組的同學，就一起找到蔣一輪：「我們不要禿鶴。」

蔣一輪糾正道：「陸鶴。」

一個女生說：「叫陸鶴也好，叫禿鶴也好，這都無所謂，反正我們不要他。」

蔣一輪說：「誰告訴你們，他與你們就是一個小組的呢？瞎傳什麼！」

蔣一輪等把這幾個孩子打發走之後，用鉛筆把禿鶴的名字一圈，然後又畫了一道槓，將他插進了另一個小組。那道槓，就像一根繩子拽著禿鶴，硬要把他拽到另一個地方去。這個小組的同學又知道了禿鶴被分給他們了，就學上面的那個小組的辦法，也都來找蔣一輪。就這麼搞來搞去的，禿鶴成了誰也不要的人。其實，大多數人對禿鶴與他們分在一個小組，倒也覺得無所謂，但既然有人不要了，他們再要，就覺得是撿了人家不稀罕要的，於是也不想要了。

蔣一輪將禿鶴叫到辦公室：「你自己打算分在哪一個組？」

禿鶴用手指摳著辦公桌。

「你別摳辦公桌。」

禿鶴就把手放下了。

「願意在哪一個組呢？」

禿鶴又去摳辦公桌了。

「讓你別摳辦公桌就別摳辦公桌。」

禿鶴就又把手放下了。

「你自己選擇吧。」

禿鶴沒有抬頭：「我隨便。」說完，就走出了辦公室。

禿鶴沒有回教室。他走出校園，然後沿著河邊，漫無目標地往前走，一直走到那個大磚窰。

當時，磚窰頂上還在灌水。一窰的磚燒了三七二十一天，現在都已燒熟了。再從頂上慢慢地灌上七天的水，就會落得一窰的好青磚。熟坯經了水，就往外散濃烈的熱氣，整個窰頂如同被大霧瀰漫了。從西邊吹來的風，又把這乳白色的熱氣往東颳來。禿鶴迎著這熱氣，一步一步地走過去。

後來，他爬到離窰不遠的一堆磚坯上。他完全被籠罩在熱氣裡。偶爾吹來一陣大風，吹開熱氣，才隱隱約約地露出他的身體。誰也看不到他，他也看不到別人。禿鶴覺得這樣挺好。他就這麼坐著，讓那濕潤的熱氣包裹著他，撫摸著他……

6

春節即將來臨，油麻地小學接到上頭的通知：春節期間，將舉行全鄉四十三所中小學的文藝匯演。這種匯演，基本上每年一次。

油麻地小學自從由桑喬擔任校長以來，在每年的大匯演中都能取得好的名次。如今，作爲辦公室的那幢最大的草房子裡，已掛滿了在大匯演中獲得的獎狀。每逢遇到匯演，油麻地小學就不得安寧了。各班級有演出才能的孩子，都被抽調出來，在臨時當作排練場地的又一幢草房子裡，經常成日成夜地排練。那些孩子有時累得睜不開眼睛，桑喬就用鼓槌猛烈地敲打鼓邊，大聲叫著：「醒醒！醒醒！」於是那些孩子就一邊揉著惺忪的眼睛，一邊又迷迷糊糊地走上場，想不起台詞或說錯台詞的事常有。說得牛頭不對馬嘴時，衆人就爆笑，而在爆笑聲中，那個還未清醒過來的孩子就會清醒過來。桑喬除了大聲吼叫之外，在大多數情況之下，都是小心翼翼地呵護著這些能夠爲油麻地小學爭得榮譽的孩子的。其他同學要經常參加學校的勞動，而這些孩子可以不參加。每學期評獎，這些孩子總會因爲參加了油麻地小學的文藝宣傳隊而討一些便宜。夜裡排練結束後，他會讓老師們統統出動，將這些孩子一一護送回家。他本人揹著孩子走過泥濘的鄉村小道或走過被冰雪覆蓋的獨木小橋，也是常有的事情。

桑桑和紙月都是文藝宣傳隊的。

因爲是年年爭得好名次，所以對油麻地小學來說，再爭得好名次，難度就越來越大了。

「今年必須爭得小學組第一名！」桑喬把蔣一輪等幾個負責文藝宣傳隊的老師召到他的辦公室，不容商量地說。

「沒有好本子。」蔣一輪說。

「沒有好本子，去找好本子。找不到好本子，就自己寫出好本子。」桑喬說。

蔣一輪去了一趟縣城，找到縣文化館，從老同學那裡取回來一些本子。油麻地小學的策略是：大人的戲，小孩來演，會收到意想不到的效果。桑喬說：「你想想，一個八、九歲的小男孩，戴頂老頭帽，叼著一支煙袋，躬著個身子在台上走；一個八、九歲的小女孩，穿一件老大媽的藍布褂兒，挎著個竹籃子，雙手扣著在台上走，這本身就是戲。」他讓蔣一輪他們今年還是堅持這一策略。因此，蔣一輪從縣文化館取回來的，全是大人的戲。他把這些本子看過之後，又交給桑喬看。桑喬看後，又與蔣一輪商量，從中選了兩個小戲。其中一個，是桑喬最看得上的，叫《屠橋》。屠橋是個地名。劇情實際上很一般：屠橋這個地方有一天來了一個連的僞軍，他們在這裡無惡不作，欺壓百姓。那天夜裡來了一支追剿他們的隊伍，將他們全都堵在被窩裡。桑喬看上這個本子的原因是因爲裡頭有許多讓人不得不笑的場面。幾個主要角色很快分配好了，那支追剿隊伍的隊長由杜小康扮演，十八歲的姑娘由紙月扮演，僞軍連長由柳三下扮演。

蔣一輪刻鋼板，將本子印了十幾份，都分了下去。下面的環節，無非是背台詞、對台詞、排練、彩排，直至正式演出。

一切都很順利。杜小康是男孩裡頭最瀟灑又長得最英俊的，演一身英氣的新四軍隊長，正合適。紙月演那個秀美得有點讓人憐愛的小姑娘，讓人無話可說，彷彿這個紙月日後眞的長成一個十八歲的姑娘時，也就是那樣一個姑娘。柳三下演得也不錯，一副下流胚子的樣子，也演出來了。

等到彩排了，蔣一輪才發現一件事沒有考慮到：那個僞軍連長，在劇本裡頭是個大禿子。連長必須是個禿子，因爲裡頭許多唱詞與道白，都要涉及到禿子，甚至劇情都與禿子有關。如果他不是一個禿子，這個劇本也就不成立了。反過來說，這個劇本之所以成立，也正是因爲這個連長不是一般的連長，而是一個禿子連長。

桑喬這才發現，他當時所看好的這個本子具有令人發笑的效果，原來全在於這個連長是個大禿子。

「這怎麼辦？」蔣一輪問。

「不好辦。」

「就當柳三下是個禿子吧。」

「你拉倒吧，他那一頭好頭髮，長得像雜草似的茂盛。他一上台，別人不看他的臉，就光看他的頭髮了。」桑喬想像著說，「他往台上這麼一站，然後把大蓋帽一甩，道：『我楊大禿瓢，走馬到屠橋……』」

蔣一輪噗哧笑了。

桑喬說：「老辦法，去找個豬尿泡套上。」

「哪兒去找豬尿泡？」

「找屠夫丁四。」

「丁四不好說話。」

「我去跟他說。」

第二天，桑喬就從丁四那裡弄來一個豬尿泡。

柳三下聞了聞，眉頭皺成一團：「騷！」

桑喬說：「不騷，就不叫豬尿泡了。」他拿過豬尿泡來，像一位長官給一位立功的下屬戴一頂軍帽那樣，將那個豬尿泡慢慢地套在柳三下的頭上。

柳三下頓時成了一個禿子。

於是，大家忽然覺得，《屠橋》這個本子在那裡熠熠生輝。

彩排開始，正演到節骨眼上，豬尿泡爆了，柳三下的黑頭髮露出一綹來。那形象，笑倒了一片人。

桑喬又從丁四那裡求得一個豬尿泡，但用了兩次，又爆了。

「跟丁四再要一個。」蔣一輪說。

桑喬說：「好好跟丁四求，他倒也會給的。但，我們不能用豬尿泡了，萬一匯演那天，正演到一半，它又爆了呢？」

「你是想讓柳三下剃個大光頭？」

「也只有這樣了。」

蔣一輪對柳三下一說，柳三下立即用雙手捂住自己的頭：「那不行，我不能做禿鶴。」彷彿不是要剃他的髮，而是要割他的頭。

「校長說的。」

「校長說的也不行。他怎麼不讓桑桑剃個禿子呢？」

「桑桑拉胡琴，他又不是演員。」

「反正，我不能剃個禿子。」

桑喬來做了半天工作，才將柳三下說通了。但下午上學時，柳三下又反口了：「我爸死活也不幹。他說再過幾天就要過年了，我怎麼能是個禿頭呢？」

桑喬只好去找柳三下的父親。柳三下的父親是這個地方有名的一個固執人，任你桑喬說得口乾舌燥，他也只是一句話：「我家三下，誰也不能動他一根汗毛！」

眼看著就要匯演了，油麻地小學上上下下就爲這麼一個必需的禿頭而苦惱不堪。

「只好不演這個本子了。」桑喬說。

「不演，恐怕拿不了第一名，就數這個本子好。」蔣一輪說。

「沒辦法，也只能這樣了。」

很快，油麻地小學的學生都傳開了：《屠橋》不演了。大家都很遺憾。

禿鶴在一旁靜靜地聽著，不說話。

傍晚，孩子們都放學回去了，禿鶴卻不走，在校園門口轉悠。看到桑桑從家裡走出來，他連忙過去：「桑桑。」

「你還沒有回家？」

「我馬上就回去。你給我送個紙條給蔣老師好嗎？」

「有什麼事嗎？」

「你先別管。你就把這個紙條送給他。」

「好吧。」桑桑接過紙條。

禿鶴轉身離開了校園，不一會工夫就消失在蒼茫的暮色裡。

蔣一輪打開禿鶴的紙條，那上面工工整整地寫著：

蔣老師：

我可以試一試嗎？

陸鶴

蔣一輪先是覺得有點好笑，但抓紙條的雙手立即微微顫抖起來。

桑喬看到這個紙條時，也半天沒有說話，然後說：「一定讓他試一試。」

熟。

禿鶴從未演過戲，但禿鶴決心演好這個戲。他用出人意料的速度，將所有台詞背得滾瓜爛

不知是因爲禿鶴天生就有演出的才能，還是這個戲在排練時禿鶴也看過，他居然只花一個上午就承擔起了角色。

在參加匯演的前兩天，所有參加匯演的節目，先給油麻地小學的全體師生演了一遍。當禿鶴上場時，全場掌聲雷動，孩子們全無一絲惡意。

禿鶴要把戲演得更好。他把這個角色要用的服裝與道具全都帶回家中。晚上，他把自己打扮成那個僞軍連長，到院子裡，借著月光，反反覆覆地練著：

小姑娘，快快長，
長大了，跟連長，
有得吃有得穿，還有花不完的現大洋……

他將大蓋帽提在手裡，露著光頭，就當紙月在場，驢拉磨似地旋轉著，數著板。那個連長出現時，是在夏日。禿鶴就是按夏日來打扮自己的。但眼下卻是隆冬季節，寒氣侵入肌骨。禿鶴不在意這個天氣，就這麼不停地走，不停地做動作，額頭竟然出汗了。

到燈光明亮的大舞台演出那天，禿鶴已胸有成竹。《屠橋》從演出一開始，就得到了台下的

掌聲；接下來，掌聲不斷。當禿鶴將大蓋帽甩給他的勤務兵，禿頭在燈光下鋥光發亮時，評委們就已經感覺到，桑喬又要奪得一個好名次了。

禿鶴演得一絲不苟。他腳蹬大皮靴，一隻腳踩在凳子上，從桌上操起一把茶壺，喝得水往脖子裡亂流，然後腦袋一歪，眼珠子瞪得鼓鼓的：「我楊大禿瓢，走馬到屠橋……」在與紙月周旋時，一個凶惡，一個善良；一個醜陋，一個美麗，對比十分強烈。可以說，禿鶴把那個角色演絕了。

演出結束後，油麻地小學的師生只管沉浸在勝利的喜悅之中，而當他們忽然想到禿鶴時，禿鶴早已不見了。

問誰，誰也不知道禿鶴的去向。

「大家立即分頭去找。」桑喬說。

是桑桑第一個找到了禿鶴。那時，禿鶴正坐在小鎮水碼頭最低的石階上，望著被月光照得波光粼粼的河水。

桑桑一直走到他跟前，在他身邊蹲下：「我是來找你的，大家都在找你。」

桑桑聽到了禿鶴的啜泣聲。

油麻地小學的許多師生都找來了。他們沿著石階走了下來，對禿鶴說：「我們回家吧。」

桑喬拍了拍他的肩：「走，回家了。」

禿鶴用嘴咬住指頭，想不讓自己哭出聲來，但哭聲還是抑制不住地從喉嚨裡奔湧而出，幾乎變成了嚎啕大哭。

紙月哭了，許多孩子也都哭了。

純淨的月光照著大河，照著油麻地小學的師生們，也照著世界上一個最英俊的少年……

第二章　紙月

1

紙月的外婆用手拉著紙月，出現在桑桑家的院子裡時，是那年秋天的一個下午。那時，桑桑正在餵他的那群純一色的白鴿。白鴿受了陌生人的驚擾，呼啦一聲飛了起來。這時，桑桑一眼看到了紙月：她被白鴿的突然起飛與那麼強烈的翅響驚得緊緊摟住外婆的胳膊，靠在外婆的身上，微微縮著脖子，還半瞇著眼睛，生怕鴿子的翅膀會打著她似的。

白鴿在天上盤旋著。當時正有著秋天最好的陽光，鴿群從天空滑過時，天空中閃著迷人的白光。這些小傢伙，居然在見了陌生人之後，產生了表演的欲望，在空中瀟灑而優美地展翅、滑翔或作集體性的俯衝、拔高與穿梭。

桑桑看到了外婆身旁一張微仰著的臉、一對烏黑烏黑的眼睛。

白鴿們終於像倒轉的旋風，朝下盤旋，然後又紛紛落進院子裡，發出一片咕咕聲。

紙月慢慢地從受了驚嚇的狀態裡出來，漸漸鬆開外婆的胳膊，好奇而又歡喜地看著這一地雪團樣的白鴿。

「這裡是桑校長家嗎？」紙月的外婆問。

桑桑點點頭。

「你是桑桑？」紙月的外婆拉著紙月往前走了一步。

桑桑點點頭，但用疑惑的目光望著紙月的外婆：你是怎麼知道我叫桑桑的？

「誰都知道，桑校長家有個長得很俊的男孩，叫桑桑。」

桑桑突然不安起來，因爲，他看到了自己的樣子：沒有穿鞋，兩隻光腳髒兮兮的；褲子被胯骨勉強地掛住，一隻褲管耷拉在腳面，而另一隻褲管卻捲到了膝蓋以上；褂子因與人打架，缺了紐扣，而兩只小口袋，有一只也被人撕得只有一點點連著。

「你爸爸在家嗎？」紙月的外婆問。

「在。」桑桑乘機跑進屋裡，「爸，有人找。」

桑喬走了出來。他認識紙月的外婆，便招呼紙月的外婆與紙月進屋。

紙月還是拉著外婆的手，一邊望著鴿子，一邊輕手輕腳地走著，生怕再驚動了牠們。而鴿子並不怕紙月，其中一隻，竟然跑到了紙月的腳下來啄一粒玉米。紙月就趕緊停住不走，直到外婆用力拉了她一下，才側著身子走過去。

桑桑沒有進屋，但桑桑很注意地聽著屋子裡的對話——

「這丫頭叫紙月。」

「這名字好聽。」

「我想把紙月轉到您的學校來上學。」

「那爲什麼呢？」

停頓了一陣，紙月的外婆說：「也不爲什麼。只是紙月這孩子不想再在板倉小學念書了。」

「這恐怕不行呀。上頭有規定，小孩就地上學。紙月就該在板倉小學上學。再說，孩子來這兒上學也很不方便，從板倉走到油麻地，要走三里路。」

「她能走。」

屋裡沒有聲音了。過了一會兒，父親說：「您給我出難題了。」

「讓她來吧。孩子不想在那兒念書了。」

「紙月，」父親的聲音，「這麼遠的路，你走得動嗎？」

停了停，紙月說：「我走得動。」

過了一會兒，父親說：「我們再商量商量吧。」

「我和紙月謝謝您了。」

桑桑緊接著聽到了父親吃驚的聲音：「大媽，別這樣別這樣！」桑桑走到門口往屋裡看了一眼，只見外婆拉著紙月正要在父親面前跪下來，被父親一把扶住了。

隨即，桑桑聽到了外婆與紙月的輕輕的啜泣聲。

桑桑蹲在地上，呆呆地看著他的鴿子。

父親說：「再過兩天就開學了，您就讓孩子來吧。」

紙月和外婆走出屋子，來到院子裡，正要往外走時，桑桑的母親挎著竹籃從菜園裡回來了。桑桑的母親一見了紙月，就喜歡上了：「這小丫頭，眞體面。」

幾個大人，又說起了紙月轉學的事。母親說：「遇到颳風下雨天，紙月就在我家吃飯，就在我家住。」母親望著紙月，目光裡滿是憐愛。當母親忽然注意到桑桑時，說：「桑桑，你看看人家紙月，渾身上下這麼乾乾淨淨的，你看你那雙手，剁下來狗都不聞。」

桑桑和紙月都把手藏到了身後。桑桑藏住的是一雙滿是汙垢的黑乎乎的手，紙月藏住的卻是一雙白淨的細嫩如筍的手。

紙月和她的外婆走後，桑桑的父親與母親就一直在說紙月家的事。桑桑就在一旁聽著，將父親與母親支離破碎的話連成了一個完整的故事：

紙月的母親是這一帶長得最水靈的女子。後來，她懷孕了，肚皮一日一日地隆起來。但誰也不知道這孩子是誰的，她也不說，只是一聲不吭地讓孩子在她的肚子裡一天一天地大起來。紙月的外婆似乎也沒有太多地責備紙月的母親，只是做她應該做的事情。紙月的母親在懷著紙月的時候，依然是那麼的好看，只是臉色一天比一天蒼白，眼窩一天比一天深陷下去。她不常出門，大多數時間就是在屋子裡給將要出生的紙月做衣服做鞋。她在那些衣服與褲子上繡上了她最喜歡的花，一針一線的，都很認眞。秋天，當田野間的野菊花開出一片黃的與淡紫的小花朵時，紙月出世了。一個月後，紙月的母親在一天的黃昏離開了家門。兩天後，人們在四周長滿菖蒲的水塘裡找到了她。從此，紙月的外婆，既作爲紙月的外婆，又作爲紙月的母親，一日一日，默默地將小小的紙月撫養。

關於紙月爲什麼要從板倉小學轉到油麻地小學來讀書，桑桑的父親的推測是：「板倉小學那邊肯定有壞孩子欺負紙月。」

桑桑的母親聽了，倚在門框上，長長地嘆了一口氣……

2

桑桑向母親提出他要有一件新褂子，理由是馬上就要開學了，他應該有一件新褂子。母親說：「這是太陽從西邊出來了，你也知道要新衣服了。」就很快去鎮上扯回布來，領著桑桑去一個做縫紉活的人家量了身長，並讓人家盡快將活做出來。

開學頭一天下午，桑桑跑到水碼頭，將衣服脫了扔在草上，然後撩著河水洗著身子。秋後的河水已經很涼了。桑桑一激靈一激靈的，在水碼頭上不停地跳，又顫顫抖抖地把那些鄉謠大聲叫喚出來：

姊姊十五我十六，
媽生姊姊我煮粥。

爸爸睡在搖籃裡，
沒有奶吃向我哭。
記得外公娶外婆，
我在轎前放爆竹。

就有人發笑，並將桑桑的母親從屋裡叫出來：「看你家桑桑在幹什麼呢。」

桑桑的母親走到河邊上，不知是因爲桑桑的樣子很好笑，還是因爲桑桑大聲嚷嚷著的鄉謠很好笑，就綳不住臉笑了：「小猴子，凍死你！」

桑桑轉身對著母親，用肥皂將自己擦得渾身是沫，依然不住聲地大叫著。

桑桑的母親過來要拉桑桑，桑桑就乘機往後一仰，跌進河裡。

桑桑覺得自己總算洗得很乾淨了，才爬上岸。現在，桑桑的母親見到的桑桑，是一個渾身被清冽的河水洗得通紅、沒有一星汙垢的桑桑。

桑桑穿好衣服，說：「我要去取我的白褂子。」說著就走了。

桑桑的衣服被擱下了，還沒有做好。桑桑就坐在人家門檻上等。人家只好先把手裡的活停下來做他的白褂子。桑桑直到把白褂子等到手才回家，那時天都黑了，村裡人家都已亮燈了。回到家，桑桑的腦袋被正在吃飯的母親用筷子敲了一下：「這孩子，像等不及了。」

第二天，桑桑上學路過辦公室門口時，首先是正在往池塘邊倒藥渣的溫幼菊發現了桑桑。她驚訝地說：「哎喲，桑桑，你要幹麼？」

那時，各班老師都正準備往自己的教室走，見了整日泥猴一樣甚至常不洗臉的桑桑，今日居然打扮成這樣，都圍過來看。六年級的語文老師朱恆問：「桑桑，是有相親的要來嗎？」

桑桑說：「去你的。」他自己也感覺到，他的小白褂子實在太白了，趕緊往自己的教室走。

桑桑進教室，又遭到同學們一陣哄笑。不知是誰喊了一聲「小白褂」，隨即全體響應：「小白褂！小白褂……」

眼見著桑桑要惱了，他們才停止叫喚。

上課前一刻鐘，正當教室裡亂得聽不清人語時，蔣一輪領著紙月出現在門口。教室裡頓時安靜下來。大家都在打量紙月：紙月上身穿著袖口大大的紫紅色褂子，下身穿著褲管微微短了一點的藍布褲子，揹著一只墨綠色繡了一朵紅蓮花的書包，正怯生生地看著大家。

「她叫紙月，是你們的新同學。」蔣一輪說。

「紙月？她叫紙月。」孩子們互相咀嚼著這一名字。

從此，紙月就成了桑桑的同學，一直到六年級第二學期初紙月突然離開草房子爲止。

紙月坐下後，看了一眼桑桑，那時桑桑正趴在窗台上看他的鴿群。

紙月到油麻地小學讀書，引起了一些孩子的疑惑：她爲什麼要跑這麼遠來上學呢？但過了幾天，大家也就不再去疑惑了，彷彿紙月本來就是他們的一個同學。而紙月呢，畏畏縮縮地生疏了幾天之後，也與大家慢慢熟起來。她先是與女生們說了話，後又與男生們說了話，一切都正常起來。唯一有點奇怪的是，她還沒有與她第一個見到的桑桑說過話。而桑桑呢，也從沒有要主動與她說話的意思。不過，這也沒有什麼。總之，紙月覺得在油麻地小學讀書挺愉快的，那張顯得有點蒼白的臉上，總是微微地泛著紅潤。

不久，大家還知道了這一點：紙月原來是一個很了不起的女孩子。她的毛筆字大概要算是油麻地小學的學生中間寫得最好的一個了。蔣一輪老師恨不得給紙月的大字簿上的每一個字都畫上紅色的圓圈。桑喬的毛筆字，是油麻地小學的老師中間寫得最好的一個。他翻看了蔣一輪拿過來的紙月的大字簿，說：「這孩子的字寫得很秀麗，不驕不躁，是有來頭的。」就讓蔣一輪將紙月叫來，問她：「你的字是誰教的？」紙月說：「沒有人教。」紙月走後，桑喬就大惑不解，對蔣一輪說：「這不大可能。」那天，桑喬站在正在寫大字的紙月身後，一直看她將一張紙寫完，然後從心底裡認定：「這孩子的坐相、握筆與運筆，絕對是有規矩與講究的，不可能是天生的。」後來，桑喬又從蔣一輪那裡得知：這個小紙月還會背許多古詩詞。現在語文課本上選的那些古詩詞，她是早就會了的，並且還很會朗誦。蔣一輪還將紙月寫的作文拿給桑喬看了，桑喬直覺得那作文雖然還是一番童趣，但在字面底下，卻有一般孩子根本不可能有的靈氣與書卷氣。所有這一切，都讓桑喬十分納悶。他詢問過板倉小學的老師，板倉小學的老師也說不出個所以然來。

不過，桑喬心裡倒是暗暗高興：油麻地小學收了這麼一個不錯的女孩子。

紙月卻沒有一點點傲氣。她居然絲毫也不覺得她比其他孩子有什麼高出的地方，一副平平常常的樣子。她讓油麻地小學的老師們居然覺得，她大概一輩子都會是一個文弱、恬靜、清純而柔和的女孩兒。

桑桑覺得很難說紙月就沒有對他說過話。只不過是她沒有用嘴說，而是用眼睛說罷了。比如說桑桑在課桌上再架課桌，又架課桌，最後還加了一張小凳，然後玩雜技一樣顫顫抖抖地爬到最頂端，到高牆的洞中掏麻雀時，紙月見了，就仰著臉，兩手抱著拳放在下巴下，眼睛睜得大大的，滿是緊張與擔憂。這時，桑桑假如看到了這雙眼睛，就會聽出：「桑桑，你下來吧，下來吧。」再比如說桑桑順手從地裡拔了根胡蘿蔔，在袖子上搓擦了幾下，就咯吱咯吱地吃起來時，紙月見了，就會令人覺察不到地皺一下眉頭，嘴微微地張著看了一眼桑桑。這時，桑桑假如看到了這雙眼睛，就會聽出：「桑桑，不洗的胡蘿蔔也是吃得的嗎？」再比如說桑桑把時間玩光了，來不及去摳算術題了，打算將鄰桌的作業本抓過來抄一通時，紙月看見了，就會把眼珠轉到眼角上來看桑桑。這時，假如桑桑看到了這雙眼睛，就會聽出：「桑桑，這樣的事也是做得的嗎？」又比如說桑桑與人玩籃球，在被對方狠咬了一口，胳膊上都流出鮮血來了，也沒有將手中的球鬆掉，還堅持將它投到籃框裡時，紙月看見了，就會用細白的牙齒咬住薄薄的、血色似有似無的嘴唇，彎曲的雙眉下，眼睛在陽光下跳著亮點。這時，假如桑桑看到了這雙眼睛，就會聽出：「桑桑，你眞了不起！」

這些日子，吃飯沒有吃相、走路沒有走相、難得安靜的桑桑，似乎多了幾分柔和。桑桑的母親很納悶，終於在見到桑桑吃飯不再吃得桌上湯湯水水，直到將碗裡最後一顆米粒也撥進嘴裡才去看他的鴿子時，向桑桑的父親感嘆道：「我們家桑桑，怎麼變得文雅起來了？」

這時，正將飯吃得桌上湯湯水水的妹妹柳柳，向母親大聲說：「哥哥不再搶我的餅吃了。」

3

初冬的一天下午，北風越颳越大，到了快放學時，天氣迅捷陰沉下來。桑桑家的那些在外覓食的鴿子，受了驚嚇，立即離開野地，飛上亂雲飛渡的天空，然後像被大風吹得亂飄的枯葉一般，飄飄忽忽地飛回草房子。白楊在大風裡鳴響，旗杆上的麻繩一下一下猛烈地鞭打著旗杆，發出叭叭的聲響。孩子們興奮而略帶恐怖地坐在教室裡，早已聽不下去課，只在心裡想著：怎麼回家去呢？桑喬走出辦公室，嗆了幾口北風，繫好領扣，看了看眼看就要壓到頭上的天空，便跑到各個教室說：「現在就放學！」

不一會兒，各個教室的門都打開了，孩子們只管將書本與文具胡亂地塞進書包，叫喊著，或互相呼喚著同路者的名字，紛紛往校園外面跑，彷彿馬上就有一場劫難。

紙月收拾好自己的書包時，教室裡就只剩她一個人了。她朝門外看了看，一臉的惶恐與不安。因爲，她馬上想到了：不等她回到家中，半路上就會有暴風雨的。那時，前不著村後不著店，她可怎麼辦呢？

桑桑的母親正在混亂的孩子群中朝這邊走著，見著站在風中打哆嗦的桑桑問：「紙月呢？」

桑桑：「在教室裡。」

桑桑的母親急忙走到教室門口：「紙月。」

紙月見了桑桑的母親，學著外婆的叫法，叫了一聲：「師娘。」

「你今天不要回家了。」

「外婆在等我呢。」

「我已託人帶信給你外婆了。跟我回家去。天馬上就要下雨了。」

紙月說：「我還是回家吧。」

桑桑的母親說：「你會被雨澆在半路上的。」說罷，就過來拉住紙月冰涼的手：「走吧，外婆那邊肯定會知道的。」

當紙月跟著桑桑的母親走出教室時，紙月不知爲什麼低下了頭，眼睛裡汪了淚水。

一直在不遠處站著的桑桑，見母親領著紙月正往這邊走，趕緊回頭先回家了。

紙月來到桑桑家不久，天就下起雨來，一開頭就很猛烈。桑桑趴在窗台上往外看時，只見四下裡白茫茫的一片，油麻地小學的草房子在雨幕裡都看不成形了，虛虛幻幻的。

柳柳聽說紙月要在她家過夜，異常興奮，拉住紙月的手就不肯再鬆開，反覆向母親說：「我跟紙月姊姊睡一張床。」

紙月的神情不一會兒就安定自如了。

在柳柳與紙月說話，紙月被柳柳拉著在屋裡不住地走動時，桑桑在一旁不住地給兩隻小鴿子餵食。忙著做晚飯的母親，在瀰漫於灶房裡的霧氣中說：「你是非要把這兩隻小鴿子撐死不可。」

桑桑這才不餵鴿子。可是桑桑不知道做什麼好。他只好又趴到窗台上去，望望外面：天已晚了，黑乎乎的，那些草房子已幾乎看不見了。但桑桑通過檐口的雨滴聲，至少可以判斷出離他家最近的那兩幢草房子的位置。桑桑的耳朵裡，除了稠密的雨聲，偶爾會穿插進來柳柳與紙月的說笑聲。

隱隱約約地，從屋後的大河上，傳來打魚人因爲天氣不好而略帶些悲傷的歌聲。

紙月果然被桑桑的母親安排和柳柳睡一張床。柳柳便脫了鞋，爬到床上高興地蹦跳。母親就說：「柳柳別鬧。」柳柳卻蹦得更高。

母親及時在屋子中央燒了一個大火盆。屋外雖是涼風冷雨，但這草房子裡，卻是暖融融的。柳柳與紙月的臉頰被暖得紅紅的。

在睡前忙碌的母親，有時會停住看一眼紙月。她的目光裡，總是含著一份丟不下的憐愛。

桑桑睡在裡間，紙月和柳柳睡在外間。裡間與外間，隔了一道薄薄的用蘆葦稈編成的籬笆。因此，外間柳柳與紙月的說話聲，桑桑都聽得十分分明——

紙月教柳柳一句一句地念著：

一樹黃梅個個青，
打雷落雨滿天星。

三個和尚四方坐，
不言不語口念經。

柳柳一邊念一邊樂得咯咯笑。學完了，又纏著紙月再念一個。紙月很樂意：

正月梅花香又香，
二月蘭花盆裡裝。
三月桃花紅十里，
四月薔薇靠短牆。
五月石榴紅似火，
六月荷花滿池塘。
七月梔子頭上戴，
八月桂花滿樹黃。
九月菊花初開放，
十月芙蓉正上妝。
十一月水仙供上案，
十二月蠟梅雪裡香。

桑桑睜著一雙大眼，也在心裡默默地念著。

母親將一切收拾停當，在裡屋叫道：「柳柳，別再總纏著姊姊了，天不早了，該睡覺了。」

燈一盞一盞地相繼熄滅。

兩個女孩在一條被窩裡睡著，大概是互相碰著了，不住地咯咯地笑。過不一會兒，柳柳說：「紙月姊姊，我和你一頭睡行嗎？」

紙月說：「你過來吧。」

柳柳就像一隻貓似地從被窩裡爬了過來。當柳柳終於鑽到紙月懷裡時，兩個女孩又是一陣咯咯地笑。

就聽見裡屋裡母親說了一句：「柳柳瘋死了。」

柳柳趕緊閉嘴，直往紙月懷裡亂鑽著。但過不一會兒，桑桑就又聽見柳柳跟紙月說話。這回聲音小，好像是兩個人都鑽到被窩裡去了。但桑桑依然還是隱隱約約地聽清了——是柳柳在向紙月講他的壞話——

柳柳：「好多年前，好多年前，我哥哥……」

紙月：「怎麼會好多年前呢？」

柳柳：「反正有好幾年了。那天，我哥哥把家裡的一口鍋拿到院子裡，偷偷地砸了。」

紙月：「砸鍋幹什麼？」

柳柳：「賣鐵唄。」

紙月：「賣鐵幹什麼？」

柳柳：「換錢唄。」

紙月：「換錢幹什麼？」

柳柳：「換錢買鴿子唄。」

紙月：「後來呢？」

柳柳：「後來媽媽燒飯，發現鍋沒有了，就找鍋，到處找不著，就問哥哥看見鍋沒有，哥哥看著媽媽就往後退。媽媽明白了，就要去抓住哥哥……」

紙月：「他跑了嗎？」

柳柳：「跑了。」

紙月：「跑哪兒啦？」

柳柳：「院門正好關著呢，他跑不了，就爬到豬圈裡去了。」

紙月：「爬到豬圈裡去了？」

柳柳：「爬到豬圈裡去了。老母豬就哼哼哼地要過來咬他……」

紙月有點緊張：「咬著了嗎？」

柳柳：「哥哥踩了一腳豬屎，又爬出來了……」

紙月躲在被窩裡笑了。

柳柳：「我哥可髒啦。他早上不洗臉就吃飯！」

桑桑聽得咬牙切齒，恨不能從床上蹦下來，一把將柳柳從熱烘烘的被窩裡抓出來，然後踢她一腳。

幸好，柳柳漸漸睏了，又糊裡糊塗說了幾句，就摟著紙月的脖子睡著了。

不一會兒，桑桑就聽到了兩個女孩細弱而均勻的鼾聲。

窗外，雨還在淅瀝淅瀝地下著。有隻鴿子，大概是被雨打濕了，咕咕叫著，但想到這也是很平常的事，叫了兩聲，也就不叫了。

桑桑不久也睡著了。

後半夜，風停了，雨停了，天居然在飄散了三兩團烏雲之後，出來了月亮。

夜行的野鴨，疲倦了，就往大河裡落。落到水面上，大概是因爲大魚好奇地吸吮了牠們的腳，驚得呱呱一陣叫。

桑桑醒來了。桑桑的第一個念頭，就是想撒尿，但桑桑不能撒尿。因爲桑桑想到自己如果要撒尿，就必須從裡間走出，然後穿過外間走到門外去，而從外間走過時，必須要經過紙月的床前。桑桑只好忍著。他感覺到自己的小肚子正越來越嚴重地鼓脹起來。他有點懊悔晚上不該喝下那麼多湯的。可是當時，他只想頭也不抬地喝。幸虧就那麼多湯，如果盆裡有更多的湯，這下就更糟糕了。桑桑不想一個勁地想著撒尿，就讓自己去想點其他的事情。他想到了住在校園裡的秦大奶奶：現在，她是睡著呢，還是醒著呢？聽父母親說，她一個人過了一輩子。這麼長的夜晚，就她一個人，不覺得孤單嗎？他又想到了油麻地第一富庶人家的兒子杜小康。他在心裡說：你傲什麼？你有什麼好傲的？但桑桑又不免悲哀地承認一年四季總是穿著白球鞋的杜小康，確實是其他孩子不能比的——他的樣子，他的成績，還有很多很多方面，都是不能和他比的。桑桑突然覺得，杜小康傲，是有理由的。但桑桑依然不服氣，甚至很生氣……

小肚的脹痛，打斷了桑桑的思路。

桑桑忽然聽到了紙月於夢中發出的嘆氣聲。於是桑桑又去很混亂地想紙月：紙月從田埂上走過來的樣子，紙月讀書的聲音，紙月的毛筆字，紙月在舞台上舞著大紅綢……

後來，桑桑又睡著了。

第二天早上，母親在收拾桑桑的床時，手突然感覺到了潮濕，打開被子一看，發現桑桑夜裡尿床了。她很驚詫：桑桑還是五歲前尿過床，怎麼現在十多歲了又尿床了？她一邊將被子抱到院子裡晾著，一邊在心裡犯嘀咕。

早晨的陽光十分明亮地照著桑桑的被子。

溫幼菊進了院子，見了晾在繩子上的被，問：「是誰呀？」母親說：「是桑桑。」

那時，紙月正揹著書包從屋裡出來。但紙月只看了一眼那床被子，就走出了院子。

桑桑一頭跑進了屋子。

過了一刻鐘，桑桑出來了，見院子裡無人，將被子狠狠地從繩子上扯下來，扔到了地上。而當時的地上，還留著夜間的積水。

母親正好出來看到了，望著已走出院門的桑桑：「你找死哪！」

桑桑猛地扭過頭來看了母親一眼，抹了一把眼淚，跑掉了。

4

這天，紙月沒有來上學。她的外婆來油麻地小學請假，說紙月生病了。紙月差不多有一個星期沒有來上學。蔣一輪看看紙月落下了許多作業，就對桑桑說：「你跑一趟板倉，將作業本給紙月帶上，把老師布置的題告訴她，看她能不能在家把作業補了。」

桑桑點頭答應了，但桑桑不願一個人去，就拉了阿恕一起去。可是走到半路上，遇到了阿恕的母親，硬把阿恕留下了，說她家的鴨子不知游到什麼地方去了，讓阿恕去找鴨子。桑桑猶豫了一陣，就只好獨自一人往板倉走。

桑桑想像著紙月生病的樣子。但天空飛過一群鴿子，他就仰臉去望。他把那群鴿子一隻一隻地數了。他見了人家的鴿群，總要數一數。若發現人家的鴿群大於他的鴿群，他就有些小小的嫉妒；若發現人家的鴿群小於他的鴿群，他就有些小小的得意。現在，頭上的這個鴿群是小於他的鴿群的，他就笑了，並且蹦起來，去搆頭上的樹枝，結果把紙月的作業本震落了一地。他只好蹲下來收拾作業本，並把作業本上的灰擦在褲子上。鴿群還在他頭上飛，他沉浸在得意感裡，早把紙月忘了。

離板倉大約一里地，有條大河。大河邊上有一大片樹林，在林子深處，有一座古寺，叫浸月寺。鴿群早已消失了。桑桑一邊走，一邊想那座古寺。他和母親一起來過這座古寺。桑桑想：我馬上就要見到那座古寺了。

桑桑走到了大河邊，不一會兒，就見到了那片林子。不知爲什麼，桑桑並不想立即見到紙月。因爲他不知道自己在見了紙月以後，會是什麼樣子。桑桑是一個與女孩子說話就會臉紅的男孩。越走近板倉，他就越磨蹭起來。他走進了林子，想看看浸月寺以後再說。有一條青石板的小道，彎彎曲曲地隱藏在林子間，把桑桑往林子深處引著。

正在冬季裡，石板小道兩邊，無論是楓樹、白楊還是銀杏，都赤條條的。風並不大，但林子還是呼呼呼地響著，渲染著冬季的蕭條。幾隻寒鴉立在晃動的枝頭，歪臉看著天空那輪冬季特有的太陽。

浸月寺立在坡上。

桑桑先聽到浸月寺風鈴的清音，隨即看到了它的一角。風鈴聲漸漸大起來。桑桑覺得這風鈴聲很神祕，很奇妙，也很好聽。他想：如果有一種鴿哨，也能發出這種聲音，從天空中飄過，那會怎樣呢？桑桑的許多想法，最後都是要與他的那群鴿子匯合到一起去。

拐了一道彎，浸月寺突然整個放在了桑桑的眼前。

立在深院裡的寺廟，四角翹翹，彷彿隨時都會隨風飛去。寺廟後面還是林子，有三兩株高樹，在它的背後露出枝條來。寺前是兩株巨大的老槐，很少枝條，而偶爾剩下的幾根，在風中輕輕搖動，顯得十分蒼勁。風略大一些，四角垂掛的風鈴一起響起，叮叮噹噹，襯得四周更是寂靜。

獨自一人來到寺前的桑桑，忽然覺得被一種肅穆與莊嚴壓迫著，不禁打了一個寒噤，小小的身體收縮住，惶惶不安地望著，竟不敢再往前走了。

「往回走吧，去紙月家。」桑桑對自己說。但他並未往回走，反而往上走來了。這時，桑桑聽到老槐樹下傳來了三弦的彈撥聲。桑桑認得這種樂器。彈撥三弦的人，似乎很安靜，三弦聲始終不急躁，十分單純。在桑桑聽來，這聲音是單調的，並且是重複的。但桑桑又覺得它這清純的、緩慢的聲音是好聽的，像秋天雨後樹枝上的雨滴落在池塘裡那麼好聽，桑桑是油麻地小學文藝宣傳隊的胡琴手，桑桑多少懂得一點音樂。

三弦聲總是這麼響著。彷彿在許多許多年前，它就響了，就這麼響的。它還會永遠響下去，就這麼地響下去。

桑桑終於怯怯地走到了寺院門口。他往裡一看，見一個僧人正坐在老槐樹下。那三弦正在他懷裡似有似無地響著。

桑桑知道，這就是父親常常說起的慧思和尚。

關於慧思和尚的身世，這一帶人有多種說法。但桑桑的父親只相信一種：這個人從前是個教書先生，並且是一個很有學問的教書先生，後來也不知是什麼原因，突然出家當和尚了。父親實際上並無充足的理由，只是在見過慧思和尚幾次之後，從他的一手很好的毛筆字上、從他的一口風雅言辭上、從他的文質彬彬且又帶了幾分灑脫的舉止上，便認定了許多種說法中的這一種。父親後來也曾懷疑過他是一個念書已念得很高的學生。是先生也好，是學生也罷，反正，慧思和尚不是鄉野之人。慧思和尚顯然出生於江南，因爲只有江南人才有那副清秀之相。慧思和尚是一九四八年來浸月寺的。據當時的人講，慧思那時還不足二十歲，頭髮黑如鴉羽，面白得有點像女孩子，讓一些鄉下人覺得可惜。後來，這裡的和尚老死的老死了，走的走了，就只剩他一個獨自守著這座也不知是建於哪年的古寺。因爲時代的變遷，浸月寺實際上已很早就不再像從前那樣香煙繚繞了，各種佛事也基本上停止。浸月寺終年清靜。不知是什麼原因，慧思和尚卻一直留了下來。這或許是因爲他已無處可去，古寺就成了他的家。他堅持著沒有還俗，在空寂的歲月中，依然做他的和尚。他像從前一樣，一年四季穿著棕色的僧袍。他偶爾出現在田野上，出現在小鎮上，這倒給平淡無奇的鄉野增添了一道風景。

老槐樹下的慧思和尚感覺到有人站在院門口，就抬起頭來。

就在這一剎那間，桑桑看到了一雙深邃的眼睛。儘管這種目光裡含著一種慈祥，但桑桑卻像被一股涼風吹著了似的，微微震顫了一下。

慧思和尚輕輕放下三弦，用雙手捏住僧袍，然後站起來，輕輕一鬆手，那僧袍就像一道幕布滑落下去。他用手又輕輕拂了幾下僧袍，低頭向桑桑作了一個揖，便走了過來。

桑桑不敢看慧思和尚的臉，目光平視。由於個頭的差異，桑桑的目光裡，是兩只擺動的寬大的袖子。那袖子是寬寬地捲起的，露出雪白的裡子。

「小施主，請進。」

桑桑壯大了膽抬起頭來。他眼前是副充滿清爽、文靜之氣的面孔。桑桑長這麼大，還從未見過這樣的面孔。他朝慧思和尚笑了笑，但他不知道他這麼笑究竟是什麼意思，只是覺得自己應該這麼笑一笑。

慧思和尚微微彎腰，做了一個很恭敬的、讓桑桑進入僧院的動作。

桑桑有點不自然。因爲，誰也沒有對他這樣一個幾年前還拖著鼻涕的孩子如此莊重過。

桑桑束手束腳地走進了僧院。

慧思和尚閃在一側，略微靠前一點引導著桑桑往前走。他問桑桑：「小施主，有什麼事嗎？」

桑桑隨口說：「來玩玩。」但他馬上覺得自己的回答很荒唐。因爲，這兒不是小孩玩的地方。他的臉一下漲紅起來。

然而，慧思和尚並沒有對他說「這不是玩的地方」，只是很親切地說：「噢，噢……」仍在微微靠前的位置上引導著桑桑。

桑桑不好再退回去，索性硬著頭皮往前走。他走到了殿門。裡面黑沉沉的。桑桑第一眼看裡面時，並沒有看到具體的形象，只覺得黑暗裡泛著金光。他站在高高的門檻外面，不一會兒就看清了那尊蓮座上的佛像。佛的神態莊嚴卻很慈祥。佛的上方，是一個金色的穹頂，於是佛像又顯得異常的華貴了。

桑桑仰望佛像時，不知爲什麼，心裡忽然有點懼怕起來，便不由自主地往後退了幾步，隨即轉身就要往院外走。

慧思和尙連忙跟了出來。

在桑桑走出院門時，慧思和尙問了一句：「小施主從哪兒來？」

桑桑答道：「從油麻地。」

慧思和尙又問道：「小施主，往哪兒去？」

桑桑答道：「去板倉。」

「板倉？」

桑桑點點頭：「我去板倉找紙月。」

「紙月？」

「我的同學紙月。」

「你是桑桑？」

桑桑很吃驚：「你怎麼知道我是桑桑？」

慧思和尙頓了一下，然後一笑道：「聽人說起過，桑校長的公子叫桑桑。你說你是從油麻地來的，我想，你莫非就是桑桑。」

桑桑沿著青石板小道，往回走去。

慧思和尙竟然一定要送桑桑。

桑桑無法拒絕。桑桑也不知道如何拒絕，就呆頭呆腦地讓慧思和尚一直將他送到大河邊。

「慢走了。」慧思和尚說。

桑桑轉過身來看著慧思和尚。當時，太陽正照著大河，河水反射著明亮的陽光，把站在河邊草地上的慧思和尚的臉照得非常清晰。慧思和尚也正望著他，朝他微笑。桑桑望著慧思和尚的臉，憑他一個孩子的感覺，他突然無端地覺得，他的眼睛似乎像另外一個人的眼睛，反過來說，有另外一個人的眼睛，似乎像慧思和尚的眼睛。但桑桑卻想不出這另外一個人是誰，一臉的困惑。

慧思和尚說：「小施主，過了河，就是板倉了，上路吧。」

桑桑這才將疑惑的目光收住，朝慧思和尚擺擺手，與他告別。

桑桑走出去一大段路以後，又回過頭來看。他看到慧思和尚還站在河邊的草地上。有大風從河上吹來，他的僧袍被風所捲動，像空中飄動的雲一樣。

5

紙月病好之後，又像往常一樣上學、回家。但這樣過了兩個星期之後，不知道是什麼原因，紙月幾乎每天上學遲到。有時，上午的第一節課都快結束了，她才氣喘吁吁地趕到教室門口，舉著手喊「報告」。開始幾回，蔣一輪也沒有覺得什麼，只是說：「進來。」這樣的情況又發生了幾次之後，蔣一輪有點生氣了：「紙月，你是怎麼搞的？怎麼天天遲到？」

紙月就把頭垂了下來。

「以後注意。到座位上去吧！」蔣一輪說。

紙月依然垂著頭。紙月坐下之後，就一直垂著頭。

有一回，桑桑偶然瞥了紙月一眼，只見有一串淚珠從紙月的臉上無聲地滾落了下來，滴在了課本上。

這一天，桑桑起了個大早，對母親說是有一隻鴿子昨晚未能歸巢，怕是被鷹打傷了翅膀，他得到田野上去找一找，就跑出了家門。桑桑一出家門就直奔板倉。桑桑想暗暗地搞清楚紙月到底是怎麼了。

桑桑趕到大河邊時，太陽剛剛出來，河上的霧氣正在飄散。河上有一條渡船，兩頭都拴著繩子，分別連結著兩岸。桑桑拉著繩子，將船拽到岸邊，然後爬上船去，又去拉船那一頭的繩子，不一會兒就到了對岸。桑桑上了岸，爬上大堤，這時，他看到了通往板倉的那條土路。他在大堤上的一棵大樹下坐了下來，悄悄地等待著紙月走出板倉。

當太陽升高了一截，大河上已無一絲霧氣時，桑桑沒有看到紙月，卻看到土路上出現了三個男孩。他們在土路上晃蕩著，沒有走開的意思，好像在等一個人。

桑桑不知道，這三個男孩都是板倉小學的學生。其中一個是板倉校園內有名的壞孩子，名叫劉一水，外號叫「豁嘴大茶壺」。其他兩個是豁嘴大茶壺的「跟屁蟲」，一個叫周德發，另一個叫吳天衡。桑桑更不知道，他們三個人是在等待紙月走過來。

過不一會兒，桑桑看到板倉村的村口，出現了紙月。

紙月遲遲疑疑地走過來了。她顯然已經看到了劉一水。有一小會兒，紙月站在那兒不走了。但她看了看東邊的太陽，還是走過來了。

劉一水直挺挺地橫躺在路上，其他兩個則坐在路邊。

桑桑已經看出來了，他們要在這裡欺負紙月。桑桑聽父親說過（父親是聽板倉小學的一位老師說的），板倉小學有人專門愛欺負紙月，其中爲首的一個叫豁嘴大茶壺。板倉小學曾幾次想管束他們，但都沒有什麼效果，因爲豁嘴大茶壺無法無天。桑桑想：這大概就是豁嘴大茶壺他們。桑桑才看到這兒，就已經明白紙月爲什麼總是天天遲到了。

紙月離劉一水們已經很近了。她又站了一會兒，然後跳進了路邊的麥地。她要避開劉一水們。

劉一水們並不去追紙月，因爲，在他們看來，紙月實際上是很難擺脫他們的。他們看見紙月在坑坑窪窪的麥地裡走著，就咯咯地笑。笑了一陣，就一起扯著嗓子喊：

呀呀呀，呀呀呀，

腳趾縫裡漏出一小丫。

沒人攙，沒人架，

剛一尥腿就跌了個大趴叉。

這小丫，找不到家，

抹著眼淚胡哇哇……

他們一面叫，一面噼噼啪啪地拍著屁股伴奏。

紙月現在只惦記著趕緊上學，她不理會他們，斜穿麥地，往大堤上跑。

劉一水們眼見著紙月就要上大堤了，這才站起來也往大堤上跑去。

桑桑不能再在一旁看著了，他朝紙月大聲叫道：「紙月，往我這兒跑！往我這兒跑！」

紙月在麥地裡站住了，望著大堤上的桑桑。

桑桑叫著：「你快跑呀，你快跑呀！」

紙月這才朝大堤上跑過來。

在紙月朝大堤上跑過來時，桑桑一手抓了一塊半截磚頭，朝那邊正跑過來的劉一水們走過去。

紙月爬上了大堤。

桑桑回頭說了一聲「你快點過河去」，繼續走向劉一水們。

紙月站在那兒沒有動。她呆呆地望著桑桑的背影，擔憂而恐懼地等待著將要發生的鬥毆。她想叫桑桑別再往前走了，但她沒有叫。因爲她知道桑桑是不肯回頭的。

桑桑心裡其實是害怕的。他不是板倉的人，他面對著的又是三個看上去都要比他大比他壯實的男孩。但桑桑很願意當著紙月的面，好好地與人打一架。他在心裡戰慄地叫喊著：「你們來吧！你們來吧！」兩條細腿卻如寒風中的枝條，瑟瑟發抖。他甚至想先放下手中的磚頭，到大樹背後撒泡尿，因爲他感覺到他的褲子已經有點潮濕了。

「桑桑……」紙月終於叫道。

桑桑沒有回頭，一手抓著一塊半截磚頭，站在那兒，等著劉一水他們過來。

劉一水先跑過來了，望著桑桑問：「你是誰？」

「我是桑桑！」

「桑桑是什麼東西？」劉一水說完，扭過頭來朝周德發和吳天衡笑著。

桑桑把兩塊磚頭抓得緊緊的，然後說：「你們再往前走一步，我就砸了！」

劉一水說：「你砸不準。」

桑桑說：「我砸得準。」他吹起牛來：「我想砸你的左眼，就絕不會砸到你的右眼上去。」但他隨即覺得現在吹這個牛很可笑，就把腿叉開，擺出一副嚴陣以待的架式。

劉一水們互相摟著肩，根本就不把桑桑放在眼裡，擺成一條線，大搖大擺地走過來了。

桑桑舉起了磚頭，側過身子，作出隨時準備投擲的樣子。劉一水們不知是因爲害怕桑桑眞的會用磚頭砸中他們，還是因爲被桑桑的那副凶樣嚇唬住了，暫時停了下來。

而這時，桑桑反而慢慢地往後退去。他在心裡盤算著：當紙月登上渡船的一刹那間，他將磚頭猛烈地投擲出去，然後也立即跳上渡船，將這一頭的繩子解掉，趕緊將渡船拉向對岸。

紙月似乎明白了桑桑的意圖，就往大堤下跑，直奔渡船。

桑桑就這麼抓著磚頭，一邊瞪著劉一水們，一邊往後退著。劉一水們還眞的不敢輕舉妄動，只是在一定的距離內，一步一步地逼過來。

桑桑掉頭看了一眼。當看到紙月馬上就要跑到水邊時，他突然朝前衝去，嚇得劉一水們掉頭往後逃竄。而桑桑卻在衝出去幾步之後，掉頭往大堤下衝去。桑桑一邊衝，一邊很爲他的這一點點狡猾得意。

劉一水們終於站住，轉身反撲過來。

桑桑朝紙月大聲叫著：「快上船！快上船！」

紙月連忙上了船。

桑桑已退到水邊。當他看到劉一水們已追到眼前時，心裡說：「我不怕砸破了你們的頭！」然後猛地將一塊磚頭投擲出去。然而用力過猛，那磚頭竟落到劉一水們身後去了。不過倒也把劉一水們嚇了一跳。這時，桑桑乘機跳上了船。劉一水們正要去抓拴在大樹上的繩子，桑桑就又將手中的另一塊磚頭也投擲了出去。這回砸到了吳天衡的腳上，疼得他癱在地上「哎喲哎喲」地叫喚。但就在桑桑要去解繩子時，劉一水卻已抓住了繩子，把正被紙月拉向對岸的船，又拉了回去。繩子繫得太死，桑桑費了很大的勁，才將它解開，而這時，船已幾乎靠岸了。劉一水飛跑過來，不顧桑桑的阻攔，一步跳到了船上。

紙月用力地將船向對岸拉去。

劉一水朝紙月撲過來，想從紙月手裡搶過繩子。

桑桑雙手抱住了劉一水的腰，兩人在船艙裡打了起來。桑桑根本不是劉一水的對手，勉強糾纏了一陣，就被劉一水打翻在船艙，騎在了胯下。劉一水擦了一把汗，望著桑桑：「從哪兒冒出來個桑桑！」說完，就給了桑桑一拳。

桑桑覺得自己的鼻梁一陣銳利的痠疼，隨即，鼻孔就流出血來。

桑桑看到了一個野蠻的面孔。他想給劉一水重重一擊，但他根本無法動彈。

劉一水又給了桑桑幾拳。

紙月放下了繩子，哭著：「你別再打他了，你別再打他了……」

劉一水眼看渡船已離岸很遠，就將桑桑扔下了，然後跑到船頭上，趴下來捲起袖子，用手將船往回划著。

桑桑躺在艙底一動也不動地仰望著冬天的天空。他從未在這樣一個奇特的角度看過天空。在這樣的角度所看到的天空，顯得格外的高闊。他想，如果這時，他的鴿子在天空飛翔，一定會非常好看的。河上有風，船在晃動，桑桑的天空也在晃動。桑桑有一種說不出來的暈眩感。

紙月坐在船頭上，任劉一水將船往回划。

桑桑看到了一朵急急飄去的白雲，這朵白雲使桑桑忽然有些緊張。他慢慢爬起來，然後朝劉一水爬過去。當渡船離岸還有十幾米遠時，桑桑突然一頭撞過去。隨即，他和紙月都聽到了撲通一聲。他趴在船幫上，興奮地看著一團水花。過不一會兒，劉一水掙扎出水面。桑桑站起來，用手擦著鼻孔下的兩道血流，俯視著在冬天的河水中艱難游動著的劉一水。

紙月將船朝對岸拉去。

當劉一水游回岸邊，因為寒冷而哆哆嗦嗦地跳動時，桑桑和紙月也已站在了河這邊柔軟的草地上。

6

劉一水跑回家換了衣裳，快近中午時，就覺得渾身發冷，烏了的嘴唇直打顫。放學後，他勉強回到家中，就著涼生病了。劉一水的家長鬧到了油麻地小學，鬧到了桑喬家。這麼一鬧，就把事情鬧大了，事情一鬧大，事情也就好收拾了。到處都有桑喬的學生。桑喬賠了禮之後，聯合了板倉小學，甚至聯合了地方政府，一起出面，將劉一水等幾個孩子連同他們的家長找到一起，發出嚴重警告：假如日後再有一絲欺負紙月的行為，學校與地方政府都將對劉一水等人以及他們的家長進行老實不客氣的處理。

這天，桑喬對紙月說：「紙月，板倉那邊，已沒有人再敢欺負你了，你還是回那邊讀書吧。」

紙月低著頭，不吭聲。

「你跟你外婆好好商量一下。」

紙月點點頭，回教室去了。

桑桑的母親說：「就讓她在這兒念書吧。」

桑喬說：「這沒有問題，就怕這孩子跑壞了身體。」

那一天，紙月坐在課堂上，沒有一點兒心思聽課，目光空空的。

第二天一早，紙月和外婆就出現在桑桑家門口。

外婆對桑喬說：「她只想在油痲地讀書。你就再收留她吧。」

桑喬望著紙月：「你想好了？」

紙月不說話，只是點點頭。

在一旁餵鴿子的桑桑，就一直靜靜地聽著。等外婆與紙月走後，他將他的鴿子全都轟上了天空，鴿子飛得高興時，噼噼啪啪地擊打雙翅，彷彿滿空裡都響著一片清脆的掌聲。

一切，一如往常。

但不久，桑桑感覺到有幾個孩子在用異樣的目光看他，看紙月。並且，他們越來越放肆了。比如，上體育課，當他正好與紙月分在一個小組時，以朱小鼓為首的那幾個人，就會莫名其妙地「嗷」地叫一聲。羞憤的桑桑，揪住一個孩子的衣領，把他拖到屋後的竹林裡給了一拳。但桑桑的反應，更刺激了朱小鼓們。他們並無惡意，但一個個都覺得這種哄鬧實在太來勁了。他們中間甚至有桑桑最要好的朋友。

桑桑這種孩子，從小就注定了要成爲別人哄鬧的對象。

這天下午是作文課。桑桑的作文一直是被蔣一輪誇獎的。而上一回做的一篇作文，尤其做得好，整篇文章差不多全被蔣一輪圈點了。這堂作文課的第一個節目就是讓桑桑朗讀他的作文。這是事先說好了的。上課鈴一響，蔣一輪走上講台，說：「今天，我們請桑桑同學朗讀他的作文《我們去麥地裡》。」

但桑桑卻在滿頭大汗地翻書包：他的作文本不見了。

蔣一輪說：「別著急，慢慢找。」

慢慢找也找不到。桑桑失望了，站在那兒抓耳撓腮。

蔣一輪朝桑桑咂了一下嘴，問道：「誰看到桑桑的作文本了？」

大家就立即去看自己的桌肚，翻自己的書包。不一會兒，就陸續有人說：「我這兒沒有。」

而當紙月將書包裡的東西都取出來查看時，臉一下子紅了：在她的作文本下，壓著桑桑的作文本。

有一兩個孩子一眼看到了桑桑的作文本，就把目光停在了紙月的臉上。

紙月只好將桑桑的作文本從她的作文本下抽出，然後站起來：「報告，桑桑的作文本在我這兒。」她拿著作文本，朝講台上走去。

朱小鼓領頭，「嗷」地叫了一聲。隨即，幾乎是全教室的孩子，都跟著「嗷」起來。

蔣一輪用黑板擦一拍講台：「安靜！」

蔣一輪接過紙月手中的桑桑的作文本，然後又送到桑桑手上。

桑桑開始讀他自己的作文，但讀得結結巴巴，彷彿那作文不是他寫的，而是抄別人的。寫得滿好的一篇作文，經桑桑這麼吭哧吭哧地一讀，誰也覺不出好來，課堂秩序亂糟糟的。蔣一輪皺著眉頭，硬是堅持著聽桑桑把他的作文讀完。

放學後，朱小鼓看到了桑桑，朝他詭祕地一笑。

桑桑不理他，蹲了下來，裝著繫鞋帶，眼睛卻瞟著朱小鼓。當看到朱小鼓走到池塘邊上打算撅下一根樹枝抓在手中玩耍時，他突然站起來衝了過去，雙手一推，將朱小鼓推了下去。這池塘剛出了藕，水倒是沒有，但全是稀泥。朱小鼓是一頭栽下去的。等他將腦袋從爛泥裡拔出來時，除了兩隻眼睛閃閃發亮，其餘地方，全都被爛泥糊住了。他惱了，順手抓了兩把爛泥爬了上來。

桑桑沒有逃跑。

朱小鼓跑過來，把兩把爛泥都砸在了桑桑的身上。

桑桑放下書包，一縱身跳進爛泥塘，也抓了兩把爛泥，就在塘裡，直接把爛泥砸到了朱小鼓身上。

朱小鼓抹了一把臉上的泥，也跳進爛泥塘裡。

孩子們閃在一邊，無比興奮地看著這場泥糊大戰。

紙月站在教室裡，從門縫裡悄悄向外看著。

不一會兒工夫，桑桑與朱小鼓身上就再也找不出一塊乾淨地方了。老師們看著這兩個「泥猴」，一邊大聲制止著，卻又一邊抑制不住地笑著。

孩子們無所謂站在哪一邊，只是不住地拍著巴掌。

蔣一輪終於板下臉來：「桑桑，朱小鼓，你們立即給我停住！」

兩人也沒有什麼力氣了，勉強又互相砸了幾把爛泥，就彎下腰去，在爛泥塘裡到處找自己的鞋襪。孩子們就過來看，並指著爛泥塘的某一個位置叫道：「在那邊！在那邊！」

桑桑爬上來時，偶然朝教室看了一眼。他看到了藏在門後的紙月的眼睛。

兩天後，天下起了入冬以來最大的一場雪。

教室後面的竹林深處，躲避風雪的一群麻雀唧唧喳喳地叫著，鬧得孩子們都聽不清老師講課。僅僅是一堂課的時間，再打開教室門時，門口就已堆積了足有一尺深的雪。到了傍晚放學時，一塊一塊的麥地都已被大雪厚厚覆蓋，田埂消失了，眼前只是一個平坦無邊的大雪原。然而，大雪還在稠密生猛地下著。

孩子們艱難地走出了校園，然後像一顆顆黑點，散落在雪野上。

桑桑的母親站在院門口，等紙月。中午，她就與紙月說好了，讓她今天不要回家，放了學就直接來這兒。當她看到校園裡已剩下不多的孩子時，便朝教室走來。路上遇到了桑桑，她問：

「紙月呢？」

桑桑指著很遠處的一個似有似無的黑點：「她回家了。」

「你沒有留她？」

點。

桑桑站在那兒不動，朝大雪中那個向前慢慢移動的黑點看著——整個雪野上，就那麼一個黑點。

桑桑的母親在桑桑的後腦勺上打了一巴掌：「你八成是欺負她了。」

桑桑突然哭起來：「我沒有欺負她，我沒有欺負她……」扭頭往家走去。

桑桑的母親跟著桑桑走進院子：「你沒有欺負她，她怎麼走了？」

桑桑一邊抹眼淚，一邊跺著腳，向母親大叫：「我沒有欺負她！我沒有欺負她！我哪兒欺負她了？」

他抓了兩團雪，將它們攥結實，然後，直奔鴿籠，狠狠地向那些正縮著脖子歇在屋檐下的鴿子砸去。

鴿子們被突如其來的攻擊驚呆了，愣了一下，隨即慌張地飛起。有幾隻鑽進籠裡的，將腦袋伸出來看了看，沒有立即起飛。桑桑一見，又攥了兩個雪球砸過去，鴿籠咚的一聲巨響，驚得最後幾隻企圖不飛的鴿子，也只好飛進風雪裡。

鴿子們在天空中吃力地飛著。牠們不肯遠飛，就在草房子的上空盤旋，總有要立即落下來的心思。

桑桑卻見著什麼抓什麼，只顧往空中亂砸亂掄，絕不讓牠們落下。

鴿子們見這兒實在落不下來，就落到了其他草房頂上。這使桑桑更惱火。他立即跑出院子，追著砸那些企圖落在其他草房頂上的鴿子。

母親看著跑得上氣不接下氣的桑桑：「你瘋啦？」

桑桑頭一歪：「我沒有欺負她！我沒有欺負她嘛！」說著，用手背猛地抹了一把眼淚。

「那你就砸鴿子？」

「我願意砸！我願意砸！」他操起一根竹竿，使勁地朝空中飛翔的鴿子揮舞不止，嘴裡卻在不住地說：「我沒有欺負她嘛！我沒有欺負她嘛……」

鴿子們終於知道，牠們在短時間內，在草房子上是落不下來了，只好冒著風雪朝遠處飛去。

桑桑站在那兒，看著牠們漸漸遠去，與雪混成一色，直到再也無法區別。

桑桑再往前看，矇矓的淚眼裡，那個黑點已完全消失在黃昏時分的風雪裡……

第三章　白雀(一)

1

差不多每個地方的文藝宣傳隊，都是由這個地方的學校提供劇本並負責排練的。桑喬既是油麻地學校文藝宣傳隊的導演，也是油麻地地方文藝宣傳隊的導演。

桑喬的導演水平不入流，卻很有情趣。他不會自己做動作，然後讓人學著做。因爲他的動作總不能做到位，他嘴裡對人說：「瞧著我，右手這麼高高地舉起來。」但實際上他的右手並未高高地舉起來，倒像被鷹擊斷了的雞翅膀那樣耷拉著。人家依樣畫葫蘆，照他的樣做了，他就生氣。可人家說：「你就是這個樣子。」於是，桑喬就知道了，他不能給人做樣子。這樣一來，他倒走了大家的路子：不動手動腳，而是坐在椅子上或倚在牆上，通過說，讓演員自己去體會，去找感覺。

桑喬導演的戲，在這一帶很有名氣。

桑喬既是一個名校長，又是一個名導演。

農村的文藝宣傳隊，幾乎是常年活動的。農忙了，上頭說要鼓勁，要把戲演到田頭場頭；農閒了，上頭說，閒著沒事，得有個戲看看，也好不容易有個工夫看看戲；過年過節了，上頭說，要讓大夥兒高高興興的，得有幾場戲。任何一種情況，都是文藝宣傳隊活動的理由。

油麻地地方文藝宣傳隊，在大多數情況下，是與油麻地小學的文藝宣傳隊混合在一起的。排練的場所，一般都在油麻地小學的一幢草房子裡。

排練是公開的，因此，這地方的人，在戲還沒有正式演出之前，實際上就早已把戲看過好幾遍了。他們屋前屋後佔了窗子，或者乾脆擠進屋裡，看得有滋有味。這時，他們看的不是戲，而是看如何排戲。對他們來說，看如何排戲比看戲更有意思。一個演員台詞背錯了，只好退下去重來，這有意思。而連續上台三回，又同樣退下去三回，這便更有意思。

一場不落看排練的是秦大奶奶。

油麻地小學校園內，唯一一個與油麻地小學沒有關係的住戶，就是孤老婆子秦大奶奶。只要一有排練，她馬上就能知道。知道了，馬上就搬張小凳拄著拐棍來看。她能從頭至尾地看，看到深夜，不住地打盹了，也還坐在那兒老眼昏花地看。爲看得明白一些，她還要坐到正面來。這時，她的小凳子，就會放到離桑喬的藤椅不遠的地方。有人問她：「你聽明白了嗎？」她朝人笑笑，然後說：「聽明白啦：他把一碗紅燒肉全吃啦。」要不就說：「聽明白啦：王三是個苦人，卻找了一個體面媳婦。」衆人就樂，她也樂。

今年的夏收夏種已經結束，油麻地地方文藝宣傳隊爲及時拿出一台戲來，已在草房子裡排練了好幾天了。現在他們正在排練一齣叫《紅菱船》的小戲。

女主角是十八歲的姑娘白雀。

白雀是油麻地的美人。油麻地一帶的人習慣用老戲裡的話把長得好看的女孩兒稱作「美人」。

白雀在田野上走，總會把很多目光吸引過去。她就那麼不顯山不露水地走，在人們的眼裡，卻有說不明白的耐看。她往那兒一站，像棵臨風飄動著嫩葉的還未長成的梧桐樹，亭亭玉立，依然很耐看。

白雀還有一副好嗓子。不洪亮，不寬闊，但銀鈴般清脆。

桑喬坐在椅子上，把雙手垂掛在扶手上，給白雀描繪著：一條河，河水很亮；一條小木船，裝了一船紅菱，那紅菱一顆一顆的都很鮮豔，惹得人都想看一眼；一個姑娘，就像你這樣子的，撐著這條小船往前走，往前走，船頭就聽見擊水聲，就看見船頭兩旁不住地開著水花；這個姑娘無心看紅菱——紅菱是自家的，常看，不稀罕；她喜歡看的是水上的、兩岸的、天空的好風景；前面是一群鴨，船走近了，才知道，那不是一群鴨，而是一群鵝；蘆葦開花了，幾隻黃雀站在蘆花頂上叫喳喳，一個摸魚的孩子用手一撥蘆葦，露出了臉，黃雀飛上了天；水碼頭上站著一個紅衣綠褲的小媳婦，瞇著眼睛看你的船，說菱角也眞紅，姑娘也眞白，姑娘你就把頭低下去看你的紅菱；看紅菱不要緊，小木船撞了正開過來的大帆船，小船差點翻了，姑娘你差點跌到了河裡，你想罵人家船主，可是沒有道理，只好在心裡罵自己；姑娘一時沒心思再撐船，任由小船在水上漂；漂出去一兩里，河水忽然變寬了，浩浩蕩蕩的，姑娘你心慌了，姑娘你臉紅了——你想要到的那個小鎮，就立在前邊不遠的水邊上；一色的青磚，一色的青瓦，好一個小鎮子；姑娘你見到小鎮時，已是中午時分，小鎮上，家家煙囪冒了煙，煙飄到了水面上，像飄了薄薄的紗；你不想再讓小船走了，你怕聽到大柳樹下的笛子聲——大柳樹下，總有個俊俏後生在吹笛子……

桑喬的描繪，迷住了一屋子人。

白雀的臉紅了好幾回，彷彿那船上的姑娘真的就是她。

這齣小戲，就只有一支笛子伴奏。吹笛子的是蔣一輪。

桑桑最崇拜的一個人就是蔣一輪。蔣一輪長得好，笛子吹得好，籃球打得好，語文課講得好……桑桑眼裡的蔣一輪，是由無數個好加起來的一個完美無缺的人。

蔣一輪長得很高，但高得不蠢，高得勻稱、恰當。油麻地不是沒有高個兒，但不是高得撐不住，不是背駝了，就是上身太長，要不又是兩條腿太長，像立在水裡的灰鶴似的。蔣一輪只讓人覺得高得好看。蔣一輪的頭髮被他很耐心地照料著，一年四季油亮亮的：分頭，但無一絲油腔滑調感，無一絲闊「小開」的味道，很分明的一道線，露出青白的頭皮，加上鼻梁上架了一副眼鏡，就透出一股擋不住的文氣。

蔣一輪的笛子能迷倒一片人。

蔣一輪的笛子裝在一只終年雪白的布套裡。他取出笛子時，總是很有章法地將布套摺好放到口袋裡，絕不隨便一團巴塞進褲兜裡。在蔣一輪看來，笛子是個人，那個布套就是這個人的外衣。一個人的外衣是可以隨便團巴團巴亂塞一處的嗎？蔣一輪在吹笛子之前，總要習慣性地用修長的手指在笛子上輕輕撫摸幾下，樣子很像一個人在撫摸他寵愛的一隻貓或一條小狗。笛子橫在嘴邊時，是水平的。蔣一輪說，笛子吹得講究不講究，第一眼就看笛子橫得平不平。蔣一輪的笛子橫著時，上面放個水平尺去測試，水平尺上那個亮晶晶的水珠肯定不偏不倚地在當中。蔣一輪吹笛子從來不坐下來吹。這或許是因爲蔣一輪覺得，坐下來會把他那麼一個高個兒白白地浪費了。蔣一輪說：「笛子這種樂器，只能站著去吹。」最瀟灑時，是他隨便倚在一棵樹上或隨便倚在一個什麼東西上吹。這時，他的雙腿是微微交叉的。這是他最迷人的時刻。

桑桑每逢看見蔣一輪這副樣子，便恨胡琴這種樂器只能一屁股癱在椅子上拉。

《紅菱船》的曲子就是蔣一輪根據笛子特性，自己作的，蔣一輪自然吹得得心應手。

桑喬將《紅菱船》導演出了點樣子之後，就對蔣一輪與白雀說：「差不多了，你們兩個另找個地方，再去單練吧。」

2

晚上，桑桑在花園裡循聲捉蟋蟀，就聽見荷塘邊的草地上有笛子聲，隔水看，白雀正在笛子聲裡做動作。今晚的月亮不耀眼，一副迷離恍惚的神氣。桑桑看不清蔣一輪與白雀的眉眼，只看得淸他們的影子。蔣一輪倚在柳樹上，用的是讓桑桑最著迷的姿勢：兩腿微微交叉著。白雀的動作在這樣的月光籠罩下，顯得格外柔和。桑桑坐在塘邊，呆呆地看著，捉住的幾隻蟋蟀從盒子裡乘機逃跑了。

微風翻捲著荷葉，又把清香吹得四處飄散。幾枝尚未綻開的荷花立在月色下，像幾枝碩大的毛筆，黑黑地豎著。桑桑能夠感覺到：它們正在一點一點地開放。

夜色下的笛子聲不太像白天的笛子聲，少了許多明亮和活躍，卻多了一些憂傷與神祕。夜越深越是這樣。

路過塘邊的人，都要站住聽一會兒，看一會兒。他們聽一會兒，看一會兒，又走了。桑桑卻總在聽，總在看。桑桑在想：有什麼樣的戲，要在月光下演呢？

不知是哪個促狹鬼，向池塘裡投擲了一塊土疙瘩，「咚」的一聲水響，把蔣一輪的笛音驚住了，把白雀的動作也驚住了。

桑桑在心裡朝那個投擲土疙瘩的人罵了一聲：「討厭！」

但笛音又響起來了，動作也重新開始。如夢如幻。

過了一個星期，彩排結束後，桑喬說：「《紅菱船》怕是今年最好的一齣戲了。」

演出是在一個晴朗無風的夜晚。演出的消息幾天前就傳出去了，來看演出的人很多。舞台就設在油麻地小學的操場上。在通往油麻地小學操場的各條路上，天未黑，就有了一群群趕著看演出的人。老頭老太太，大多扛了張板凳；而孩子們心想：操場四周都是樹，到時候爬到樹上看吧。因此，他們大多就空了手，輕鬆地跑著，跳著，叫著。油麻地小學文藝宣傳隊與油麻地地方文藝宣傳隊的演出水平，是這一帶最好的，因此，來看演出的絕非只有油麻地的人。油麻地一些人家估計住在遠處的一些親戚也要過來，就多扛了一些凳子。因此，離演出還早，場地上就放了無數張凳子了，看上去挺壯觀。

化妝室設在用做排練場的那幢草房子裡。來得早的人，就圍在窗口門口看化妝。桑喬手掌上塗滿了各色油彩。演員們就從他手下，一個個地過著。若是一個過場的或不重要的，桑喬就三下兩下地將他打發過去。若是一個重要角色，桑喬就很認眞，妝化得差不多了，還讓那個演員往後退幾步，他歪頭看看，叫演員湊上來，他再作仔細修改，就像一個作文章的人，仔細地修改他的文章一樣。

樂隊在門外已開始調音、試奏。

桑喬化著妝，心裡老覺得今天好像有點什麼事情，偶爾抬頭看了一眼，一下子看到了心神不寧的蔣一輪。他突然明白了：白雀還沒化妝呢。他問道：「白雀呢？」

「白雀還沒有來。」有人在一旁答道。

桑喬在嘴裡嘀咕了一聲：「怎麼搞的？該來了。」

蔣一輪屋裡屋外不安地轉悠了好一會兒，看看手表，離演出時間已不遠了，終於走到桑喬身邊，輕聲說道：「桑校長，她還沒有來。」

桑喬無心再給手裡的一個演員仔細化妝，說聲「行了」，就丟下那個演員，對一個叫「二酸子」的演員說：「二酸子，你去她家找找她。」

二酸子上路了。

桑喬追出來：「快點。」

「哎！」二酸子穿過人群跑起來。

演員、樂隊以及圍觀的人，不一會兒就都知道了白雀未到，就把一句話互相重複著：「白雀還沒有來呢。」又過不一會兒，這話就傳到了操場上，認識不認識的人都在說：「白雀還沒有來呢。」覺得事情似乎挺重大，於是也就感到有點莫名其妙的興奮。

二酸子不一會兒就回來了，對桑喬說：「白雀她父親不讓她來。」

桑喬問：「爲什麼？」

二酸子不知爲什麼看了蔣一輪一眼，轉而回答桑喬：「不知道爲什麼。」

還有兩三個演員沒化妝，桑喬說：「自己化妝吧。」又對宣傳隊的具體負責人說：「準時演出，我去白雀家一趟。」說完就走，一句話一半留在門裡，一半留在門外：「誰都可以不來，但白雀不能不來。」

兩盞汽油燈打足了氣，噗噗噗地燃燒著，高懸在台上，立即將舞台照得一片光明。

演出準時進行。台下的人一邊看演出，一邊互相問：「白雀來了嗎？」台後的演員也在互相問：「白雀來了嗎？」

桑桑看到蔣一輪吹笛子時，不時拿眼睛往通往操場的路上瞟。好幾回，蔣一輪差一點把曲子吹錯了，幸虧是合奏，很用心的桑桑用胡琴將這些小漏洞一一補住了。桑桑看到，蔣一輪用感激和誇獎的目光看了他好幾回。

幕間，人們在空隙裡幾乎將詢問變成了追問：「白雀來了沒有？」又一個節目開始時，人們的注意力已經集中不起來了，場上的秩序不太好。

演員們開始抱怨白雀：「這個白雀，搞得演出要演不下去了。」

演了三個小節目，白雀還未到。人們從「白雀偶然疏忽了，忘了演出時間了」的一般想法上移開去，在問：「白雀為什麼沒有來？」大家都認為是有原因的，便開始了猜測，心思老不在台上正演出的節目上。彷彿他們今天來這裡不是看演出的，而是專門研究「白雀為什麼沒有來」這樣一個問題的。當他們聽說白雀是被她的父親白三攔在了家中時，猜測就變得既漫無邊際，又十分具體了。台下唧唧喳喳，想看節目的人也聽不太分明了，注意力反而被那些有趣的猜測吸引了。因此，這時台上的演出，實際上已沒有太大的意義。

台前台後的演員都很著急：「白雀怎麼還不來呢？」

忽然有人大聲說：「白雀來了！」

先是孩子們差不多齊聲喊起來：「噢——白雀來了——」大人們看也不看，就跟著喊。

眾人都望著路上，台上的演員和樂隊也都停止了演出，望著路上——月光下的路，空空蕩蕩。

「哪兒有白雀？」「沒有白雀。」「誰胡說的？」滿場的人，去哪兒找那個胡說的人！眾人只當穿插進來了一個節目，這個節目讓他們感到了一陣小小的衝動。

台上的演出繼續進行。台下的人暫時先不去想白雀，勉勉強強地看著。秩序有好轉，演員們也就情緒高漲。那個男演員，亮開喉嚨大聲吼，吼得人心一陣激動。本是風吹得樹葉響，但人卻以爲是那個男演員的聲音振得樹葉沙沙響。桑桑把胡琴拉得搖頭晃腦，揉弦揉走了音。只有蔣一輪，還是心不在焉，笛子吹得結結巴巴，人也有點僵硬，大失往日的風采。

一個女演員做著花樣，一搖一晃，風吹楊柳般地走上台來。她一直走到了台口，讓人覺得她馬上就要走下台去了。下面一個動作，是她遠眺大河上有一葉白帆飄過來。她身子向前微側，突然說出一句：「那不是白雀嗎？」神情就像說的是戲裡頭的一句台詞。

眾人起先反應不過來，還盯著她的臉看。

她踮起腳，用手往路上一指：「白雀！」

眾人立即站起來，扭頭往路上看，只見路上裊裊娜娜地走過來一個年輕女子。

「是白雀！」

「就是白雀！」

眾人看見白雀不慌不忙地走過來。

白雀並不著急。人們隱隱約約地看到，她一路走，還一路不時地伸手抓一下路邊的柳枝或蹲下來採枝花什麼的。人們不生氣，倒覺得白雀也眞是不一般。

靠近路口，不知是誰疑惑地說了一聲：「是白雀嗎？」

很多人跟著懷疑：「是白雀嗎？」

話立即傳過來：「是周家的二丫！」

於是衆人大笑。因爲周家的二丫是個腦子有毛病的姑娘，一個「二百五」。

二丫走近了，在明亮的燈光下，衆人看清了她的確是二丫。

二丫見那麼多人朝她笑，很不好意思，又裊裊娜娜地走進了黑暗的樹蔭裡。

台上那個女演員滿臉通紅，低下頭往後台走。她再重上台來時，就一直不大好意思，動作沒做到家，唱也沒唱到家，勉強對付著。

台下忽然有人學她剛才的腔調：「那不是白雀嗎？」

衆人大笑。

女演員沒唱完，羞得趕緊往後台跑，再也沒肯上台。

台下的秩序從此變得更加糟不可言。很多人不想演了。桑桑和其他孩子、大人、樂手坐在台上很尷尬，不知道是該撤下台還是該在台上堅持。

台下的人很奇怪：非見到白雀不可。其實，他們中間的大部分人，並不認識白雀，更談不上了解白雀的演技。只是無緣無故地覺得，一個叫白雀的演員沒有來，不是件尋常的事情。互相越是說著白雀，就越覺得今天他們之所以來看戲，實際上就是來看白雀的；而看不到白雀，也就等於沒有看到戲。這種情緒慢慢地演變成了對演出單位的惱火：讓我們來看戲，而你們的白雀又沒有來，這不是誆人嗎？這不是讓我們白跑一趟嗎？又等了等，終於有了想鬧點事的心思。

演員們說：「不要再演了。」

宣傳隊的負責人說：「桑校長沒回來。演不演，要得到他的同意。」

「桑校長怎麼到現在還不回來呢？」有幾個演員走到路口去望，但沒有望見桑喬。

台下終於有人叫：「我們要看白雀！」

很多人跟著喊：「我們要看白雀！」

實際上，這時演員們即使想演，也很難演下去了。

演員與樂隊都撤到了後台。

台下亂哄哄的像個集市。

蔣一輪站在一棵梧桐樹的黑影裡，一臉沮喪。

桑喬終於回來了。演員們連忙將他圍住，只聽他說了一聲：「我眞想將白三這廝一腳踹進大糞坑裡！」

3

宣傳隊臨時解散了。

蔣一輪一連十多天沒見著白雀，一有空就到河邊上吹笛子。白雀的家就在河那邊的村子裡。他想，白雀一定能聽到他的笛子聲。蔣一輪什麼曲子也不吹，只吹《紅菱船》，從頭到尾地吹。吹的時候，直讓桑桑覺得，白雀也在，並且正在出神地做那些優美的動作。

對岸，有人站到河邊來聽蔣一輪吹笛子，但沒有一個知道蔣一輪的心思，聽了一陣，都說：「蔣老師笛子吹得好。」他們聽得很高興，彷彿那笛子是爲他們吹的。

蔣一輪吹笛子時，桑桑站在自家水碼頭上看。但桑桑一直沒有看到白雀的影子。白雀彷彿永遠地消失了。

蔣一輪不屈不撓地吹著。

但白雀還是沒有出來。

這是個星期天，蔣一輪一清早就去了河邊上。蔣一輪今天的笛子吹得比以往任何時候都好，一往情深，如泣如訴。

秦大奶奶既不知道蔣一輪吹笛子的用意，又不懂得音樂。她只是覺得這個蔣老師笛子吹得眞苦，就顫巍巍地端來一碗水：「歇歇，喝口水再吹。」

蔣一輪很感謝秦大奶奶——蔣一輪現在很容易對人產生感激之情。他喝了水，給笛子換了張竹膜，繼續吹下去。

蔣一輪直吹得人厭煩了，就聽對岸有人說：「這個蔣老師，有勁沒處使了。」

蔣一輪的笛音就像一堆將要燃盡的火，慢慢地矮下去。他朝對岸望望，垂著雙手離開了。

桑桑突然看到白雀朝河邊走來了。

白雀還是那個樣子，只是好像淸瘦了一些。她一出現在桑桑的視野裡，桑桑就覺得天地間忽然亮了許多。白雀走著，依然還是那樣輕盈。她用雙手輕輕抓著胸前的那根又黑又長的辮子，一方頭巾被村巷裡的風吹得飛揚起來。

桑桑看到，白雀走到岸邊時，眼睛朝剛才發出笛音的那棵楝樹下看了一眼。當她看到楝樹下已空無人影時，又朝對岸四處張望。而當她終於還是沒有看到人影時，不免露出悵然若失的樣子。

白雀顯然想在岸邊多待一會兒。她做出要到河邊洗一洗手的樣子，沿著石階走向水邊。

桑桑立即朝蔣一輪的宿舍跑。

蔣一輪鞋也不脫，正和他的笛子一起躺在床上。

「蔣老師！」

「桑桑，有事嗎？」

「你快起來！」

「起來幹麼？」

「去河邊！」

「去河邊幹麼？」

「她在河邊上。」

「誰在河邊上？」

「白雀！」

蔣一輪將身體側過去，把臉衝著牆：「小桑桑，你也敢和你的老師開玩笑！」接著，用手一拍木床，學老戲裡的腔調，大聲道：「大膽！」

「白雀眞的在河邊上！」

蔣一輪又轉過臉來，見桑桑一副認眞而著急的表情，就站了起來。

「過了一會兒，她就會走掉的。」

蔣一輪慌忙朝河邊走。但立即意識到這是在桑桑面前，就將兩手插進褲兜裡，作出很隨意的樣子。這樣子是向桑桑說：「見不見白雀，無所謂的。」但腳步卻是被什麼急急地召喚著，走得很快。

桑桑跟在後邊。

但桑桑看到的情景是：白雀的背影一忽閃，就消失在巷口，而白雀的父親白三卻倒背著雙手，把後背長久地頑梗地停在河邊上。

以後的日子裡，蔣一輪有時還到河邊吹笛子，但越吹越沒有信心，後來乾脆就不吹了。他把笛子隨意地扔在床上，沒有將它放進白布套裡，白布套也被皺皺巴巴地扔在一旁。

蔣一輪的課講得無精打采，蔣一輪的籃球打得無精打采……蔣一輪的整個日子都無精打采。

蔣一輪變得特別能睡覺，一睡就要永遠睡過去似的。蔣一輪天一黑就上床睡覺。蔣一輪上課總是遲到。蔣一輪的眼泡因過度睡眠而虛腫，嗓子因過度睡眠而嘶啞。

女老師劉娅對他說：「蔣老師，你莫非病了？」

蔣一輪自己也懷疑自己病了，去鎮上醫院做了檢查。結果是沒有任何病。但蔣一輪就是振作不起精神，只想擁了被子，昏昏睡去。

期中的一個星期，這一片的五所學校照例互相檢查教學情況。這一天，輪到了油麻地小學。先是聽課，各班情況都很好，只有蔣一輪的課，大家不太滿意。蔣一輪的課顯然沒有好好準備，頭緒混亂，差錯不斷。本來，這樣的課都是早準備好了的。閱讀課文花多長時間，提問題花多長時間，講解花多長時間，都是經過反覆計算的。就像是演奏一首曲子，從開始到結束，都是掐好了時間的。說上課，就緩緩進入；說下課，就在鐘聲即將響起之際，正好告一段落，然後乾脆俐落地宣布：「今天的課就上到這兒。下課！」話音剛落，鈴聲隨即響起。蔣一輪眞糟糕，距離下課還有十分鐘，就彈盡糧絕。好一陣，他呆呆地望著學生和聽課的諸位同仁，竟然無話可說。更糟糕的是，他的手表沒有好好上弦，現在停住不動了。蔣一輪不知道離下課時間到底還有多長。想講新課，又怕剛開了個頭，下課鈴就響了。就想：算了，就再等一會兒吧。可是左等右等，下課鈴就是不響。

陪同外校老師坐在後面的桑喬，一直冰冷著臉。

孩子們起先還勉強坐著，但坐不多一會兒，就坐不住了，身上像爬了虱子，不由自主地扭動起來，並開始小聲說話。

荒唐的是，蔣一輪也不知道腦子裡在想些什麼，竟然說出這麼一句話來：「請大家再耐心等一會兒，馬上就要下課了。」

外校的一個年輕女教師憋不住笑了。這笑聲雖然是被努力控制了的，但孩子們還是聽到了，大家互相瞧瞧，也傻乎乎地笑了起來。

蔣一輪滿臉通紅，額上沁出汗珠，這才想起復習舊課。可剛等他說完「我們把課文翻到上一課」時，鈴聲卻十分有力地響起了。

中午，由油麻地小學招待外校老師吃一頓飯。吃飯時，桑喬笑臉陪著客人，但始終笑得不大自然。那時，他就在心中暗暗指望著下午的作業檢查，可爲他撈回一點面子。這一項，始終是油麻地小學的強項，是其他任何一所學校都無法與之抗衡的。況且，前三天，桑喬還專門召開了全體教師會議，特地強調了一下作業的問題：作業就是人的臉，既然是臉就要乾淨，臉不乾淨要洗乾淨，作業做得糊里糊塗的，沒什麼客氣的，撕了重來；一次不行，再撕一次，不怕把作業本全撕了，大不了再換個新本兒；當天的作業，必須當天批改，不得過夜……開會之後，桑喬在各教室門口巡視，只聽見一片沙沙沙的撕紙聲，像暴雨擊打地裡的玉米葉子，桑喬自己都聽得心驚肉跳。

吃了飯，老師們打了一會兒撲克，就開始檢查作業。情況確實滿好，外校的老師們都說：「油麻地小學，學生們做的作業，乾淨得讓人不忍看。」

下午四點鐘，外校教師們在做清點時，發現作業架上沒有四年級的作文本，就對桑喬說：「桑校長，還差四年級的作文本。」

桑喬對本校的一位老師說：「去問問蔣老師，四年級的作文本放在哪兒了。」

「蔣老師不在。」

桑喬說：「他總是在宿舍裡批改作業，可能把作文本放在宿舍了，去宿舍看看。」是集體宿舍，其他老師也有鑰匙，就打開門來，東找西找的，在蔣一輪的床頭找到了那摞作文本，看也不看，立即將它們搬到了辦公室。

外校老師一打開作文本，互相對了個眼神，然後對桑喬說：「桑校長，你自己看一下吧。」桑喬看了一本，又看了幾本，然後一句話也沒說。他看到的作文本，字是寫得一塌糊塗，其中一本，還灑上了水，字跡漫漶得幾乎看不清一個。最要命的是蔣一輪已有兩週沒有批改作業了。

這次互查，油麻地小學插了一面黑旗。

桑喬將外校教師送走後，在辦公室裡暴跳如雷：「這個蔣一輪，簡直昏了頭！」

蔣一輪等到天已黑透，才回到學校。

桑喬一直在自己的辦公室等著，見蔣一輪回來了，走出辦公室，給他留下一句話來：「明天晚上，你在全體教師會上作檢查。」說完回家去了。

蔣一輪作了檢查之後，坐在桌前不知寫什麼，幾乎一夜沒睡覺。第二天早上，他見到了桑桑，很詭祕地將桑桑叫到樹林裡，將一封信交到桑桑手上：「桑桑，把這封信交給白雀。」

桑桑點點頭。

「悄悄的。」

「我知道。」

「現在就去。」

桑桑把信揣在懷裡。桑桑走出樹林時，忽然覺得自己是電影裡的地下工作者。他有一種神祕感、神聖感，還外加一種讓他戰戰兢兢的緊張感。他探頭探腦，不時地四下張望。這完全沒有必要，因爲周圍根本無人，即使有人，誰會去注意他呢？

4

在不到一週的時間裡，桑桑就在蔣一輪與白雀之間傳遞了四封信，並即將促成一次幽會。

桑桑對大人之間的事充滿了好奇心。他好像一個愛東張西望的人，忽然看到了一道門縫。他渴望著能從這道門縫裡看到大人的世界——一個不可思議的世界。他在蔣一輪與白雀之間來回穿梭時，經常沉浸在一種誇張的感覺裡。當他走進幽深而空寂的村巷，當他面對一條用兩隻眼睛緊緊盯住他的黃狗，當他在黑暗裡迎面遇到幾個人而裝成一副遊玩的樣子時，他覺得他是一個機智絕頂、可以做成大事的孩子。他並不很了解蔣一輪與白雀之間的通信究竟是什麼意思，但他很願意爲他們跑腿送信。因爲他覺得他也介入了這個世界，成了這個世界的一部分。他有了一種拿了入場券，穿過熙熙攘攘的人群而提前進入了場內的優越感與得意。

甚至，桑桑那天看荷塘邊上蔣一輪與白雀在月光下排練時，就已在心裡覺得，蔣一輪和白雀應該在一起——他們才應該在一起呢！

這天天黑之後，桑桑把一條木船搖到了河那邊的一棵大樹下。

船上坐著蔣一輪。

木船靜靜地停在岸邊。沒有月亮，只有風。風吹得兩岸的蘆葦亂晃，吹得水面泛起波浪，一下一下拍打著河岸。樹上有鳥，偶然叫一聲，知道是風的驚擾，又安靜下來。村子裡，偶然傳來一陣呼雞喚狗的聲音。到處是一個意思：天已晚了，夜間的寂寞馬上就要來了。

蔣一輪也像桑桑一樣，在體驗著一種緊張。但他在桑桑面前必須得做出一個老師的樣子來。他要給桑桑一個平靜的而不是激動的樣子，並且還要給桑桑一個印象：他與白雀之間，是世上最美好、最純潔的友誼。

桑桑聽到了腳步聲，從船上站了起來。

白雀來了，白雀沒有一點慌張的樣子，像是要去做一件大家都知道的事情。她上了船，然後坐了下來，把雙腿垂掛在船艙裡，與同樣姿態的蔣一輪正好面對面。

桑桑搖著船，船在夜色下往前行。桑桑像所有水鄉的小孩一樣，八、九歲時就能撐小船，而到十幾歲時，就能搖櫓，讓較大的船運行起來。水鄉的水面上，常見一些與船體極不相稱的孩子搖櫓。那些孩子埋著屁股，一仰一合，居然把櫓搖出很大的水花來。要是在白天，桑桑會很得意地向兩岸的人表演他的搖櫓技術。那時，他會把動作做得很有節奏，很有模樣。但現在他知道，誰也看不見他搖櫓，就不去在乎動作了——他現在只想將船搖得快一些，早點讓船進入蘆葦蕩裡。

岸上有人問：「誰在搖船？」

桑桑不回答。蔣一輪與白雀自然更不會回答。船依然走它的路，誰也不去理會岸上的人。

村莊與學校都漸漸地遠去了，船正在接近大河口。

「他們可以說話了。」桑桑想。

可是蔣一輪與白雀並不說話。

桑桑很納悶：「好不容易在一塊兒，怎麼不說話呢？」

蔣一輪與白雀就是不說話，只是面對面地坐著。

天空有嘎嘎聲。桑桑知道，那是夜行的野鴨子。桑桑能想像出，那隊野鴨子，正在天空下整齊地飛著，但一個個樣子都很滑稽——野鴨總是那麼一副笨樣子。

船出了大河口，水面忽然一下子開闊了。月亮從東邊的樹林裡升起來了，水面上就有了一條晃動不定的銀色的路。這條銀色的路，直伸向遠方，突然地就斷了。桑桑順著這條銀色的路望去，已隱隱約約地看到了那個蘆葦蕩。

水面一寬，加上風大了一些，船便開始晃動。

蔣一輪與白雀依舊不說話。

桑桑想：也不知他倆幹什麼來了？大人的行爲很古怪，讓人想不明白。

船到了蘆葦蕩。

這是一片很大的蘆葦蕩，月光下一望無際。

蔣一輪先上了岸。桑桑看到，蔣一輪伸過手來，本來是想拉一下白雀的，但白雀沒有用他幫忙，自己跳到了岸上。他們面對著無限深遠的蘆葦蕩，一陣躑躅，很長時間站在那兒，不敢往深處走去。

桑桑說：「我一個人就走進去過很遠很遠。」

蔣一輪和白雀一前一後往前走了幾步，蔣一輪回頭問：「桑桑，你呢？」

桑桑說：「我要看船。」

蔣一輪與白雀繼續往前走。站在船上的桑桑看到，他們走著走著，就並排走了，並且漸漸地挨到了一起。當時，月亮很亮地照著他們。桑桑覺得他們的身影要比白天的長。後來，蘆葦越來越稠密，直至完全地遮擋住了他們。

桑桑坐了下來。他朝天空望去，天空乾淨得如水洗刷過一般。月亮像是靜止的，又像是飄動的。他猜測著蔣一輪和白雀：他們是坐著呢，還是站著呢？他們在說些什麼？桑桑猜測不出來，就不去猜測了。他依然去看天空。他忽然覺得一個人獨自守著船很孤單。他想讓自己給自己唱一首歌。但還未等他唱，一縷笛音就從蘆葦深處響起，在十月的夜空下傳送著。蔣一輪與白雀並未說話。這使桑桑很遺憾：難道就是爲了到這兒來吹笛子的嗎？

就是。笛子響起之後，就一直沒有停止。

桑桑躺到了船艙裡。隔著一層船板，他聽到了流水聲，叮叮咚咚的，像是在給蔣一輪的笛子伴奏。後來，桑桑迷迷糊糊地睡著了。當涼風將他吹醒時，他猛地激靈了一下：我睡了多久啦？

四周空無一人，只有天和水。他有點害怕起來，立即起身，循著依然還在響著的笛音走過去。

月光下，桑桑遠遠地看到了蔣一輪和白雀。蔣一輪倚在一棵楝樹上，用的還是那個最優美的姿勢。白雀卻是坐在那兒。白雀並沒有看著蔣一輪，她用雙手托著下巴，微微仰著頭，朝天空望著。月亮照得蘆花的頂端銀澤閃閃，彷彿把蔣一輪與白雀溫柔地圍在一個夢幻般的世界裡。

桑桑撥著蘆葦稈，想再朝前走幾步。沙沙聲驚動了蔣一輪與白雀。他們忽然意識到了時間的流逝，抬頭望了一眼天空。就聽見蔣一輪「哦」了一聲，接著白雀說：「天不早了。」

木船回到村前的大河時，村子早已在月光下睡熟了。

5

桑桑充當了一個可笑的角色，但人家桑桑願意。溫幼菊說「桑桑是蔣一輪的諜報人員」。桑桑的母親說「桑桑是蔣老師花錢雇的一個跑腿的」。桑桑不管別人怎麼說，照樣做他願意做的事。

唯一使桑桑感到遺憾的是，那些信只是在他身邊稍微作了停留，就不再屬於他，而被送到了蔣一輪或白雀的手上。那是一個又一個的小祕密。而這些小祕密，只是在他眼前晃一晃，便消失了。就彷彿有人總往他的口袋裡塞進一塊糖，可很快又被人家掏走了。

桑桑在心裡記著他給蔣一輪和白雀一共傳了多少封信。而當這個數字變得越來越大時，他的心底裡慢慢地生長出一個念頭：我也可以看看嗎？就這一個念頭，驚得他東張西望了好一陣。但這個念頭很頑固，竟不肯放過桑桑。

這是一個星期天。

桑桑又走進了深深的小巷。從走進小巷的那一刻起，桑桑就覺得白雀會從家裡走出來，然後回頭看看，如果沒有她父親白三的影子，就會把一封信從袖管裡抽出來交給他。

桑桑開始唱歌。

白雀果然出來交給了桑桑一封信。

桑桑把信揣進懷裡，依然唱著歌，但唱得顫顫的，像是穿著單衣走在寒冷的大風裡。

桑桑出了小巷，飛快地往學校跑。幾乎每回都是這樣。他總想立即把信交給蔣一輪。他喜歡看到蔣一輪在接過信時那種兩眼熠熠發亮的樣子。

蔣一輪被桑喬叫走，到鎮上購買辦公用品去了。

桑桑有點掃興。

桑桑一邊走，一邊從懷裡掏出白雀的信，將它舉起來，在陽光下照著。他什麼也沒有看到，只是看到一團神祕的黑影。

正往池塘裡倒藥渣的溫幼菊在一旁笑著：「桑桑，你在偷看蔣老師的信？」

桑桑說：「誰看啦？我沒有看。」

「你想看。」溫幼菊說。

「我才不想看呢。」桑桑把信重新放進懷裡，立即逃走了。

桑桑搬了一張梯子，從鴿籠裡掏出一對羽毛未完全豐滿的鴿子，雙手將牠們一隻一隻地拋到空中。其中，一隻直接就飛到了房頂上，另一隻卻在飛起來之後不知道該往哪兒落，竟然晃晃悠悠地飛了好幾圈，最後落到了河邊的草垛上。桑桑爬上草垛頂趕牠，那隻鴿子見了桑桑，就矮下身子，幾次做出要飛的樣子，可又沒有飛，直到桑桑馬上就要抓住牠了，才一拍翅膀飛到了房頂上。

桑桑今天沒有什麼事情好做，就在草垛頂上躺下了。

大草垛很高，桑桑一躺下，誰也看不見他。

桑桑躺在草垛頂上，看天看雲看過路的幾隻別人家的鴿子。他的手無意中碰到了那封信。他把信拿出來，又對著陽光照著，並且是長久地照著。當然還是什麼也沒看見，而越是什麼也沒看見，他就越想看見。他坐了起來，低下頭向四處看了看，見空無一人，心禁不住一陣亂跳。

河邊大樹頂上蹲著一隻灰黃色的鳥，歪著頭，看著草垛頂上的桑桑。

「我只看一眼，只看一眼！」他吐出了濕漉漉的舌頭，用舌尖上的唾沫反覆地浸潤著信封口。

那隻鳥「呀」地叫了一聲。

桑桑一驚，將信立即扔在了草垛頂上。他抬頭看到了那隻鳥。他覺得那隻歪著脖子的鳥也很想看這封信。他把信又撿了起來。唾沫塗得太多，在信封口漫開來，留下一片濕印。他順手從草垛上拔下一根草，用草莖將信封口輕輕剔開了。他又看了一眼那隻鳥，將信封口朝下輕輕一磕，裡面的信露了出來。

那隻鳥拍著翅膀飛開了。牠飛的樣子很奇特：往前一竄一竄，每一竄都有力而迅捷，並且是不住地往高空中竄，像枚多節火箭，不一會兒就變成了一個幾乎看不見的黑點。

桑桑哆哆嗦嗦地將信打開了。厚厚的，有三、四張紙。

桑桑正要念信時，聽到了鳥翅聲，抬頭一看，那隻鳥居然又回來了，並且還是站在剛才那根柔軟的枝條上。

桑桑剛看了個開頭，臉就刷地通紅，並且立即閉上了眼睛。他感覺到陽光透過眼皮時，他的眼前是淡紅色的。

風吹著手中的信紙，發出一種擾人的聲響。

桑桑的眼睛慢慢睜開了。桑桑沒有看信，卻看了一眼枝頭上的那隻鳥。那隻鳥半閉著眼睛在打盹兒，似乎無意知道信的內容。

接下來，桑桑看一陣，就閉一陣眼睛。他覺得那些話說得都很奇怪。他還從沒讀過這樣柔和的文章。桑桑是作文高手。桑桑覺得那些句子，都是挺美的。放在往常，桑桑每次看到他認爲寫得很美的句子或段子時，都會將它們摘抄下來。桑桑覺得白雀信中的每一個句子，都是可以摘錄到筆記本裡的。但他又拿不太準這是否也屬於那種可以摘錄到筆記本裡的句子。他以前沒有見過這樣一種美句子。不管怎麼說，桑桑覺得這些句子確實挺美的。桑桑想：是不是這樣的信，都是用這樣的語言寫成的呢？

白雀寫得一手清秀的字。信乾乾淨淨的。

桑桑的手出汗了。桑桑的手一直不算乾淨。因此，桑桑在信上留下了黑黑的手指印。桑桑感到很羞愧，他把信放在草垛上，雙手在褲子上仔細搓擦起來。他哪裡想到，就在這時，來了一陣風，嘩啦一下將信吹了起來。他驚得用雙手去亂抓在空中飄著的信紙，並用身體去亂撲正在草垛頂上翻捲著的信封，這才勉勉強強地將信與信封抓住了，壓住了。但還是有一頁紙被風吹跑了。

這一頁紙，像是一窩小鳥裡頭最調皮的一隻，居然獨自脫離了鳥群先飛遠了。

桑桑趴在那兒不敢動，因爲他的腹下壓著另外幾頁紙。他只能眼巴巴地看著那張紙在空中一晃一晃地輕輕飄動著。

枝頭上的那隻鳥，見了那張飄忽的紙，大概以爲也是一隻鳥，就從枝頭飛下來，與那張紙在空中翻上翻下地旋舞起來，很像是一對空中的舞伴。

那一頁紙飄進風口裡去了，看樣子，一會兒半會兒還沒有落下來的意思。

桑桑一邊用眼睛盯住，一邊小心翼翼地將腹下的其他幾頁紙一頁一頁地捉住。眼看著那頁紙越飛越低，越飛越低，正向河裡飄去，桑桑也來不及整理那幾頁紙，只是胡亂地將它們揣進懷裡，跳下了草垛，直向那頁紙追過去。

那頁紙越是接近地面，下落得就越迅捷，像是飛不動了。

桑桑跑到離它還有十米遠的地方時，它突然被一股氣流壓住，幾乎垂直地掉在了河邊上的一

個爛泥塘裡。

桑桑將它撿起一瞧，只見上面沾滿了泥水。他提著這頁紙，一臉沮喪。

桑桑突然想立即擺脫這封信，他將懷裡的那幾頁紙掏了出來，慌忙地將它們連同那一頁掉在泥塘裡的紙一起，都扔到了河裡。他看了一眼橫七豎八地在水上漂著的紙，趕緊逃離了河邊，就像一個罪犯逃離犯罪現場一樣。

桑桑回到了自家的院子裡，忐忑不安地坐在門檻上。那幾頁紙總在他眼前飄動著。他開始編織謊言，卻老也編不下去。他低頭時，偶爾看到了還未扔掉的信封，如同一只出盡了小鳥而空留在枝椏上的鳥巢。他把信封使勁抖了抖，終於什麼也沒有抖出來。

「它們大概已經漂遠了。」桑桑想。他感到不安，彷彿是他的幾隻鴿子，被他拋棄了似的。他起身又來到了河邊。

那幾頁紙居然沒有漂遠，卻聚攏到了碼頭上。他看到，那張沾了泥水的紙，在水面上這麼漂了一會兒，已經乾乾淨淨了。桑桑很懊悔，當時，將它在水裡洗洗，曬乾了不就行了?他連忙跑到水邊上，將那些紙都撈了上來。他找了一個有陽光但沒有人的地方，很小心地將它們一頁一頁地剝離開來，晾在了幾根低垂的樹枝上，然後就在一旁守著，想等它們被太陽曬乾後，抹抹平再裝進信封裡去。

這時，桑桑聽見了腳步聲。他探頭一看，見溫幼菊正朝這邊走來，並且只剩下幾步遠了。他連忙從樹枝上摘下那些紙。在摘的過程中，紙被樹枝鉤住，有兩頁被撕破了。桑桑怕被溫幼菊看見，索性將它們團成一個疙瘩遠遠地扔到了河裡，然後拔腿跑掉了。

蔣一輪回來後，在桑桑家院門口停了一下。

桑桑看見了蔣一輪，他沒有過去，只顧看自己的鴿子。

蔣一輪想，桑桑今天沒有帶來白雀的信，也就走了。

桑桑沒有想到，白雀的這封信，是一封很要緊的信。

6

關於白三的脾氣，油麻地人有最確切的評價：「嘴裡叼根屎橛子，拿根麻花都不換。」

白三平衡能力很差，走一座獨木橋時，走了三分之二，掉到了河裡。但白三並不朝只剩下三分之一距離的對岸游去，而是掉轉頭，重新游回岸這邊。他不信就走不過這座獨木橋！白三水淋淋地又站到了橋頭上。當時，村裡正有個人撐船經過這裡，說：「我用船把你送過去。」白三說：「不！老子今天一定要走過這座橋！」他又去走那根獨木。這回比上回難走，因為他一邊走，一邊往獨木上滴水，把獨木淋滑了。他努力地走著，並在嘴裡嘟嘟囔囔地罵個不停，既罵獨木，也罵自己。結果，只走了三分之一，就又掉進了河裡。他爬上岸來再走。撐船的那個好心人一笑，說了聲「這個白三」，也不管他，把船撐走了。白三連連失敗，最後大怒，搬起那根獨木，將它扔進水中，然後抱住它游到對岸。

白三現在堅決反對白雀與蔣一輪來往。

白三瞧不上蔣一輪。白三就白雀這麼一個女兒。他要把她交給一個他看得上的人。但白雀看得上的人就是蔣一輪。白雀走到哪兒，眼睛裡都有蔣一輪，耳朵也總能聽見他的笛聲。

白三說：「那個蔣一輪，一個窮教書的，有什麼好的！」

白雀不理白三，梳她的頭，照她的鏡子。

白三很惱火，就把她的鏡子扔在地上：「他老子是個大地主，他是小老婆養的！」

白雀哭起來：「小老婆養的又怎麼啦？小老婆也是老婆。有老婆總比沒老婆的強。」

白三操起扁擔要打白雀。因為白雀的話像把利劍戳在了白三的心上：白三沒老婆，白三的老婆在白雀還不滿一歲時跟人跑到江南去了，白三一直是個光棍。

白雀知道白三不會打她，哭著，梗著脖子，肩一聳一聳地抽動著，站在那兒不動。

白三明白：白雀大了，想飛了。但白三無法改變自己的看法。他要請人給白雀另找個男人，他就是不能把白雀交給蔣一輪。鄰居張勝家早看上了白雀，想把白雀說給他的外甥谷葦。谷葦是鎮上的文書。白三見過那個白淨的一副書生氣的谷葦。張勝知道了白三的心思，說：「這是好事。讓兩個孩子先見見面。」白三就讓白雀跟那個谷葦見面。白雀沒有充足的理由不見谷葦，白雀似乎也在哪兒見過谷葦。白雀沒有堅決地拒絕白三。她想讓蔣一輪幫她堅決起來。於是就寫了那封信，問蔣一輪怎麼辦，還約了蔣一輪在村後的大磨坊旁見面。

到了約定的時間，白雀裝著到自家菜地幹活的樣子，挎著一只籃子去了大磨坊旁。

沒有收到信的蔣一輪，當然不會出現在那裡。

白雀就站在黃昏的風中等蔣一輪，一直等到天黑。她有點害怕了，只好往家走，路上就生了蔣一輪的氣：商量這麼要緊的事，你也敢耽誤。但白雀想到在過去的日子裡，蔣一輪從未失約過，甚至每次都是他先到場，就懷疑自己把日子記錯了。是黃昏，這一點肯定沒有錯。但，是哪一天的黃昏，她不敢肯定了。因此，第二天黃昏，白雀又來到了大磨坊旁。其情形與昨日一樣。這回白雀另想原因了：他才不在乎呢！白雀一路上就在心裡說：我也不在乎，我明天就見谷葦！回到家，她眞的對白三說：「不是讓我見谷葦嗎？我見。」

蔣一輪一直等不到白雀的信，惶惶不安起來，又去河邊上吹笛子。

白雀聽見了，但白雀並沒有像往常那樣想主意擺脫白三的眼睛，到河邊上去看蔣一輪。白雀已見過谷葦了。白雀見過谷葦之後，有一種說不清楚的感覺。她似乎有點後悔見谷葦。

心裡最不安寧的是桑桑。他那天打開信，實際上只看了幾行字。他想：那信裡肯定有要緊的事，我把他們的事耽誤了。一見到蔣一輪那副魂不守舍的樣子，他就低下頭去。蔣一輪講課時又心不在焉了。桑桑聽課，更是聽得心不在焉。他的腦子裡，老是那幾頁紙在嘩啦嘩啦地翻動。

桑桑想從白雀那兒再等得一封信。這天，他又出現在巷子裡，唱起了歌。他一邊用從地上隨便撿起的瓦片在沿巷而立的牆上劃著道，一邊唱。從巷頭唱到巷尾，又從巷尾唱到巷頭。走到白雀家門口時，就把聲音放大了唱。但總不見白雀出來。他想可能是白雀睡覺沒有聽見。他看了看牆上被他劃下的一道道印跡，決定不唱了，改成大叫：

一顆星，
掛油瓶！
油瓶漏，
炒黑豆！
黑豆香，
賣生薑！
生薑辣，
疊寶塔！
寶塔尖，
戳破天！
天哎天，
地哎地，
三拜城隍和土地！
土地公公不吃葷，
兩個鴨子囫圇吞！

他幾乎是站在白雀家門口叫喚的。但即使是這樣，白雀也沒出來。「白雀姊是不想理蔣老師了，也不想理我了。」他低垂著頭，離開了白雀家門口。

當天晚上，桑桑推開了蔣一輪宿舍的門，說：「那天，白雀姊給過我一封信，我把它弄壞了，就把它扔了……」

蔣一輪「哎呀」了一聲，雙手抱住腦袋，就地轉了一圈，然後撲通把自己放到床上，咚咚咚地捶了幾下床板，又用雙腳互相將腳上的皮鞋一一蹬下，咚咚兩聲，鞋落在了地上：「我的桑桑哎！」

桑桑筆直地站在門口。

蔣一輪歪過頭來，朝桑桑苦笑了一下。

桑桑走了，但他沒有走多遠，蔣一輪就將他叫住了：「桑桑，你過一會兒來找我。」

當桑桑雙手接過蔣一輪搶寫出的一封信，後腦勺被蔣一輪意味深長地拍了一下之後，幾天來一直惶惶不安的他，如釋重負地向校門口跑去。

白雀家的大門已經關上了。桑桑屋前屋後地繞來繞去，既無法進屋，也無法看到白雀。他要有補過的表現。他必須於今晚將信送到白雀手上。但他又確實無計可施。他想敲開門，但開門的肯定是白三，而不會是白雀。白雀住在裡屋，白三住在外屋，走到白雀房前去，必須穿過白三的前屋。今晚上見到白雀，簡直是不可能的事情。桑桑失望地站在黑洞洞的巷子裡。

桑桑走出巷子時，看到了大河那邊的油麻地小學，並且很快看到對岸立著一條長長的人影：蔣一輪在等待他送信的消息。

桑桑又轉身走進了巷子。

桑桑爬上矮牆，再從矮牆上爬到白雀家的房頂上。他趴在天窗上往裡看，首先看到了一只半明半暗的小馬燈掛在木柱上。接下來，他就看清楚了：這間大屋裡，既睡著白三，還歇著一條大公水牛。一是天冷，二是怕牛拴在外邊被人偷了，白三像這個地方上的許多人家一樣，將牛牽到屋子裡。此刻，白三已經在一張老床上睡熟了，而大水牛還在牆角裡慢慢地吃草，兩隻大眼睛在昏暗的馬燈光下閃著亮光。

桑桑望著白三模模糊糊的面孔，忽然對白三生起氣來：所有這一切事情的發生，全是因爲你！桑桑起了一個淘氣的念頭：拉開天窗，然後站起來，解開褲帶，讓褲子落在腳面上，對著天窗口撒尿，直撒到白三的臉上，驚得他叫起來：「哦喲，屋漏雨了！」桑桑想像著白三被「雨」淋了的樣子，坐在屋脊上傻笑起來。

桑桑終於沒有辦法，只好從屋頂上下來。就在他雙腳從矮牆溜下，接觸到地面的一瞬間，他忽然由剛才撒尿造雨的行爲引發出一個主意，他到處亂轉著，總算在一戶人家的門口發現了一只鐵壺。他拿了鐵壺，到河邊上提了一鐵壺水，然後帶著這一鐵壺水吃力地重新爬到屋脊上。他趴在天窗口，仔細觀察了白三，認定他已經睡死，就輕輕地撥開了天窗。水牛差不多就在天窗下的位置上。他在屋脊上一笑，慢慢地傾斜著水壺，水從壺嘴裡流了出來。隨即，他聽到了水落在地面上時發出的噼哩啪啦的聲響。

白三動了動身子。

噼哩啪啦的水聲大起來。

白三連忙翻身起來，衣服都未來得及披，下了床，操起一只早準備好了的帶木柄的碩大木桶，送到了牛的腹下去接尿。

水牛安閒地嚼草，並無動靜。

白三耐心地等了一會兒，並未接到尿，對牛罵了一聲「畜生」，迷迷糊糊地上床去了。

桑桑等了一會兒，又開始往下倒水。

還未暖過身子的白三大罵一聲「這畜生」，只好又趕緊下床，端起木桶去接尿。

無尿好接。白三左等右等，未等得一滴，很惱火，扔下木桶，在牛屁股上狠搧了一巴掌：「找死哪！」上床去了。

桑桑把事情做得很有耐心。他等白三差不多又快迷糊上再也不想醒來時，又開始往下「撒尿」——桑桑當時的感覺就是撒尿。

噼哩啪啦的聲音很大，是大雨滂沱時檐口的水流聲。

白三一拍床，罵了一句髒話，坐了起來，看著那牛，嘴裡說著：「我看你尿，我看你尿……」

牛不尿，只嚼草。

白三罵罵咧咧地穿衣起了床，解了牛繩，牽著牠就向門外走：

「畜生，活活凍死你！」

桑桑立即伏在屋脊上。門吱呀一聲響過之後不久，他就看見白三牽著牛朝巷子後面自家的大草垛走去——那是白天拴牛的地方。

白三和牛走遠了。

桑桑不管鐵壺了，趕緊從屋上下來，跑進白雀家，拍響了白雀的門。

白雀居然沒睡著，拉開門，見了桑桑，吃了一驚：「桑桑？是你？你怎麼進來的？」

桑桑什麼也不說，把信從懷裡掏出來，交到白雀手上，轉身就跑。

桑桑出了巷子，一路胡亂叫喊，鬧得好幾個人從睡夢裡醒來，含糊不清地問：

「誰家的孩子在外面喊？」

7

蔣一輪與白雀又見面了。白雀自然不再生氣。但白雀與蔣一輪之間，似乎有點生分。白雀也說不出原因來。

這一天，谷葦到油麻地來了。

油麻地的人裝著去白雀家借東西或路過這裡的樣子，往屋裡看谷葦。看完了，他們就在巷頭或地頭說：「白雀家來的那個男的，人樣子長得不錯。」

白雀幾乎沒有露面，只待在自己的房間裡。

谷葦在白雀家坐坐，就去了舅舅家。在舅舅家又坐了坐，就回鎮上去了。

白雀去鎮上買雪花膏，在街上遇到了谷葦。

谷葦說：「去我那兒坐坐吧？」

白雀猶豫了一下，說：「好吧。」

快要放寒假時，蔣一輪從桑桑手中接過一封沉甸甸的信。他好像感覺到了什麼，就把門關上了。桑桑幾次有意路過蔣一輪宿舍的門口，看到那扇門總是關著。直到傍晚，桑桑才看到蔣一輪將門打開。蔣一輪倚在門框上，雙目無神，臉色在不到一天的工夫裡，就變得憔悴不堪。桑桑甚至隱隱地覺得，蔣一輪的臉上有已經乾了的淚痕。

桑桑不知道發生了什麼事，但桑桑也陷入了一種無名的傷感裡。

放了寒假，蔣一輪就回家了，一去好幾天，也沒有到學校來。

大年三十那天，桑桑去田野上找鴿子，遠遠地看到，河邊上，白雀正與一個男的一起，慢慢地往前走。白雀穿著一件淡綠色的緊身棉襖，頭上是一塊鮮紅的頭巾，在景色蕭條的冬季裡，讓人覺得十分溫暖。白雀老低著頭，一邊走，一邊不時地用手去抓一下金黃的蘆葦葉。桑桑覺得，白雀的背影，白雀走路的樣子，都格外的好看。桑桑知道，那個男的叫谷葦。谷葦雖然沒有蔣一輪高，但後背與腰桿筆直，一頭黑髮在風中飄動著，顯得十分英俊。

桑桑沒有再找鴿子，就回家了。

開學的第二天，白雀把一個乾乾淨淨的布包包交到桑桑手上：

「桑桑，這裡面是他的信，請你把它們交給他。」

桑桑抱著布包包，猶如抱了一個沉重的悲哀。他把信從布包包裡拿出來看了看，厚厚的一大摞，用紅色的毛線很認眞地捆紮著。他在校園外面轉了半天，才把這個布包包交給蔣一輪。

蔣一輪一副很平靜的樣子，從桑桑手裡接過這個布包包：「謝謝你，桑桑。」

隔了兩天，蔣一輪也交給桑桑一個布包包，一副歉疚的樣子：「桑桑，還得麻煩你跑一趟。」

桑桑接過布包包。他知道那裡面都是白雀的信。

這天傍晚，天空輕輕飄著細雪。

蔣一輪站在花園裡，將那些傾注了他詩與夢一般的情思的信，一封一封地投進火裡。

桑桑在離蔣一輪很近的地方站著。他看到紙灰與雪在一起飛舞。

火光在蔣一輪寒冷的臉上，不住地閃動，並搖晃著他高高的身影……

第四章　艾地

1

油麻地小學四周環水，很獨立的樣子。

秦大奶奶的那幢小草房，在西北角上龜縮著，彷彿是被擠到這兒的，並且彷彿還正在被擠著，再堅持不住，就會被擠到河裡。這幢小草房，是油麻地小學最矮小的草房，樣子很寒傖。它簡直是個贅瘤，是個汙點，破壞了油麻地小學的和諧與那番好格調。

學校與地方聯合，想將秦大奶奶逐出這片土地，花費了十多年的工夫，然而終於沒有成功。

秦大奶奶堅決地認爲，這片土地是屬於她的。

也許，確實是屬於她的。

秦大奶奶的丈夫是秦大。他們夫婦倆，原先與這片土地並無關係。他們是在一九四八年年初，才買下了這片土地的。爲買這片土地，這對夫婦用了幾十年的時間。在這幾十年裡，他們沒有白天與黑夜，沒有陰天與晴日，沒有炎熱與寒冷。他們甚至忘記了自己的欲望：穿一件新襖遮擋風寒的欲望，吃一片西瓜解除暑渴的欲望，將自己放在床上消解一下疲倦的欲望，煮一碗紅燒肉潤一潤枯腸的欲望。他們對痛苦變得麻木起來。鐮刀割破了手指，鮮血一路滴在草上，不知道疼；終年光著的腳板，在隆冬季節裂開鮮紅的血口，不知道疼；瓦礫硌著腳，不知道疼；鞭子打在脊梁上，不知道疼。秦大在世時，這裡的人每次談到他，評價不外乎就是這些：「這個人太小氣，一錐子扎不出血來。」「跌倒了，還要從地上抓一把泥。」這對沒有孩子的夫婦唯一的幸福就是在夜深人靜、四周流動著淡淡的荒涼時，做著土地的美夢：一片土地，一片風水好的土地，在春風裡戰戰兢兢如孩子般可愛的麥苗，在五月的陽光下閃爍著光芒的金子一樣的麥穗……

他們終於用幾十年的心血換來這片土地。

他們在這片土地的中央蓋了一幢草房，從此，兩雙已經過早疲倦的眼睛，就時時刻刻地注視著這片土地。這年春天，天氣比以往任何一年都暖和得早，才是二月，風已是暖洋洋的了。一地的麥子，在和風裡一日一日地綠著，沒過幾天，就不見土壤了，只剩下汪汪的一片綠。站在草房門口，就像站在一片泛著微波的水面上。然而，秦大並未等到收穫的五月，就在田埂上永遠地睡著了。村裡幾個總是幫人家送喪的人，將他放入棺材時說：「抬過這麼多死人，還從沒見過身子輕得這樣的人。」

秦大奶奶倒是看到了收穫的季節，但就在麥子飄香時，土地已不再屬於個人。

貧窮的油麻地人在新鮮的陽光下，生發著各種各樣的心思，其中最大的一個心思就是辦學，讓孩子們讀書。而在選擇校址時，從上到下，幾乎無一例外地都將目光投到了這塊四面環水的寶地。於是，人們一面派人到海灘上割茅草，一面派人去讓秦大奶奶搬家。然而，當十幾隻船載著堆得高高的茅草令人歡欣鼓舞地停泊在油麻地的大河邊時，秦大奶奶卻就是不肯離開這片土地。

地方政府是厚道的，事先給她在另處蓋了房，並且還劃給她一片小小的土地。

但秦大奶奶不要，她只要這片土地。她蓬頭垢面地坐在地上：「你們打死我吧，打死我也不離開這裡！」

十幾隻茅草船就那麼無奈地停在水中。

地方政府是耐心的，充分給她說理：「辦學校，是造福於子孫萬代的大業。」秦大奶奶雙目緊閉：「我沒有子孫！」

實在說不通，學校又必須在秋天建起來，油麻地的人有點無可奈何了。上頭來人了，問學校怎麼還不動工。他們只得如實報告。上頭的人說：「無法無天了！把她趕出去！」地方政府也看清楚了：非得這樣不可！

這一天，全村的人幾乎都出動了。他們割麥子的割麥子，上茅草的上茅草，拆房子的拆房子，測量的測量……秦大奶奶則被幾個民兵架著，拖走了。秦大奶奶差點以死相拚，無奈那幾個民兵身強力壯，使她根本無法以死相拚。她只能一路嚎哭：「我要我的地呀！我要我的地呀！」她朝那些人吐著唾沫，並朝過路的人大叫：「救命呀！救命呀！」沒有人理會她。

秦大奶奶被硬關到了那間爲她新砌的屋裡。她在屋裡亂撞門窗，破口大罵。幾個民兵在門外說：「你再鬧，就把你捆起來送走！」丟下她，走了。

當秦大奶奶終於弄斷窗櫺，鑽出屋子，跑回那片土地時，那幢房子早已不見蹤影，滿地的麥子也已收割一盡，茅草堆積如山，正在陽光下閃閃發亮，地上是一道道石灰撒成的白線以及無數的木樁，甚至已經挖開了好幾道牆基，一些漢子正在吼著號子打夯……一切都已面目全非。

她癱坐在地上，目光呆滯地一直坐到天黑，然後開始了長達一年之久的告狀。她告到鄉裡，又告到區裡，再告到縣裡，然後又回過頭來告到鄉裡、區裡、縣裡……眼見著頭髮一根一根地白了，眼見著背一點一點地駝了。跟她講理，她又聽不進去，只顧說她的理。拍桌子嚇唬她，她乾脆賴到你腳下：「你把我抓起來，把我抓起來，抓起來扔進大牢裡！」

油麻地的事，當然只能按油麻地人的意志去做。油麻地小學早蓋好了，並且是方圓十幾里地最漂亮的一所學校。每天早晨，孩子們就會從四面八方，唱著跳著，高高興興地來上學。高高的旗杆上，一面鮮艷的紅旗，總是在太陽光剛照亮這塊土地的時候升起來，然後迎風飄揚，造出一番迷人的風采。油麻地的人，聽到了草房子裡傳出的琅琅書聲。他們從未聽過這種清純的充滿活力的眾聲齊讀。這時，若有船路過這裡，就會放慢行駛的速度。聲音傳到田野上，油麻地的人在心中產生了一種無名的興奮，其間，很可能會有一個人一邊使勁揮舞鋤頭，一邊扯開沙啞的喉嚨，大聲吼唱起來。

秦大奶奶在告狀之餘，也會來到校門口。她對正在上學的孩子們反覆地絮叨：「這塊地是我的！」

孩子們只是朝她笑笑。其中一些，似乎覺得她很怪，有點害怕，見了她那副怨恨的目光，就趕緊走進校園裡。

教員們還許多次在深夜裡看到秦大奶奶，她像幽靈一樣，在校園裡到處走動。

各級政府時常被她打擾，實在太煩，可又拿她沒有辦法，只好在她作出讓步和作出種種保證之後，也作出了一定的讓步：在油麻地小學的一角，給她蓋一間小小的草房，並允許她保留一片小小的土地。

2

桑桑一家隨著父親搬到油麻地小學時，秦大奶奶在西北角上的小屋裡，已生活了好幾個年頭。

桑桑在校園裡隨便走走，就走到了小屋前。這時，桑桑被一股濃烈的苦艾味包圍了。他的眼前是一片艾。艾前後左右地包圍了小屋。風吹過時，艾葉嘩啦嘩啦地翻捲著。艾葉的正面與反面的顏色是兩樣的，正面是一般的綠色，而反面是淡綠色，加上茸茸的細毛，幾乎呈灰白色。因此，當艾葉翻捲時，就像不同顏色的碎片混雜在一起，閃閃爍爍。艾雖然長不很高，但莖都長得像毛筆的筆桿一樣。不知是因爲人工的原因，還是艾的習性，艾與艾之間，總是適當地保持著距離，既不過於稠密，也不過於疏遠。

桑桑穿過艾地間一條小道，走到了小屋門口。小屋裡幾乎沒有光線，桑桑的眼睛很吃力地朝裡張望，想看清楚裡面有沒有人、都有一些什麼東西。他隱約看見了一個佝僂著身體的老婆婆和一些十分簡單的家具。

桑桑想：就她一個人嗎？他回頭看了看，四周空蕩蕩的，就有了一種孤獨感。於是，他很想見到那個老婆婆。

秦大奶奶似乎感覺到門口有一雙大大的眼睛，她轉過身來，走到了門口。

明亮的太陽正高懸在天上。秦大奶奶出現在陽光下時，給桑桑留下了即使他長大之後都可能不會忘記的深刻印象：身材高高的，十分勻稱，只是背已駝了，渾身上下穿得乾乾淨淨，只有粽子大的小腳上穿著一雙繡了淡金色小花的黑布鞋，褲腳用藍布條十分仔細地包裹著，拄著拐棍，一頭銀髮，在風裡微微飄動。

十分奇怪，桑桑好像認識她似的叫了一聲：「奶奶。」

秦大奶奶望著桑桑，彷彿桑桑並不是在叫她。這裡的孩子，從來也不叫她奶奶，都叫她「老太婆」，最多叫她「秦大奶奶」。她伸出手去撫摸了一下桑桑的腦袋。她似乎從未有過這樣親暱的動作。她問：「你是誰？」

「我是桑桑。」

「我怎麼沒有見過你？」

「我是剛來的。」

「你家住哪兒？」

「和你一樣，也住在這個校園裡。」

秦大奶奶一副疑惑的樣子。

桑桑說：「我爸剛調到這兒。是這兒的校長。」

「噢。」秦大奶奶點了點頭，「新來了個校長。」

桑桑用手摸摸身旁的艾。

秦大奶奶說：「認識嗎？這是艾。」

「幹麼長這麼多艾？」

「艾乾淨。艾有藥味。夏天，這兒沒有蚊子，也沒有蒼蠅。」

「這兒應該長莊稼呀。」

「長莊稼？長什麼莊稼？」

「長麥子呀什麼的。」

「長麥子做什麼？原先，這兒全是麥地，那一年，多好的麥子，可是，沒有輪到我割……不長麥子啦，永遠不長麥子啦！就長艾，艾好。」

桑桑與秦大奶奶第一次見面，居然說了很多話。說到後來，秦大奶奶的心思又被土地的巨大影子籠罩了，用拐棍指指畫畫，向桑桑不住地嘮叨：「這片地，都是我的地，多大的一片地呀，多好的一片地呀……」

桑桑和秦大奶奶說話，一直說到母親在遠處叫他，才離開小屋與艾地。

不久，桑桑從大人們的談話裡聽出，在大人們的眼裡，秦大奶奶是個很可惡的老婆子。她明明看見學校的菜園邊上就是一條路，卻倚著自己老眼昏花，愣說沒有路，拄著拐棍，橫穿菜園，一路把菜苗踩倒了許多。秋天，一不留神，她就會把學校種的瓜或豆莢摘了去。自己吃也行呀，她不，而是將它們扔到大河裡。她還養了一群雞鴨鵝，讓牠們在學校裡亂竄，學校菜園只好攔了籬笆。但即使攔了籬笆，這些刁鑽的傢伙也有可能鑽進菜園裡去把嫩苗或剛結出的果實啄了或吃了。有一回，她丟了一隻雞，硬說是孩子們驚著牠了，不知藏到哪片草叢裡，被黃鼠狼吃了，和學校大鬧了一通，最後學校賠了她幾塊錢才算了事。

那天課間，桑桑拉著阿恕要去艾地，正在一旁玩耍的禿鶴說：「別去，秦大奶奶會用拐棍敲你的腦袋的。」

桑桑不信，獨自一人走過去。

一年級的幾個小女孩，正藏在艾叢裡，朝小屋裡偷偷地看。見秦大奶奶拄著拐棍走過來了，嚇得一個個像兔子一樣從艾地裡逃竄出來，尖叫著跑散了。

秦大奶奶看了看被踩趴下的艾，用拐棍咚咚地戳著地。

只有桑桑不怕，他朝秦大奶奶走過去。當桑桑叫了一聲「奶奶」，跟秦大奶奶要了一根艾再走回來時，那幾個小女孩就很佩服，覺得他真勇敢。桑桑很納悶：有什麼好怕的呢？

桑喬卻一開始就對秦大奶奶感到不快。那天，他視察他的校園，來到這片艾地，見到那間低矮的小屋，從心底裡覺得彆扭。加上聽了老師們說的關於秦大奶奶的支離破碎的話，就覺得油麻地小學居然讓一個與油麻地小學毫無關係的老太婆住在校園裡，簡直是毫無道理、不成體統。他看著那間小屋，越看越覺得這屋子留在校園裡，實在是不倫不類。他穿過艾地走到了小屋跟前。那時，秦大奶奶正坐在門口晒太陽。

「你好。」桑喬說。

秦大奶奶看了看桑喬，居然沒有回答。

桑喬屋前屋後轉了一圈，覺得油麻地西北角有一塊好端端的地被人占領了。他的油麻地小學是不完整的。他有了一種深刻的殘缺感。

秦大奶奶說：「你這個人是誰？東張西望的不像個好人！」

桑喬覺得這個老婆子太無理，便板著面孔說：「我叫桑喬。」

「不認識。」

「我是校長。」

秦大奶奶站了起來：「你想攆我走嗎？」

「我沒有說要攆你走。」

「這塊地，這一片地都是我的！」

桑喬心裡只覺得好笑：都什麼年頭了，還你呀他的呢！他暫且沒有理會她，離開了艾地。可是，當他走到這塊地的最南端時，又回過頭來向艾地這邊看，越發覺得油麻地小學被人活活地瓜分去了一塊。

春天，桑喬發動全校師生，四處奔走，從楝樹上採下了許多年頭結下的果實。他要育出楝樹苗來，然後栽在校園的各處。楝樹是這一帶人最喜歡的樹種。春天，枝頭會開出一片淡藍色的細小的花。若是一片林子，花正盛開時，從遠處看，就彷彿是一片淡藍的雲彩。因爲楝樹性苦，所以不生任何蟲子。夏天的廁所若放了楝樹葉，既去了臭味，還不讓糞裡生蛆。楝樹不僅好看、乾淨，還是這一帶人最欣賞的木材。桑喬查看了所有的教室，發現許多課桌都正在壞損。他想，幾年以後，這些楝樹就能成材，那時油麻地小學就會有一批最好的課桌。在考慮用哪一塊地作苗圃時，桑喬想到了西北角上的艾地。爲了避免與秦大奶奶的衝突，他向一直就在油麻地小學任教的幾位老師打聽當年政府同意秦大奶奶住在西北角上時到底許給了她多大面積的地。他有一種直覺，覺得政府不可能給她那麼大的面積。這些老師的介紹，完全證實了他的直覺。於是，他定了下來：將被秦大奶奶逐年多占的地開闢作苗圃。

那天，開闢艾地時，桑喬本想與秦大奶奶打聲招呼的，恰巧秦大奶奶一早抱了隻老母雞去鎮上賣雞去了，等了一會兒，也不見她回來，他就對師生們說：「不用等了，拔艾吧。」

多占地上的艾不一會兒工夫就被拔完，十幾把鐵鍬不一會兒工夫就把土翻完。桑喬親自動手撒了楝樹果，然後蓋了一層肥一層土，再把水澆透。等秦大奶奶拄著拐棍一搖一擺地回來時，人早撤了，就只有一個四四方方的苗圃。

秦大奶奶站在苗圃旁半天，然後用拐棍在苗圃上戳了十幾個洞：「這是我的地！這是我的地……」

沒過多少天，楝樹苗就怯生生地探出頭來，在還帶著涼意的風中，歡歡喜喜地搖擺。這個形象使秦大奶奶想起了當年也是在這個季節裡也是同樣歡歡喜喜地搖擺著的麥苗。她就很想用她的拐棍去鞭打這些長在她地上的楝樹苗——她覺得那些樹苗在擠眉弄眼地嘲弄她。

這樣地看了幾天，楝樹苗在越來越和暖的春風裡，居然很張揚地一個勁地躥著。秦大奶奶想到了它們不久就要移栽到這塊土地的各處，然後，它們就瘋了似地長大，直長得遮天蔽日，把這塊土地牢牢地霸占住。這麼想著，她就想在苗圃裡打個滾，把這些根本不在意她的樹苗碾壓下去。但她沒有立即打滾，直到有一天，一群孩子得到老師們的示意，將她的一群雞趕得四處亂飛，驚得雞們將蛋生在了外邊時，她才決定：我就在它上面打滾，就打滾，看他們能把我怎樣！

四下無人。

終日乾乾淨淨的秦大奶奶，居然不顧自己的衣服了，像個壞孩子似的躺在苗圃上，從東向西滾去。

秦大奶奶沒有看到，那時，桑桑正從屋後的艾叢中走出來。

桑桑看著在苗圃上慢慢滾動的秦大奶奶，咧開嘴樂了。

秦大奶奶像一捆長長的鋪蓋捲在滾動。她滾動得十分投入。有幾次滾出苗圃去了，她就慢慢地調整好，直到放正了身子，再繼續滾動下去。她閉著眼睛從東滾到西，又從西滾到東，一邊滾，一邊在嘴裡嘰嘰咕咕：「這地反正是我的，我想怎麼著就怎麼著……」

那些樹苗是柔韌的，秦大奶奶並不能將它們壓斷。它們只是在她壓過之後，在地上先趴趴，過一會兒，又慢慢地立了起來。

當桑桑看到秦大奶奶又一次滾出苗圃好遠還繼續一路滾下去時，他禁不住樂得跳起來，並拍著巴掌：「奶奶滾出去了，奶奶滾出去了……」

秦大奶奶立即停止了滾動，用胳膊吃力地支撐起身子，朝桑桑看著。

桑桑走了過來。

秦大奶奶說：「你能不告訴你爸爸嗎？」

桑桑想了想，點了點頭。

「這地是我的地！」她用手撫摸著地，就像那天她撫摸桑桑的腦袋一樣。

經常被父親認爲是「沒有是非觀念」的桑桑，忽然覺得秦大奶奶也是有理的。

3

桑喬「統一」大業的思想日益強烈起來。他的王國必須是完美無缺的。

在栽種垂楊柳時，他沿著河邊一直栽種過來。這樣，秦大奶奶屋後的艾叢裡也栽種了垂楊柳。秦大奶奶將垂楊柳拔了去，但很快又被桑喬派人補上了。

秦大奶奶必須作戰了，與她最大的敵人油麻地小學作戰——油麻地小學正在企圖一步一步地將她擠走。

秦大奶奶孤身一人，但她並不感到悲哀。她沒有感到勢單力薄。她也有「戰士」。她的「戰士」就是她的一趟雞鴨鵝。每天一早，她就拿了根柳枝，將牠們轟趕到油麻地小學的縱深地帶——辦公室與教室一帶。這趟雞鴨鵝，一邊到處拉屎，一邊在校園裡東竄西竄。這裡正上著課呢，幾隻雞一邊覓食，一邊鑽進了教室，小聲地，咯咯咯地叫著，在孩子們腿間走來走去。因爲是在上課，孩子們在老師的注視下，都很安靜，雞們以爲到了一個靜處，一副閒散舒適的樣子。牠們或啄著牆上的石灰，或在一個孩子的腳旁蹲下，蓬鬆開羽毛，用地上的塵土洗著身子。

幾隻鴨子竄到另一間教室去了。牠們搖晃著身子，扁著嘴在地上尋找吃的。這些傢伙總是不斷地拉屎。鴨子拉屎，總發出噗的一聲響，屎又爛又臭。孩子們掩住鼻子，卻不敢作聲。一個女孩被叫起來讀課文，鼻音重得好像沒有鼻孔。老師問：「你的鼻子怎麼啦？」孩子們就衝著老師笑，因爲老師的聲音也好像是一個患嚴重鼻竇炎的人發出的聲音。

兩隻鵝在辦公室門口吃青草，吃到高興處，不時地引吭高歌，彷彿一艘巨輪在大江上拉響了汽笛。

中午，孩子們放學回家吃飯時，教室門一般是不關的，這些雞鴨鵝便會乘虛而入。等孩子們再走進教室時，不少桌面與凳子上就有了雞屎或鴨糞。有一個孩子正上著課，忽然忘乎所以地大叫起來：「蛋！」他的手在桌肚裡偷著玩耍時，一下摸到了一只雞蛋。孩子們一齊將臉轉過來，跟著叫：「蛋！」「蛋！」老師用黑板擦嘟嘟嘟地敲著講台，孩子們這才漸漸安靜下來。那個發現了雞蛋的孩子，被罰著手拿一只雞蛋，尷尬地站了一堂課。下了課，他衝出教室，大叫了一聲：「死老婆子！」然後咬牙切齒地將雞蛋擲出去。雞蛋飛過池塘上空，擊在一棵樹上，叭地碎了，樹幹上立即流下一道鮮艷的蛋黃。

桑喬派一個老師去對秦大奶奶說不要讓那些雞鴨鵝到處亂走。

秦大奶奶說：「雞鴨鵝不是人，牠往哪裡跑，我怎能管住？」

油麻地小學花錢買了幾十捆蘆葦，組成了一道長長的籬笆，將秦大奶奶與她的那一趟雞鴨鵝一道隔在了那邊。

平素散漫慣了的雞鴨鵝們，一旦失去了廣闊的天地，很不習慣，牠們亂飛亂跳，鬧得秦大奶奶沒有片刻的安寧。

秦大奶奶望著長長的籬笆，就像望著一道長長的鐵絲網。

這天，三年級有兩個學生打架。其中一個自知下手重了，丟下地上那個「哎喲」叫喚的，就倉皇逃竄；後面的那一個，順手操了一塊半拉磚頭就追殺過來。前面的那一個奔到籬笆下，掉頭一看，見後面的那一個一臉要砸死他的神情，想到自己已在絕路，於是像一頭野豬，一頭穿過籬笆逃跑了。

籬笆上就有了一個大洞。

也就是這一天，鎮上的文教幹事領著幾十個小學校長來到了油麻地小學，檢查學校工作來了。上課鈴一響，這些人分成好幾個小組，被桑喬和其他老師分別帶領著去各個教室聽課，一切都很正常。桑喬心裡暗想：幸虧幾天前攔了一道籬笆。

桑喬自然是陪著文教幹事這幾個人。這是四年級教室。是一堂語文課。講課的老師是那個文質彬彬、弱不禁風的溫幼菊。

桑喬治理下的學校，處處顯示著一絲不苟的作風。課堂風紀顯得有點森嚴。文教幹事在桑喬陪同下走進教室時，訓練有素的孩子們居然只當無人進來，穩重地坐著，不發一聲。文教幹事一行猶如走進深秋的森林腹地，頓時被一種肅穆所感染，輕輕落座，唯恐發出聲響。

黑板似乎是被水洗過的一般，黑得無一絲斑跡。

溫幼菊舉起細長的手，在黑板上寫下了這一課的課名。不大不小的字透著一股清秀之氣。

溫幼菊開始講課，既不失之於浮躁的激情，又不失之於平淡無味，溫和如柔風的聲音裡，含著一股暗撥心弦的柔韌之力，把幾十個頑童的心緊緊拽住，拖入了超脫人世的境界，使他們居然忘記了叮噹作響的鐵環、泥土地裡的追逐、竹林間的鳥網、田埂上跑動的黃狗、用瓦片在大河上打出的水漂、飛到空中去的雞毛毽子……她是音樂老師兼語文老師，聲音本身就具有很大的魅力。

幾乎各個教室都在製造不同的迷人效果。這是桑喬的王國。桑喬的王國只能如此。

但，秦大奶奶的「部隊」已陸續穿過那個大窟窿，正向這邊漫遊過來。這趟憋了好幾天的雞鴨鵝，在重獲這片廣闊的天地之後，心情萬分激動。當牠們越過窟窿，來到牠們往日自由走動的地方時，幾乎是全體拍著翅膀朝前奔跑起來，直搧動得地上的落葉到處亂飛，身後留下一路塵埃。

雞爪、鴨蹼與鵝掌踏過地面的聲音，翅膀拍擊氣流發出的聲音，像秋風橫掃荒林，漸漸朝這邊響過來。

桑喬聽到鵝的一聲長嘯，不禁向門外瞥了一眼，只見一趟雞鴨鵝正朝前奔跑著，其中，幾隻雞在教室門口停下，正朝門口探頭探腦地走過來。他用眼神去制止牠們，然而，那不是他的學生，而僅僅是幾隻雞。牠們已經站到了門檻上。其中一隻想搧一下翅膀，但在欲搧未搧的狀態下又停住了，把腦袋歪著，朝屋裡觀望。

教室裡安靜如月下的池塘，只有溫幼菊一人的聲音如同在絮語。

雞們終於走進了教室。牠們把這裡看成是一個特別的覓食之處。這裡沒有蟲子，但卻有孩子們吃零食時掉到地上的殘渣細屑。因爲此刻皆處在靜止狀態，所以在雞們眼裡，孩子們的腿與無數條桌腿和板凳腿，與牠們平素看到的竹林與樹林也沒有太大的不同。

其中一隻綠尾巴公雞，似乎興趣並不在覓食上，常常雙腿像被電麻了一樣，歪歪斜斜地朝一隻母雞跌倒過去。那母雞似乎早習慣了牠的淘氣，只是稍稍躲閃一下，照樣覓牠的食。那公雞心不在焉地也在地裡啄了幾下，又重犯牠的老毛病。

桑喬在一隻雞走到腳下時，輕輕地動了動腳，試圖給出一個很有分寸的驚嚇，將雞們攆出教室，但那隻雞只是輕輕往旁邊一跳，並不在意他。

桑喬偶爾一瞥，看到文敎幹事正皺著眉頭看著一隻矮下身子打算往一個孩子的凳子上跳的母雞。桑喬擔憂地看著，怕牠因爲跳動而發出響聲，更怕牠一下子飛不到位而慘不忍睹地跌落下來。但他馬上消除了這一擔憂：那隻母雞在見公雞不懷好意地歪斜著過來時，先放棄了上跳的念頭，走開了。

孩子們已經注意到了這幾隻雞。但孩子們眞能爲桑喬爭氣，堅決地不去理會牠們。

溫幼菊在雞們一踏進教室時，就已經一眼看到了牠們。但她仍然自然而流暢地講著。可是內行的桑喬已經看出溫幼菊的注意力受到了打擾。事實上，溫幼菊一邊在講課，一邊老在腦子裡出現雞的形象——即使她看不到雞。最初的輕鬆自如，就是輕鬆自如；而此刻的輕鬆自如，則有點屬於故意爲之了。

當一隻雞已轉悠到講台下時，包括文教幹事在內的所有的人，都覺察到溫幼菊從開始以來就一直均勻而有節奏地流淌著的話語似乎碰到了一塊阻隔的岩石，那麼不輕不重地跳了一下。

外面又傳來了幾聲鴨子的嘎嘎聲。這在寂靜無聲的校園裡顯得異常洪亮而悠遠。

終於有幾個孩子忍不住側過臉往窗外看了一眼。

大約是在課上到三十五分鐘時，一隻母雞在過道上開始拍翅膀，並且越拍動作幅度越大。這裡的教室沒有鋪磚，只是光地，因孩子們的反覆踐踏，即使打掃之後，也仍然有一層厚厚的灰塵。這些灰塵在那隻母雞搧動的氣浪裡升騰，如一股小小的旋風捲起的小小的黃色灰柱。

挨得近的正是幾個乾乾淨淨的女孩，見著這些灰，就趕緊向一側傾著身子，並用胳膊擋住了臉。

一個男孩想讓那幾個女孩避免灰塵的襲擊，一邊看著黑板，一邊用腳狠狠一踢，正踢在那隻母雞的身上。那隻母雞咕咕咕地叫著，在教室裡亂跑起來。

溫幼菊用責備的眼光看著那個男孩。

男孩有點不太服氣。

一陣小小的騷動，被溫幼菊平靜的目光暫時平息下去了。但不管是台上還是台下，實際上都已不太可能做到純粹地講課與聽課，心思更多的倒是在對未來情形的預測上。大家都在等待，等待新的雞的鬧劇。

一開始釀造得很好的詩樣的氣氛實際上已經不存在了。

一隻雞，埋了一下屁股，屙出一泡屎來，僅僅是在距聽課的一位校長腳尖前一兩寸遠的地方。

大約是在課上到四十分鐘時，一隻母雞在一個男孩的腿旁停住了。牠側著臉，反覆地看著那個男孩因褲管有一個小洞而從裡面露出的一塊白淨的皮膚。「這是什麼東西？」那雞想，在地上磨了磨喙，猛的一口，正對著那塊皮膚啄下去。那男孩「呀」的一聲驚叫，終於把勉強維持在安靜中的課堂徹底推入鬧哄哄的氣氛裡。

這時，溫幼菊犯了一個錯誤。她說：「還不趕快把雞趕出去！」她本來是對一個班幹部說的。但，她的話音未落，早已按捺不住的孩子們，立即全體站了起來。

下面的情景是：孩子們桌上桌下，亂成一團，書本與掃帚之類的東西在空中亂舞；幾隻雞無落腳之處，驚叫不止，在空中亂飛；幾個女孩被雞爪撓破手背或臉，哇哇亂叫；企圖守住尊嚴的文教幹事以及外校校長們，雖然仍然坐著，但也都扭過身體，做了保護自己不被雞爪抓撓的姿勢；溫幼菊則捂住頭，面朝黑板，不再看教室裡究竟是一番什麼樣的情景。

等雞們終於被攆跑，孩子們還未從興奮中脫出，下課鈴響了。

桑喬十分尷尬地陪著文教幹事等幾個人走出教室。在往辦公室走去時，迎面看到秦大奶奶一路大聲喚她的雞鴨鵝們，一路朝這邊走來了。她的樣子，彷彿是走在一片無人的草叢裡或是走在收割完莊稼的田野上。她既要喚雞，還要喚鴨與鵝。而喚雞、喚鴨與喚鵝，要發出不同的喚聲。秦大奶奶晃著小腳，輪番去喚雞、喚鴨、喚鵝。聲音或短促，或悠遠。許多孩子覺得她喚得很好聽，就跟著學，也去喚雞、喚鴨、喚鵝。

蔣一輪走過去，大聲說：「你在喊什麼！」

秦大奶奶揉揉眼睛看著蔣一輪：「這話問得！你聽不出來我在喊什麼？」

「你趕快給我走開！」

「我往哪兒走？我要找我的雞，找我的鴨，找我的鵝！」

文教幹事被桑喬讓進辦公室，一邊喝茶，一邊冷著臉。等其他校長都來到辦公室，各自說了課堂上的趣事之後，文教幹事終於對桑喬說：「老桑，你這油麻地小學，到底是學校還是雞鴨飼養場？」

桑喬嘆息了一聲。但桑喬馬上意識到：徹底解決問題的時機已經成熟。他將情況以及自己的想法都向文教幹事說了。

其他校長都走了，但文教幹事留下了。他本是桑喬多年的朋友，而油麻地小學又是他最看好的學校。他決心幫助桑喬。當晚，由油麻地小學出錢辦了幾桌飯菜，把油麻地地方領導全都請來吃了一頓，然後從食堂換到辦公室，坐下來一同會辦此事。一直談到深夜，看法完全一致：油麻地小學必須完整；油麻地小學只能是學校。具體的措施也從當天夜裡開始一一落實。

4

不出三天，地方上就開始在一條新開的小河邊上再次爲秦大奶奶造屋。

「他們還是要攆我走呢。」秦大奶奶拄著拐棍，久久地站在她的艾地裡。她想著秦大，想著當年的夢想，想著那一地的麥子，想著月光下她跟秦大醉了似地走在田埂上，想著她從鄉下到區裡、縣裡的奔波與勞頓……她在風裡流著老淚。

房子蓋好了。

人們來請秦大奶奶搬家。她說：「我想搬，早搬了。前些年，不是也給我蓋過房子，我搬了嗎？」

「這回是必須搬！」

「我家就在這兒！」

知道來軟的不行，只好來硬的。幾個壯勞力，找來一塊門板。一個大漢，將她輕輕一抱，就抱起來了，隨即往門板上一放，說聲：「抬！」她就被人抬走了。或許是她感到自己已太老了，這一回，她沒有作任何掙扎，乖乖地躺在門板上，甚至連叫喚都不叫喚一聲。抬到新房子門前，她也不下來，是人把她抱進屋裡的。

油麻地小學派了一幫師生，將小草房裡的東西，抬的抬，扛的扛，拎的拎，捧的捧，全都搬了過來。那些雞、鴨、鵝，也都爲牠們早已準備好了窩，一隻隻地被孩子們捉住抱了過來。

秦大奶奶被扶到椅子上。她的樣子似乎使人相信，這一回，她已不得不接受這一事實了。家是中午搬完的。在此之後，從地方到學校，許多人都在注視著她的動靜。一直到天黑，人們也未見她再回油麻地小學校園。

桑喬長長地舒了一口氣。

吃完晚飯，桑桑做作業，心思總是飄忽不定。有那麼片刻的時間，桑桑的眼前出現了那一片艾地，而秦大奶奶正躺在艾地裡。他放下作業本，就往艾地走。他遠遠地看到了那片艾地——小屋不在了，就只剩下那一片艾地了。艾地在月光下靜悄悄的。但他還是朝艾地走去了，彷彿那邊有個聲音在召喚著他。

艾的氣味漸漸濃烈起來。

桑桑走到了艾地邊上。他立即看到艾地中央躺著一個人。他一點兒也不感到害怕，甚至一點兒也不感到吃驚。他用手分開艾走過去，叫著：「奶奶！」

秦大奶奶的聲音：「桑桑。」

桑桑在她身邊蹲了下去。

艾遮住了這一老一小。

「奶奶，你不能睡在這兒。」

「我不走，我不走……」她像一個孩子那樣，不住地說。

桑桑站起來，四下張望著：空無一人。他希望有個人走過來，希望有人知道秦大奶奶躺在艾地裡。

沒有人走過來。桑桑就默默地蹲在她身旁。

「回家吧，天晚啦。」她說。

桑桑跑出了艾地，跑到辦公室門口，對老師們嚷著：「秦大奶奶躺在艾地裡！」又急忙跑回家，對父親大聲說：「秦大奶奶躺在艾地裡！」

不一會兒，桑喬和老師們就趕到了艾地。

手電的亮光下，秦大奶奶蜷曲著身子，在艾叢中臥著，一聲不響。

桑喬讓她回那個新屋，她也不發脾氣，就一句話：「我就躺在這兒。」

桑喬讓人去找地方上的幹部。地方上的幹部過來看後，又找了幾個大漢，同樣用白天的辦法，拿一塊門板，將她抬回新屋。她又像白天一樣，不作掙扎，由你抬去。

這一夜，桑桑睡覺，總是一驚一乍的。睡夢中老出現那片艾地，並總出現秦大奶奶躺在艾地裡的情景。天才曚曚亮，他就跳下床，輕輕打開門，跑向艾地。

艾地裡果眞躺著秦大奶奶，她一身的寒霜。

桑桑就坐在她的身邊，一直到太陽出來，陽光照到這片艾地上。

以後的日子裡，秦大奶奶就在「被人發現在艾地裡、被人抬走，又被人發現在艾地裡、又被人抬走」這樣一個循環往復的過程中一日一日地度過，人們被她搞得非常疲倦，再叫人來抬，就越來越不耐煩了：「凍死她拉倒了，這可惡的老東西！」又抬了幾次，就眞的沒人去管她了。又過了兩天，人們看見她到處撿著木棍、草席之類的東西，在原先的小屋處開始搭一個窩棚。未等她搭起來，就被人拆了。她既不罵人，也不哭，又去撿木棍、草席之類的東西，再去搭窩棚。搭了幾回，拆了幾回，村裡一些老人就對那些還要去拆窩棚的年輕人說：「她在找死呢。你們就不要再拆了。」

眼見著冬天就要到了。

桑喬又一次來到艾地，看到瘦弱的秦大奶奶正企圖用一根細竹竿去支撐一張破席子，而竹竿撐不住彎曲下來了。他回到了辦公室，對來了解情況的地方幹部說：「算了吧，緩緩再說吧。」

第二天，桑喬去找人，在西北角上，給秦大奶奶搭了個可以過冬的臨時窩棚。

那天，桑喬又站在油麻地小學的最南端往艾地這邊看，他在心裡說了一句：「這老太婆，實在可惡！」

5

後來的這段日子，相安無事。

春天到了。脫去冬裝的孩子們，在春天的陽光下到處奔跑著。沉重的冬季，曾像硬殼箍住他們，使他們不能自由自在。他們龜縮在棉襖裡，龜縮在屋子裡，身體無法舒展，也無舒展的要求。油麻地小學的老師們在冬季裡看得最多的情景就是：在凜冽的寒風中，那些無法抵禦苦寒的孩子們，縮頭縮腳地上學來，又縮頭縮腳地回家去。平原的冬季永遠讓人處在刻骨銘心的寒冷之中。油麻地小學的老師們說：「冬天，學生最容易管束。」因爲，寒冷使他們失去了動的念頭。今年的春天一下子就來了，油麻地小學的孩子們，望著天空那輪忽然有了力量的太陽，被冬季凍結住了的種種欲望一下子甦醒了。他們再也不願回到教室去。他們喜歡田野，喜歡村巷，喜歡河邊，喜歡室外的所有地方。上課鈴響過之後，他們才勉勉強強地走進教室。而在四十五分鐘的上課時間裡，他們總惦記著下課，好到教室外面撒野去。被罰站、被叫到辦公室去訓話的孩子，驟然增多了。平靜了一個冬季的校園，忽然變得像雨後的池塘，處處蛙鳴。

二年級的小女孩喬喬，居然在竹林裡玩得忘記了上課。

她拿了根細樹枝，在竹林裡敲著她周圍的竹竿。聽著竹竿發出高低不一但都同樣好聽的清音，她居然高興得唱起來了。自我欣賞了一通之後，她走到河邊。冰封的大河，早已融化成一河歡樂的流水，在陽光下飄著淡淡的霧氣。河水流淌得稍稍有點急，將岸邊的蘆葦輕輕壓倒了，幾隻黃雀就像音符一樣，在蘆稈上顫悠。

這時，喬喬看到水面上有一枝花，正從西向東漂流而來。它在水波中閃爍著，迷惑著喬喬，使她目不轉睛地盯著它。

花過來了，一枝鮮紅的月季花。

喬喬一邊看著它，一邊走下河堤。那枝月季花被水流裹著，沿著離岸不遠的地方，馬上就要漂流到她跟前時，她不顧一切地撲到水邊，一手抓住岸邊的雜草，一手伸向樹枝。她決心要攔住那枝花。

冰雪融化之後的河坡，是潮濕而鬆軟的，喬喬手中的雜草突然被連根拔起。還未等喬喬明白這究竟是怎麼一回事，她就已經跌入水中。

那枝花在喬喬眼中一閃，就漂走了。

她嗆了幾口水，在水中掙扎出來。就在這一瞬間，她看到河堤上立著秦大奶奶的背影。她大叫了一聲：「奶奶——」隨即，就被漩流往下拖去。就在她即將永遠地沉沒於水中時，這個孩子看到，有一個人影，像一件黑色的布褂被大風吹起，從高處向她飄落下來……

那時，秦大奶奶正看著她的雞在草叢裡覓食。她聽到喊聲，轉過身來，隱隱約約地見到一張孩子的面孔正在水中忽閃，一雙手向天空拚命地抓著。她在震撼人心的「奶奶」的餘音裡，未來得及爬下河堤，就撲了下去……

喬喬在迷糊中，覺得有一雙手將她的褲腰抓住了。

這顯然是一雙無力的手。因爲喬喬覺得，她是在經過漫長的時間之後，才被這雙手十分勉強地推出水面的。她的上半身剛被推送到淺灘上，那雙手就在她的褲腰上無力地鬆開了。

河水在喬喬的耳畔響著。陽光照著她的面頰。她好像做了一場噩夢醒來了。她哇哇大吐了一陣水，坐起來，望著空空的河水，哭起來。

河那邊有人出現了，問：「你在哭什麼？」

喬喬目光呆呆地指著河水：「奶奶……奶奶……」

「哪個奶奶？」

「秦大奶奶。」

「她怎麼啦？」

「她在水裡……」

那人一驚，向身後大喊了幾聲：「救人啊——」朝大河撲來。

秦大奶奶被人從水中撈起時，似乎已經沒有氣了。她濕漉漉地躺在一個大漢的臂彎裡，被無數人簇擁著往河堤上爬去。她的雙腿垂掛著，兩隻小腳像鐘擺一樣擺動著，銀灰色的頭髮也垂掛著，不停地滴著水珠；她的臉頰上有一道血痕，大概是她在向水中撲倒時，被河坡上的樹枝劃破的；她的雙目閉得死死的，彷彿永遠也不會睜開了。河邊上一時人聲鼎沸：「喊醫生去！」「已有人去啦！」「牽牛去！」「阿四家的牛馬上就能牽到！」「牛來了！」「牛來了！」「大家讓開一條道，讓開一條道！」……

阿四騎在牛背上，用樹枝拚命鞭打那條牛。牛一路緊跑過來。

「快點把她放上去！」

「讓牛走動起來，走動起來……」

「大家閃開，閃開！」

人群往後退去，留出一大塊空地來。

秦大奶奶軟手軟腳地橫趴在牛背上。

上午十點鐘的太陽，正溫暖地照著大地上的一切。

牛被阿四牽著，在地上不住地走著圓圈。

秦大奶奶彷彿睡著了，沒有一點動靜。

一個老人叫著：「讓牛走得快一點，快一點！」

牛慢慢地加速。

那個叫喬喬的小女孩在驚魂未定的狀態裡，抽泣著向人們訴說：「……我從水裡冒了出來……我看到了奶奶……我就叫：奶奶……」

秦大奶奶依然沒有動靜。人們的臉上，一個個露出了失望的神情。

桑桑沒有哭，也沒有叫，一直木呆呆地看著。

喬喬跺著腳，大聲叫著：「奶奶——奶奶——」

這孩子的喊叫聲撕裂了春天的空氣。

一直在指揮搶救的桑喬，此時正疲憊不堪地蹲在地上。下河打撈而被河水濕透了的衣服，仍未換下。他在帶著寒意的風中不住地打著寒噤。

喬喬的父親抹著眼淚，把喬喬往前推了一下，對她說：「大聲叫奶奶呀，大聲叫呀！」

喬喬就用了更大的聲音去叫。

桑喬招了招手，把蔣一輪和溫幼菊叫了過來，對他們說：「讓孩子們一起叫她，也許能夠叫醒她。」

於是，孩子們一起叫起來：「奶奶——」

聲音排山倒海。

牽牛的阿四忽然看到牛肚上有一縷黃水在向下流淌，仔細一看，只見秦大奶奶的嘴角正不住地向外流水。他把耳朵貼在她的後背上聽了聽，臉上露出欣喜的表情。他抹了一把汗，把牛趕得更快了。秦大奶奶的身體在牛背上有節奏地顛動著。

大約過了半個小時，人們從牛背上聽到了一聲沉重的嘆息聲。

人們連忙將她從牛背上抱下，抱回她的窩棚。

「男人們都出去！」

桑桑的母親和其他幾個婦女留在了窩棚裡，給秦大奶奶換去了濕衣。

一直到天黑，小窩棚內外，還到處是人……

6

半個月以後，秦大奶奶才能下床。

在此期間，一日三餐，都是由桑桑的母親給她做的。油麻地小學的女教師以及村裡的一些婦女，都輪流來照料她。

這天，她想出門走走。

桑桑的母親說：「也好。」就扶著她走出了窩棚。

陽光非常明亮。她感到有點晃眼，就用顫顫抖抖的手遮在眼睛上。她覺得，她還從未看到過這樣高闊這樣湛藍的天空。天雖然已經比較暖和了，但她還是感到有點涼，因爲她的身體太虛弱。桑桑的母親勸她回窩棚裡，她搖搖頭：「我走走。」

艾地裡，新艾正在生長。艾味雖然還沒有像夏季那麼濃烈，但她還是聞到了那種苦香。

桑桑的母親扶著她往前走時，直覺得她的衣服有點空空蕩蕩的。

她走到校園裡。

孩子們把腦袋從門裡窗裡伸出來，一聲接一聲地叫她「奶奶」。

路過辦公室門口時，老師們全都從椅子上站起來：「走走？」

她說：「走走。」

桑喬把藤椅端過來：「坐下歇歇。」

她搖搖頭：「我走走。」

又過了半個月，在她能獨自走動的時候，油麻地的人一連好幾天，都看到了這個形象：一大清早，秦大奶奶抱了一隻雞，或抱了一隻鴨，拄著拐棍，晃著小腳，朝集市上走去；中午時分，她空手走了回來。

沒過多久，油麻地小學的孩子們再也聽不到雞鴨鵝的叫聲了。

老師們還幾次發現，不知誰家的鴨子鑽進了油麻地小學的菜園，秦大奶奶在用拐棍轟趕著。趕走了之後，她怕牠們會再回來，還久久地守在菜園邊上。

去艾地的孩子們越來越多，尤其是一些女孩子，一有空，就鑽到她的小窩棚裡，彷彿那兒是一個最好玩的地方。秦大奶奶喜歡給她們紮小辮，紮各種各樣的小辮。到了秋天，她們就請她染紅指甲。秦大奶奶採了鳳仙花，放在陶罐裡，加上明礬，將它們拌在一起，仔細地搗爛，然後敷在她們的指甲上，包上麻葉，再用草紮上。過四、五天，去了麻葉，她們就有了紅指甲，透明的、鮮亮鮮亮的紅指甲。有了紅指甲的女孩，就把手伸給那些還沒有染紅指甲的女孩，說：「奶奶染的。」如果那堂課上，老師發現有一個女孩沒上課，就對一個同學說：「去秦大奶奶的小窩棚找找她。」

秦大奶奶似乎越來越喜歡在校園裡走。夏天以來，她的聽覺突然一下子減退了許多，別人聲音小了點，她一般都聽不到，非得大聲向她說話不可。她在校園裡走，看見孩子們笑，並不知道

他們究竟在笑什麼，也跟著笑。孩子們在操場上上體育課，她就拄著拐棍，坐在土台上，從頭到尾地看，就像看一台戲。她並不太清楚，這些孩子做著整齊劃一的動作，究竟是爲了什麼。如果是一場籃球賽，她見球滾過來了，就會用拐棍將球攔住——她老了，動作跟不上心思，常常是攔不住。球從拐棍下滾走了。孩子們就笑，她也笑。球有時會滾到池塘裡，這時，就會有一個孩子走到她跟前，大聲向她說：「奶奶，用一下你的拐棍！」她也許並沒有完全聽清楚那個孩子說了些什麼，但她明白那個孩子想幹什麼，就把拐棍給了他。她最喜歡做的一件事，就是趴在窗台上，看孩子們上課，能從一開始，直趴到結束。其實，她一句也沒有聽見。即使聽見了，她也聽不明白。有時，孩子們免不了要善意地捉弄她，在老師還沒有走上講台之前，把她攙到講台上。她似乎意識到了這是孩子們在捉弄她，又似乎沒有意識到。她站在講台上時，下面的孩子就笑得前仰後合。這時，講課的老師正巧來了，見她站在講台上，也憋不住笑了。這下，她就知道了，肯定是孩子們在捉弄她，就揮起拐棍，作一個要打他們的樣子，晃著小腳走出教室。

老師們還幾次發現，當他們在半夜裡聽到了颳風下雨的聲音，想起教室的門窗還沒關好，起來去關時，只見秦大奶奶正在風雨中，用拐棍在那兒關著她搆不著的窗子。

她在校園裡到處走著，替桑喬好好地看著這個油麻地小學。見著有人偷摘油麻地小學的豆莢，她會對那個人說：「這是學校的豆莢！」

記著從前的秦大奶奶的人，就覺得她很好笑。幾個歲數大的老婆婆，見到她守著學校的荷塘怕人把蓮子採了去，就說：「這個老癡婆子！」

不知不覺中，油麻地小學從桑喬到老師，從老師到孩子，都把秦大奶奶看成了油麻地小學的一員。

日子就這樣一天一天地過去了。

這一年春天，油麻地小學由於它的教學質量連年上乘，加上校園建設的花園化、風景化，引起了縣教育局的注意。這一天，將有縣教育局組織的龐大參觀團來這裡開現場會。這些日子，桑喬一直在一種充滿榮耀感的感覺中，平時走路，本來頭就朝天上仰，現在仰得更厲害了。到了晚上，他在校園裡的樹林、荷塘邊或小橋上走一走，就會禁不住朝天空大聲吼唱。現場會召開的頭一天，他才讓自己冷靜下來：方方面面，都得仔細，定要把事情做得滴水不漏、無一點瑕疵。他在校園裡到處走，絕不肯放過一個角落。看到油麻地小學像用大水沖刷了數十遍，一副清新爽目的樣子，桑喬終於滿意了，就把大藤椅搬到辦公室的走廊下，然後舒坦地坐在上面，蹺起雙腿，半眯起眼睛。矇矓中，他聽到一陣孩子的嘻笑聲。睜開眼睛時，就見那些嘻笑的孩子正在走過來。他叫住幾個孩子問：「你們笑什麼？」

幾個孩子告訴他，他們正上著課呢，站在門口的秦大奶奶聽著聽著，就拄著拐棍，站到了教室的後邊，一直站到他們下課。

桑喬也笑了。但他很快就不笑了。在這之後，桑喬的眼前，就老有秦大奶奶拄著拐棍在校園裡走動的樣子。他就有了許多擔憂：萬一明天，她也久久地站在教室門口甚至會走進教室，這可怎麼辦呢？這一年來，秦大奶奶老得很快，有點像老小孩的樣子了。

晚上，桑喬找到了溫幼菊，對她說：「明天，你帶秦大奶奶去鎮上，看場戲吧。」

溫幼菊明白桑喬的意思。她也覺得這樣做更好一些，說：「好的。」

第二天，在參觀團還未到達油麻地小學時，在溫幼菊的一番熱情勸說下，秦大奶奶跟她走了。她是很喜歡看戲的。到了鎮上劇場，溫幼菊不喜歡看這些哭哭啼啼、土頭土腦的戲，把秦大奶奶安排好，就去文化站找她的朋友了。戲開演了，秦大奶奶一看，是她看得已不要再看的戲，加上心裡又忽然記起要給喬喬梳小辮——與喬喬說好了的，就走出了劇場，一點沒作停留，回油麻地了。

秦大奶奶走回油麻地小學時，參觀團還未走，那些人正在校園裡東一簇西一簇地談話。她雖然老了，但她心裡還很明白。她沒有走到人前去，而是走了一條偏道，直接回到了她的小窩棚，並且在參觀團的人未走盡時，一直沒有露面。

傍晚，桑桑給秦大奶奶送他母親剛爲她縫製好的一件衣服，看到秦大奶奶正在收拾著她的東西。

「奶奶，你要幹什麼？」

她坐在床邊，顫巍巍地往一個大柳籃裡裝著東西：「奶奶該搬家啦。」

「誰讓你搬家啦？我聽我爸說，過些日子，還要把這個小窩棚扒了，給你重蓋小屋哩，草和磚頭都準備好了。」

她用手在桑桑的頭上輕輕拍了拍：「誰也沒有讓我搬家，是奶奶自己覺得該搬家啦。」

桑桑趕緊回去，把這事告訴父親。

桑喬立即帶了幾個老師來到小窩棚阻止她，勸說她。

然而，她卻無一絲怨意，只是說：

「我該搬家啦。」

就像當年誰也無法讓她離開這裡一樣，現在誰也無法再讓她留下來。

過去爲她在校外蓋的那間屋子，仍然空著。

桑喬對老師們說：「誰也不要去幫她搬東西。」但看到秦大奶奶從早到晚，像螞蟻一樣將東西一件一件往那個屋子搬，他又只好讓師生們將她所有的東西都搬了過去。

秦大奶奶終於離開了油麻地小學，油麻地小學的全體師生，都覺得油麻地小學好像缺少了什麼。孩子們上課時，總是朝窗外張望。

桑桑每天都要去秦大奶奶的新家。

過不幾天，其他孩子，也開始三三兩兩地到秦大奶奶的那個新家去了。

離開了油麻地小學的秦大奶奶，突然感到了一種孤單。她常常長時間地站在屋後，朝油麻地小學眺望。其實，她並不能看到什麼——她的眼睛已經昏花了。但她能想像出孩子們都在幹什麼。

春天過去了，夏天也過去了，秋天到了。

這天下著雨，桑桑站在校園門口的大樹下，向秦大奶奶的小屋張望，發現小屋的煙囪裡沒有冒煙，就轉身跑回家，把這一發現告訴了父親和母親。

父親說：

「莫不是她病了？」

於是一家三口，趕緊冒著雨去小屋看秦大奶奶。

秦大奶奶果然病倒了。

油麻地小學的老師輪流守護了她一個星期，她也沒有能起來。

桑喬說：「乘機把她接回校園裡住吧。」於是趕緊找人來蓋房子。

在一個天氣晴朗的日子裡，秦大奶奶又被人揹回了油麻地小學，住進了爲她新蓋的小屋。

7

桑桑讀完五年級的那個暑假，這一天，和往常一樣。但在黃昏時分，桑桑的嚎啕大哭，告訴這裡的所有人：秦大奶奶與油麻地的人們永遠地分別了。

她既不是病死，也不是老死，而是又掉到了水中被淹死的。

上回，她是爲了救一個孩子而落入水中；而這一次落水，僅僅是爲油麻地小學的一只南瓜。

幾天前，她就發現，在一根爬向水邊去的瓜藤上，有一只南瓜已經碰到水面了。昨天下了一夜的雨，今天那只南瓜已幾乎沉入水中了。水流不住地沖著那只南瓜。眼見著瓜要成熟了，她想將那只南瓜拉出水面，讓它躺到坡上。她順坡滑了下去，然而卻滑到了水中。也許是因爲她太老了，她幾乎沒有一點掙扎，就沉入水中。當時，對岸有一個婦女正在水邊洗衣服，看到她要用拐棍去撈那只南瓜，就阻止她，但她的耳朵已聾得很深了，沒有聽見。還未等這個婦女反應過來，她就滑入了水中……這一回，她再沒有活過來。

晚上，油麻地小學的全體老師都來爲她守靈。

她穿上了桑桑的母親早已爲她準備好的衣服，躺在用門板爲她搭的床上。腳前與頭前，各點了一支高高的蠟燭。

桑桑一直坐在她的身邊。他看到燭光裡的秦大奶奶，神情顯得十分安詳。有時，大人們偶爾離去，只剩他一人坐在那兒時，他也一點不感到害怕。

在把秦大奶奶裝入棺材之前，桑喬親自用鐮刀割了一捆艾，將它們鋪在棺材裡。來觀看的人很多。

按當地風俗，給這樣的老人封棺時，應取一綹兒孫的頭髮，放在老人的身旁。然而，秦大奶奶並無兒孫。有人想到了桑桑，就同桑桑的母親商量：「能不能從桑桑的頭上取一綹頭髮？」

桑桑的母親說：「老人在世，最喜歡的一個孩子就是桑桑。他就該送她一綹頭髮。」

有人拿來剪子，叫：「桑桑，過來。」

桑桑過來了，把頭低下。

一綹頭髮被剪落在紙上。以後，它們就將永遠地去伴隨老人。

給秦大奶奶送葬的隊伍之壯觀，是油麻地有史以來所沒有的，大概也是油麻地以後的歷史裡不可能有的。油麻地小學的老師與孩子們，一個挨一個地排著，長長的隊伍在田野上迤邐了一里多地。

墓地是桑喬選的，是一塊好地。他說：「老人生前喜歡地。」墓前，是一大片艾，都是從原先的艾地移來的，由於孩子們天天來澆水，竟然沒有一棵死去。它們筆直地挺著，在從田野上吹來的風中搖響著葉子，終日散發著它們特有的香氣。

第五章　紅　門(一)

1

油麻地家底最厚實的一戶人家，就是杜小康家。

杜小康家有油麻地最高大也最結實的房子。小青磚，小青瓦，一看就是用錢堆成的好房子。後三間，左兩間，右兩間，前面立起一道高牆，連成一個大院。院門兩扇，爲紅色。雖然已多年未上新漆，但那門在擦拭過之後，依然很亮，照得見人影。

雖然衆人心裡都清楚杜小康家是油麻地的首富，但杜小康家的成份卻並不太糟糕，因爲杜小康家沒有一寸土地，杜小康家只開了一爿雜貨鋪。那年定成份，不少人推測，說杜小康家幾代人開雜貨鋪，一定斂下了不少金錢。但杜小康的父親杜雍和主動將工作組邀進家中：「你們可以挖地三尺，看我杜家是不是藏金埋銀了。我們家也就是有這麼幾間房子，實在是個空殼。」弄來弄去，杜小康家的成份也難以往高裡定。

後來，杜小康家照樣開雜貨鋪，過著油麻地人望塵莫及的日子。

杜家就杜小康一個兒子。

油麻地的人見了杜小康在玩泥丸或者爬草垛，常用一種戲謔的口氣問：「杜家大少爺，你在幹什麼？」

杜小康不理會，依然玩他的。

杜小康個頭長得高，比其他同齡的孩子高出一頭多，但並不胖，臉色紅潤，很健康，是一個女孩子的臉色。杜小康生在長在油麻地，但杜小康是油麻地的一個例外。杜小康往油麻地孩子群裡一站，就能很清楚地與油麻地的孩子們區別開來，像一簸箕黑芝麻中的一粒富有光澤的白芝麻。

油麻地的孩子，念書都念到六年級了，都還沒有一個有一條皮帶的。他們只能用一條線繩來作褲帶，而這種褲帶很容易打死結，小孩貪玩，又往往玩得屎到肛門了，尿到門口了，才想起來找廁所。找到了廁所，就想立即解放自己。可是，一著急，把本來的活疙瘩拉成了死結，解也解不開，就摟著肚子在廁所裡跺腳亂跳。最後，彎下腰去用牙咬斷它，或乾脆用削筆的小刀割斷了事。也有咬不斷的時候，手邊又沒有刀，免不了將屎尿弄在褲子裡。

杜小康才讀一年級，就有了一條皮褲帶。棕色的，油汪汪的樣子，很有韌性，抓住一頭，往空中一甩一收，就聽見叭的一聲脆響。下了課，孩子們你推我搡地搶占尿池，力小的，不時地被力大的從台階上擠落下來。力小的很生氣，就順手給力大的屁股上一拳，力大的就回身來看，差點把尿尿到力小的身上……一片亂哄哄的景象。每逢這時，杜小康遠遠地在廁所門口站著，等嘩嗶聲漸漸稀落下來，才走進廁所。他往台階上一站，挺直了身子，左手抓住靠皮帶扣的地方，肚皮稍微一收縮，用手拉住皮帶頭，這麼瀟灑地一拉，鐵栓便從皮帶眼裡脫落下來，左手再一鬆，褲子就像一道幕布漂亮地落了下來。杜小康撒尿，絕不看下面，眼睛仰視著天空的鳥或雲，或者乾脆就那麼空空地看。杜小康撒尿時，總有那麼幾個小孩站在那兒很羨慕地看，把他撒尿時的那副派頭吃進腦子裡，彷彿要努力一輩子記住。

油麻地一般人家的小孩，一年四季，實際上只勉強有兩季的衣服：一套單衣，一套棉衣。中間沒有過渡的衣服，脫了棉衣就穿單衣，脫了單衣就穿棉衣。因此，到了春天，即使天氣已經非常暖和了，但又未能暖得可穿單衣，就只好將冬天的棉襖硬穿在身上，稍微一折騰，就大汗淋漓，滿頭滿腦門子的汗珠。等坐下來，靜下身子和心，身上就冰涼冰涼的。再折騰，又出汗，循環往復。等天氣又稍暖了一些，教室裡就有一股不好聞的汗酸味。而到了秋天，即使天氣已經很涼了，但又未涼得可穿棉衣，就只好將單衣硬穿在身上，縮著身子去抵抗涼意。那時節，老師在課堂上講課，就見一屋子孩子縮著脖子，露著一張張發烏的小臉。

杜小康卻有一年四季的衣服。冬季過去，棉襖一脫，就在襯衫外面，加一件不薄不厚的絨衣或毛衣，再穿一件外衣。若天氣又暖和一些，就脫掉外衣。天氣再暖和下去，就脫掉絨衣或毛衣，重新穿上外衣，直至只穿一件單衣進入夏季……一年四季，完全可以根據天氣的冷暖來增減衣服。因此，一年四季的杜小康，身體都是很舒服的。杜小康不會縮頭縮腦地被涼意拴住全部的心思。杜小康身上也沒有酸溜溜的汗臭——杜小康身上，只有一股很清潔的氣味。

到了嚴冬，杜小康的形象就最容易讓人記住：他上學時，嘴上總戴一個白口罩。那白口罩很大，只露出一雙睫毛很長的大眼睛。遠看，他整個的臉，就是一個大白口罩。在油麻地小學，除了溫幼菊也戴口罩之外，就只有他一個人了。杜小康的白口罩總是很白，因爲杜小康不是只有一個白口罩。戴著白口罩，穿過寒風肆虐的田野，來到學校時，杜小康看到其他孩子用手捂住隨時要嗆進寒風的嘴，就會有一種特別的好感覺。他往教室走來了，熱氣透過口罩，來到寒冷的空氣裡，就變成清淡的藍霧，在他眼前飄忽不定。而當藍霧飄到他的睫毛與眉毛上，凝起一顆顆清涼的細小的小水珠時，他覺得格外的舒服。進了教室，他在許多目光注視之下，摘下了口罩。說是摘下，還掛在脖子裡，只是將它塞到了胸前的衣服裡。這時，他的胸前，就會有兩道交叉的白線。這在一屋子穿著黑棉襖的孩子中間，就顯得十分健康，並非常富有光彩。

大約是在杜小康上四年級時，他變得更加與衆不同了。因爲，他有了一輛自行車。雖然這只不過是一輛舊自行車，但它畢竟是一輛自行車，並且是一輛很完整的自行車。當時的油麻地，幾乎沒有一輛自行車，即使油麻地小學的老師，也沒有一個有自行車的。蔣一輪離家十多里地，星期六下午也只能是步行回家。杜小康其實沒有必要騎自行車上學，因爲他的家離學校並不遠。但杜小康還是願意騎自行車來上學。最初，他的腿還不夠長，只能把腿伸到車槓下，將身體挎在車的一側，一蹬一蹬地驅動著，樣子很滑稽。不久，杜雍和替他將車座放到最矮處，他本來就比別的孩子高，騎上去之後，就可以用腳尖很正常地蹬動它了。他騎著它，在田間的大路上飛馳，見前面有其他孩子，就將車鈴按得叮零零一路響。孩子們回頭一看，就閃到一邊。膽小怕軋的，就趕緊跳到地裡。他騎著車，呼啦一聲過去了，那幾個孩子就會嗷嗷叫著，一路在後面追趕。追趕了一陣，終於沒有力氣了，只好上氣不接下氣地朝越騎越遠的杜小康和他的自行車看，都在心裡想：讓我騎一會兒，多好！杜小康把車騎進校園時，不管有人沒人，照例要按一串鈴聲。這時，就會有無數的腦袋一齊轉過來望著他騎車風一般蕩過校園。他下了車，將它歪靠在離教室不遠的一棵大樹上，然後咔噠一聲將車鎖上了。孩子們都想騎一騎它，但他一個也不答應。唯一能借用一下這輛自行車的，也只有蔣一輪一人。因爲他是老師。

杜小康的成績還特別好，除了紙月可以跟他比之外，誰也比不過他。因此，杜小康一直當班長。

不少孩子怕杜小康。這原因倒不在於他是班長，而是因爲他家開著雜貨鋪。這裡的人家，買油鹽醬醋，或買蘿蔔乾、鹹魚、火柴、小瓦罐什麼的，一般都得到杜雍和的雜貨鋪來買。而誰家買些日常用的東西，如打半斤醬油、稱幾兩煮魚用的豆瓣醬什麼的，一般都讓孩子去。這些孩子當中，有不少就是杜小康的同學。他們來了，不知道是爲了什麼，明明是自己出了錢的，但看到杜小康，卻有一種來白要他家醬油或豆瓣醬的感覺。如果是家裡一時沒有錢，來賒賬打醬油或買豆瓣醬的孩子，進了紅門，想著馬上就要看見杜小康了，感覺就很不好，腳步總是踟躕不前。一些孩子一不留神，在與杜小康玩耍時，得罪了他，這時就不肯來他家打醬油或買豆瓣醬。可是，家裡正急等著用醬油或豆瓣醬，在父母的不可商量的目光逼視之下，他們只好很無奈地往紅門走。一路上就閃現杜小康的樣子，想像著他在看到他父親準備往醬油瓶裡灌醬油時，會說：「他們家上回打醬油的錢還沒給哩！」油麻地的小孩一般都不去惹杜小康。

桑桑跟隨父親來油麻地小學上學時，是學校開學的第三天。那天，蔣一輪將他帶到班上，對班上的同學介紹說：「他叫桑桑，是我們班新來的同學，大家歡迎！」

孩子們都鼓掌，但杜小康沒有鼓掌，一副無所謂的樣子。

阿恕已經認識了桑桑，說：「他爸爸是校長！」

這時鼓掌的孩子們幾乎都站了起來，掌聲更響。

桑桑看到，只有杜小康沒有站起來。他用手托著下巴，只是很淡漠地看了一眼桑桑。

桑桑心裡還不清楚，他從此就有了一個對手……

2

杜小康總能做成許多孩子想做但做不成的事情。比如那天學校通知大家下午從家裡帶一把鐮刀來割河邊上的柳枝做柳筐，無論是哪一個班，也未能做到都帶鐮刀。因爲那時正在收割季節，大人們都用鐮刀，若沒有閒置著的另一把鐮刀，那個人家的孩子就無鐮刀好帶。即使有鐮刀能帶的，也有一些家長不讓帶，他們怕小孩用鐮刀瞎胡砍，把刀鋒砍豁了。桑桑他們班的情況也一樣，蔣一輪數了數堆在地上的鐮刀，皺起眉頭，問：「沒有帶鐮刀的，站起來！」搖搖晃晃地、很不好意思地站起一大片人來。蔣一輪就一個個問過去：「爲什麼沒帶鐮刀？」這時，杜小康舉起手站起來：「報告，我出去一趟。」蔣一輪正在追問一個吭哧了半天還沒有講明原因的孩子，就說：「去吧。」蔣一輪剛把那些沒有帶鐮刀的孩子一個個地追問完，杜小康抱了十幾把鐮刀來了。這個季節，他家的雜貨鋪裡有的是鐮刀。他跑回家，對杜雍和說：「我要拿十幾把鐮刀到學校，用用還拿回來。」一向對杜小康有求必應的杜雍和想，用一用，照樣賣，就說：「拿吧，當心別被刀口碰著了。」那些依然站著的孩子，一見這十幾把鐮刀，猶如罪犯被人保釋了，吐出一口氣，一個個都很感激地看著杜小康。而杜小康對這些目光無所謂。

桑桑看著杜小康走回座位，心裡老大不自在。

但一般來說，桑桑和杜小康沒有太多的摩擦。桑桑跟杜小康的關係不遠不近。兩人似乎都很小心。相對於油麻地其他孩子，桑桑似乎也沒有太多有求於杜小康的事情。桑桑不缺橡皮，不缺硯台，桑桑也有錢買糖塊和小芝麻餅吃，桑桑的成績雖然不如杜小康，但成績也不錯，尤其是作文，常常得到蔣一輪的誇獎。

但是，有時候，無緣無故地，杜小康就會盤旋在桑桑的心頭，像秋天高遠的天空中一隻悠然盤旋於他的鴿群之上的黑色的鷹。

五月，是收穫麥子的季節。像往年一樣，油麻地小學的師生們都得抽出一些時間幫地方上割麥子或幫著撿麥穗。這一季節，是孩子們喜歡的季節，他們可以到田野上去，借著撿麥穗的機會，在地裡說話、爭論一個問題，或者乾脆趁老師不注意時抱成一團打一架，直滾到地頭的深圳裡，然後再神祕地探出頭來看動靜。女孩們就會一邊撿麥穗，一邊將地邊、田埂上一株藍色的矢車菊或其他什麼顏色的小花摘下來，插到小辮上。

這時，紙月早已轉到油麻地小學來讀書了。她常忘了她是來撿麥穗的，總是拿眼睛去望那些開在草叢裡的各種顏色的但又開得不怎麼熱鬧的小花。幾個女孩就鼓動她掩護她去把那些她喜歡的花摘下來。她戰戰兢兢地跑到田埂上，用一對睜得大大的眼睛，看著周圍，把一朵或幾朵，藍的或淡紫的花摘下來，又趕緊跳到地裡再去撿麥穗。她只是做做樣子，並沒有把麥穗撿起來。不是沒有麥穗，而是心裡還在惦記著另外兩朵淡黃色的小花。等到老師吹響哨子，讓大家集合時，她的柳條籃子裡，在那半籃子金黃的麥穗上，居然有了一小束用青草紮住的五顏六色的花。女孩子們都過來看，但都不動手，就讓那束花躺在麥穗上。

今天撿麥穗的麥田，是油麻地最偏遠的一片麥田，離油麻地小學差不多有兩里地。因此，太陽還有一竿多高，蔣一輪就讓大家從麥田裡撤出，把撿來的麥穗倒在一張預先準備好的蘆葦席上，然後對大家說：「回學校了，取了書包，就回家。」

一支隊伍，哩哩啦啦地來到了大河邊。

蔣一輪在後頭走，不一會兒，就聽到前頭的孩子傳過話來，說過不去河了。

「怎麼過不去河？」蔣一輪一邊問，一邊就「去去去」地說著，把在前面走著的孩子撥到一邊，直往河邊走。

聽說過不去河了，後面的孩子就大聲叫起來：「過不去河了！」「過不去河了！」孩子們來不及從田埂上走，就打麥田往河邊跑。

蔣一輪站在大河邊上。他看到那座橋中間的一塊橋板不在了。剛才來時還在，大概被過路的有高船篷的船撞下了河，被河水不知沖到什麼地方去了。

孩子們都來到河邊上。見自己忽然絕了路，只面對一條流水不息的大河，莫名其妙地感到興奮，在岸邊跳躍不止，互相摟抱：「過不去河啦——過不去河啦——」

蔣一輪說：「等過路的船吧。」

但等了差不多一個小時，也沒有見著一條過路的船。

太陽慢慢地西沉。在地裡覓食的烏鴉，正叫著在夕陽裡滑動，向棲身的林子飛去。風從河上吹來了傍晚時的涼意。

孩子們累了，坐在河堤上，向大河盡頭望，希望能看見有一條大船過來。但河上空無一物，只有淙淙流淌的河水。

紙月一直坐在一棵小楝樹下，抓著那束花，呆呆地望著大河。她離家最遠，她在想外婆：回去遲了，外婆就會擔憂地走到路口來等她的。想到天黑，一個人走在路上，她心裡有點兒害怕了。

那座似乎永遠也不能再連結上的橋，一動不動地矗立在水中。橋柱把寂寞的水聲一陣陣地傳給孩子們。

男孩們等得無聊了，有幾個就走上河這邊剩下的那一段橋，在大家擔憂與恐懼的目光裡，裝成若無其事的樣子，直走到盡頭。幾個女孩就驚叫一聲，不敢再看，把眼睛閉上了。其中一個男孩還故意向後仰著，然後做出一個正向水裡跌倒又企圖不讓自己跌倒的樣子，驚得大家都站了起來。其實，他們離盡頭還有一大步遠呢。

桑桑笑了笑。在沒有人再敢去走這段斷橋時，他卻走了上去，而且是一直往前走，就彷彿前面並沒有那麼一個巨大的缺口，他要一口氣走到已在太陽餘暉中的大河對岸似的。

桑桑眞的走到了盡頭。他筆直地站在那兒，像一棵小松樹。

河上的風大起來，撩起桑桑的衣角，吹得他頭髮亂飛。

桑桑突然仰望天空，做了一個雙手向前一伸的動作。

紙月一驚，手中的那束花掉在草叢裡。

桑桑就這樣在橋頭好好地停留了一陣子。但當他低頭再去看滾滾的河水時，他突然有點膽寒了，就轉過身來，走回岸上。

鮮紅的太陽還只剩下三分之一時，孩子們看見又一個人走上了斷橋：杜小康！

暮色裡，杜小康走在高高的斷橋上，身子顯得更加細長。他一副優閒的樣子，彷彿走在一條秋天的田埂上。他走過去，走過去，就這麼不慌不忙地走過去。然後，似乎雙腳有一半站到了橋外，動也不動地立在晚風裡、夕陽中。再然後，他坐下了，將兩條長腿很輕鬆地垂掛在橋頭上。

一個男孩叫起來：「杜小康！」許多孩子一齊叫起來：「杜小康！杜小康！」很有節奏。

杜小康頭也不回，彷彿這天地間，就他獨自一人坐在猶如萬丈深淵的斷橋頭。

太陽終於熄滅在西邊的蘆葦叢中。霞光將杜小康染成暗紅色。他的頭髮在霞光裡泛著柔光。

終於有一條大船過來了。

搖船的那個人叫毛鴨。

孩子們不再去看杜小康，此刻只有一個心思：上船、過河、上岸，去學校揹書包，趕緊回家。他們一齊叫起來：「把船靠過來！把船靠過來！」

毛鴨很生氣：「這幫小屁孩子，全沒有一點規矩！」不肯將船搖過來，往對岸靠去了。那邊有他家剛割下的麥子，他要用船將麥子弄回家。

蔣一輪讓孩子們別亂喊，自己親自對毛鴨喊：「麻煩了，請把船弄過來，把這些孩子渡過河去，天已晚啦。」

毛鴨是油麻地的一個怪人，生了氣，一時半會兒消不掉，只顧將船往岸邊靠，並不答理蔣一輪。

孩子們就在這邊小聲地說：「這個人眞壞！」「壞死了！」「沒有見過這麼壞的人！」順風，毛鴨聽覺又好，都聽見了。「還敢罵我壞！」就更不肯將船弄過來。

眼見著天就要黑下來了。遠處的村落裡，已傳來了呼雞喚狗的聲音。晚風漸大，半明半黑的天空中，已依稀可見幾顆星星了。

正當大家一籌莫展的時候，一個人影從斷橋頭上垂直地落下了，發出嗵的一聲水響。

「是誰？」蔣一輪大吃一驚，問道。

「是杜小康。」

但馬上有人回答：「不是杜小康。杜小康已經回來了。」

「杜小康！杜小康在哪兒？」蔣一輪問。

「我在這兒。」杜小康在人群裡舉起了手。

阿恕舉起手中的衣服：「是桑桑。他說，他游過河去，跟毛鴨好好說一說，讓他把船弄過來。」

孩子們都站了起來，看著朦朧的暮色籠罩下的大河：河水被桑桑劃開，留下長長的一條水痕；不見桑桑的身子，只看見一顆黑色的腦袋正向對岸靠近。

蔣一輪喊著：「桑桑！」

桑桑不作答，一個勁兒地游，不一會兒工夫，這邊岸上的孩子們就看不清他的腦袋了。

過了一會兒，桑桑在對岸大聲說：「我游過來啦！」

孩子們互相說：「過一會兒，船就過來了。」同路的孩子，就商量著誰和誰一起走、誰先送誰回家。

但是過了很久，也不見對岸有動靜。

阿恕就把手圈成喇叭，向對岸喊：「他是校長的兒子！」

不少孩子跟著喊：「他是校長的兒子！」

剛有點動搖的毛鴨一聽，心裡很不服氣：「校長家的兒子？校長家的兒子就怎麼啦？校長家的兒子有什麼了不起的？校長家的兒子就是人物了嗎？拿校長來壓我！校長又不是幹部！我在乎校長！」他根本不再理會只穿一條小短褲的桑桑。

又過了一會兒，這邊眼睛亮的孩子，就指著大河說：「桑桑又游過來了，桑桑又游過來了……」

岸邊一片嘆息聲。一個路稍微遠一些的女孩竟然哭起來：「我不敢一人走……」

蔣一輪很惱火：「哭什麼？會有人送你回家的！」

紙月沒有哭，只是總仰著臉，望著越來越黑的天空。

這時，杜小康爬到河邊的一棵大樹上，朝對岸大聲叫喊著：「毛鴨──你聽著──我是杜小康──你立即把船放過來──你還記得我們家牆上那塊黑板嗎──還記得那上面寫著什麼嗎……」

一個叫川子的男孩，捧著碗去紅門裡買醬豆腐時，看見杜雍和記賬的小黑板上都寫了些什麼，就對周圍的孩子說：「毛鴨欠著杜小康家好幾筆賬呢！」

杜小康沒有再喊第二遍，就那樣站在樹椏上，注視著對岸。

過了不一會兒，大船的影子就在孩子們的視野裡變得大起來，並且越來越大，越來越大……

杜小康從樹上跳了下來：「準備上船吧。」

當大船載著孩子們向對岸駛去時，桑桑還在水中游著。船上的孩子借著月光看水中的桑桑，覺得他的樣子很像一隻被獵人追趕得無處可逃，只好跳進水中的灰溜溜的兔子……

3

到了冬天，每天吃完晚飯，桑桑就會跑到河那邊的村子裡。他或者是到阿恕家去玩，或者是跟了大人，看他們捉在屋檐下避風的麻雀。村裡最熱鬧的是紅門裡的杜小康家。每天晚上，都會有很多人聚集在他家聽人說古。因爲杜小康家房子大，並且只有杜小康家能費得起燈油。桑桑也想去，但桑桑終於沒去。

冬天的晚上，若是一個月白風淸的好天氣，油麻地的孩子們最感興趣的還是捉迷藏。那時候，大人們都不願意出門，即使願意出門的，又差不多都到紅門裡聽說古去了，因此，整個村子就顯得異常的寂靜。這時，似乎有點淸冷的月亮，高高地懸在光溜溜的天上，襯得夜空十分空闊。雪白的月光均勻地播灑下來，照著泛著寒波的水面，霧氣裊裊飄動，讓人感到寂寞而神祕。月光下的村子，旣像在白晝裡一樣淸晰可辨，可一切又都只能看個輪廓：屋子的輪廓、石磨的輪廓、大樹的輪廓、大樹上烏鴉的輪廓。巷子顯得更深，似乎沒有盡頭。這是個大村子，有十多條深巷，而巷子與巷子之間還有曲曲折折的小巷。在這樣的月色下，整個村子就像個大迷宮了。巷前巷尾，還有林子、草垛群、廢棄的工棚……所有這一切，總能使油麻地的孩子們產生衝動：突然地躲進一條小巷，又突然地出現了，讓你明明看見了一個人影，但一忽閃又不見了；讓你明明聽見了喊聲，當你走近時卻什麼也沒有……

在油麻地的孩子們眼裡，冬季實際上是一個捉迷藏的季節。

捉迷藏有許多種。其中一種叫「賊回家」。這是油麻地的孩子們最喜歡玩的一種。大家先在一起確定一個家。這個家或是一棵樹，或是一堵牆，或是兩棵樹之間的那個空隙，家的形式多種多樣。只有一個人是好人，其餘的都是賊。說聲開始，賊們撒腿就跑，四下裡亂竄，然後各自找一個他自認為非常隱蔽的地方藏起來。好人很難做。因為他既得看家，又得出來捉賊。光看家就捉不了賊，而光捉賊又看不了家，他就得不停地去捉賊，又得不停地往回跑，好看著家。好人必須捉住一個賊，才能不做好人，而讓那個被他捉住的賊做好人。大家都不願意做好人。做賊很刺激，一個人貓在草垛洞裡或豬圈裡，既希望不被人捉住，又希望捉他的人忽然出現，並且就在離他尺把遠的地方站著，他屏住呼吸絕不發出一點聲響。而當那個捉他的人剛剛走開，他就大喊一聲跑掉了，再換個地方藏起來。

村頭上，由桑桑發起的這場遊戲，馬上就要開始。好人是倒楣的阿恕。這是通過「錘子、剪刀、布」淘汰出來的，誰也幫不了他的忙。

遊戲剛要開始，杜小康來了。他說：「我也參加。」

阿恕們望著桑桑。

桑桑說：「我們人夠了。」

杜小康只好快快地走開了。

桑桑看了一眼杜小康的後背，故意大聲地叫起來：「開始啦——」

玩完一輪，當桑桑氣喘吁吁地倚在牆上時，他看到了在不遠處的石磨上坐著的杜小康。桑桑心裡很清楚，杜小康很想加入他們的遊戲。但桑桑決心今天絕不讓杜小康參加。桑桑想看到的就是杜小康被甩在了一邊。桑桑在一種冷落他人的快意裡，幾乎有點顫抖起來。他故意和那些與他一樣氣喘吁吁的孩子們，大聲地說笑著。而那些孩子，只顧沉浸在遊戲的樂趣裡，誰也沒有去在意平時不能不去在意的杜小康。

又玩了一輪。

杜小康仍然坐在石磨上。唯一的變化就是他吹起了口哨。哨聲在冬天的夜空下，顯得有點寂寥。

阿恕看到了杜小康，說：「叫杜小康也參加吧。」

桑桑說：「『賊』已經夠多了。」

新的一輪，在桑桑十分誇張的叫喊聲中又開始了。作為「賊」的桑桑，在尋找藏身之處時，故意在杜小康坐石磨的架子底下藏了一會兒，並朝那個看「家」的「好人」叫著：「我在這兒哪！」見那個「好人」快要走到石磨旁了，他才鑽出來，跑向另一個藏身之處。

這一回，桑桑決心成為一個捉不住的賊。他鑽進了一條深巷，快速向巷子的底部跑去。他知道，巷尾的二餅家沒有人住的後屋裡停放著一具空棺，是為現在還活得十分硬朗的二餅的祖母預備的。他到二餅家玩，就曾經和二餅做過小小的遊戲：他悄悄爬到空棺裡。但那是在白天。現在桑桑決定在夜晚也爬進去一次。桑桑今晚很高興，他願意去做一些讓自己也感到害怕的事情。他更想在做過這件出人意料的事情之後，讓那個獨自坐在石磨上的杜小康也能從其他孩子的驚愕中知道。

桑桑鑽進二餅家的漆黑一團的後屋。他恐怖地睜大了眼睛，但什麼也看不見。他知道那口漆得十分漂亮的空棺停放在什麼位置上。他想算了，還是躲到一個草垛洞裡或是誰家的廁所裡吧；但，他又不肯放棄那個讓他膽戰心驚的念頭。桑桑總是喜歡讓自己被一些荒誕的、出乎常理的念頭糾纏著。

在這一輪的「賊回家」中，扮演「好人」角色的正是二餅。

「二餅可能會想到我藏在這兒的。」桑桑就想像著：我躺在空棺裡，過不了一會兒，就聽見有沙沙聲。有人進屋了，肯定是二餅。二餅走過來了，可是他不敢開棺，好長時間就站在那兒不動。我很著急，你開呀，開呀。二餅還是開了，漆黑漆黑的。二餅在往裡看，可是他看不到我，我也看不到他，但我能夠想像他那時候的眼睛，一對很害怕的眼睛。我也很害怕，但我屏住氣，沒有一絲響聲。二餅想伸手進來摸，可終於不敢，突然地跑掉了……

桑桑壯起膽子，爬進了空棺。他沒有敢蓋蓋兒。

過了一會兒，桑桑就不太害怕了。他覺得這也沒有什麼。他聞著好聞的木香，覺得這裡頭很溫暖。有一陣子，他居然想到了他的鴿子，在地上啄食的鴿子、在天空飛翔的鴿子、蹲在屋脊上接受陽光撫摸的鴿子……

似乎有一陣窸窣聲。

桑桑猛然收緊了身體。但他馬上就判斷出，這不是二餅，而是一隻尋找老鼠的貓。這時，桑桑希望那隻貓在這裡多停留一會兒，不要立即走開。但那隻貓在屋裡尋覓了一番，喵嗚了一聲，丟下桑桑走了。桑桑感到有點遺憾。

巷子裡有哧嗵哧嗵的跑步聲。

桑桑知道：這是一個「賊」，正被「好人」追趕著。他趕緊筆直地躺著。因爲他怕「好人」突然放棄了追逐的念頭，而改爲到後屋裡來窺視。桑桑希望「好人」改變主意而立即到後屋裡來。

一前一後，兩個人的腳步聲卻漸漸消失在黑暗裡。

桑桑有點後悔：我大叫一聲就好了。

桑桑還得躺下去。他忽然覺得這樣沒完沒了地躺著，有點無聊。他就去想坐在石磨上沒有被他答理、也沒有被阿恕他們答理的杜小康。桑桑自己並不清楚，他爲什麼要對杜小康耿耿於懷。但杜小康確實常常使他感到憋氣。杜小康的樣子，在他腦海裡不住地飄動著。他居然忘了遊戲，躺在那裡生起氣來，最後竟然用拳頭捶了一下棺板。捶擊聲，嚇得桑桑自己出了一身冷汗。他立即坐起來，並馬上爬出空棺，跑出黑屋。

桑桑來到了空巷裡。

月亮正當空照著，巷子裡的青磚路，泛著微微發藍的冷光。

桑桑看了看兩側的人家，全都滅燈了。

村頭，傳來更夫的竹梆聲。

桑桑忽然意識到：不可能再有人來抓他了，他只有自己走出來。桑桑讓自己變成了一個尷尬的角色。

桑桑爲了不讓杜小康看見，從後面繞了一大圈，才來到「家」。「家」卻空無一人。他去看石磨，石磨也空空的。他抬頭看看月亮，很失落地向四周張望。沒有一個人影，就像這裡從未聚集過人一樣。他罵了幾句，朝大橋走去。他要回家了。

黑暗裡走出了阿恕：「桑桑！」

「他們人呢？」

「都被杜小康叫到他家吃柿餅去了。」

「你怎麼沒去？」

「我一吃柿餅，肚子就拉稀屎。」

「我回家了。」

「我也回家了。」

桑桑走上了大橋。當桑桑在橋中間作一個停頓時，他看到了自己倒映在水面上的影子。一個孤單單的影子。來了一陣風，桑桑眼見著自己的影子被扭曲了，到了後來，乾脆被揉皺了。桑桑不想再看了，又往前走。但只走了兩三步，突然回頭了。他在村頭找了一塊很大的磚頭，然後提在手裡，連續穿過房子的、樹木的黑影，來到了紅門前。他瞪著紅門，突然地一仰身體，又向前一撲，用力將磚頭對準紅門擲了出去。當紅門發出咚的一聲沉悶而巨大的聲響時，桑桑已經轉身逃進了黑暗。

第二天，桑桑裝著在村巷裡閒走，瞥了一眼紅門，只見上面有一個坑，並且破裂，露出了裡頭金黃的木色。

4

桑桑這個人，有時丟掉骨氣也很容易。

桑桑像所有的孩子一樣，對自行車有一種無法解釋的迷戀。桑桑的舅舅有一輛自行車。每次舅舅騎車來他家時，他總要央求舅舅將自行車借給他。起初他只是推著它，就覺得非常過癮。他把自行車推來又推去，直推得大汗淋漓。後來就學著用一隻腳踩住一隻腳踏，用另一隻腳去蹬地面，讓車往前溜。總有摔倒跌破皮的時候，但桑桑一邊流著血咬著牙，一邊仍然無休止地蹬下去。當能連蹬幾腳，然後將腳收住，讓自行車滑行下去十幾米遠時，桑桑的快意就難以言表了。自行車之所以讓那些還未騎它或剛剛騎它的人那樣著迷，大概是因爲人企望有一種，或者說終於有了一種飛翔的感覺。自行車讓孩子眼饞，讓孩子愛不釋手，甚至能讓孩子卑躬屈膝地求別人將他的自行車給他騎上一圈，大概就在於它部分地實現了人的飛翔幻想。

而自行車讓人覺得最丟不下的時候，是這個人將要會騎又不太會騎的時候。

桑桑就正處在這個時候。但桑桑無法滿足這種欲望，因爲桑桑家沒有自行車，桑桑的舅舅也很難得來桑桑家一趟。桑桑只能跑到大路上去，等別人騎自行車過來，然後用一對發亮的眼睛看著，嚥著唾沫。有個人將車臨時停在路邊，到坡下去拉屎。桑桑居然敢衝上去，推起人家的自行車就蹬。那人屎沒拉盡，一邊繫褲子，一邊追過來，奪過自行車後，踢了桑桑一腳，把桑桑踢得滾到路邊的稻田裡。桑桑抹了一把泥水，爬上來，眼饞地看著那人把自行車搖搖晃晃地騎走了，朝地上吐了一口唾沫。

現在，桑桑身邊的杜小康就有自行車。

但杜小康的自行車誰也碰不得——包括桑桑在內。桑桑只能在一旁悄悄地看一眼那輛被杜小康擦得很亮的自行車。看一眼，就走。桑桑不願讓杜小康知道他饞自行車。桑桑在杜小康面前必須裝出一種對他的自行車並不在意的樣子。

但杜小康知道，所有的孩子，都想玩自行車，桑桑也不例外。

不知是出於什麼原因，在一個星期六的傍晚，杜小康騎車穿過花園時，遇見了桑桑，雙手一捏煞，就把車停下了：「你想騎車嗎？」

桑桑呆住了，竟不知道如何回答。

「明天上午，我在村子後面的打麥場上等你，那裡的空地特別大。」杜小康說完，騎車走了。

桑桑的心都快顫抖了。他掉頭望著杜小康遠去的背影，冰消雪融，竟在一瞬間就將以前一切讓他不愉快的事情統統丟在了九霄雲外。

這就是桑桑。

第二天一早，桑桑就去了打麥場。他坐在石磙上，望著村子通往打麥場的路。有一陣子，桑桑懷疑這是杜小康在拿他開心，但想騎車的欲望支撐著他坐在石磙上。

杜小康騎著車出現了。他迎著初升的太陽騎了過來。

桑桑覺得杜小康騎車的樣子確實十分帥氣。

杜小康將車交給桑桑：「你自己先蹬吧。」他爬到一個大草垛頂上，然後望著下面的桑桑，很耐心地指點著：「身子靠住車槓，靠住車槓，別害怕，這樣車子反而不會倒下……」

桑桑忽然覺得杜小康這人挺好的，一邊答應著，一邊照杜小康的指點，在場地上全神貫注地蹬著。

這真是練車的好地方，到處是草垛，桑桑穩不住車把了，那草垛彷彿有吸引力一般，將他吸引過去，他就會連車帶人斜靠到它鬆軟的身上。桑桑還可以繞著其中一個草垛練轉圓圈，也可以在它們中間左拐彎右拐彎地練習靈活多變的能力。桑桑居然可以不停頓地享有這輛自行車。杜小康十分大方，毫不在乎桑桑已無數次將他的自行車摔倒在地。桑桑很過意不去，幾次將車扶在手中，仰望著草垛頂上的杜小康。杜小康卻衝著他說：「練車不能停下來！」

當桑桑騎著車在草垛間很自如地行進時，他確實有一種馬上就要飛向天空的感覺。

在離開打麥場時，杜小康騎車，桑桑居然坐在了後座上。奇怪！他們儼然成了一對好朋友。

在後來相當長的一段時間裡，桑桑和杜小康都似乎是好朋友。其實，桑桑與杜小康有許多相似之處，有許多情投意合的地方。比如兩人都善於奇思異想，都敢作敢當。

讀五年級的那年秋天，杜小康又一次傷害了桑桑，並且是最嚴重的一次。但這一次似乎是無意的。

那天，桑桑與杜小康相約，在打麥場上練騎自行車的雙手脫把。兩人各花了一個多小時，竟然練成了。桑桑可以把雙手插在腰間挺直了背騎，而杜小康則可以雙臂互抱昂著頭騎，可直騎，可以草垛爲中心繞著圓圈騎。兩人後來輪番表演，互相喝采，把打麥場當成一個競技場，在一片瓦藍如洗的秋空下，盡情施展自己的本領，達到了忘乎所以、飄飄欲仙的境地。

後來，兩人終於累了，就把車靠在草垛上，癱坐在草垛底下。

「我餓了。」桑桑說。

「我也餓了。」杜小康說。

而這時他們幾乎是在同時，看到不遠處堆著的一堆紅薯。

「烤紅薯吃吧？」桑桑說。

「我身上正好有火柴。」

「我身上也有火柴。」

兩人立即站起來，各抱了一捧焦乾的豆稭，堆在一起，劃了幾根火柴，將它們點著了。然後，他們就把五、六個紅薯扔到了燒得越來越旺的火堆裡。

豆稭燃燒起來，火力很大，數不清的大大小小的火舌，在淡淡的煙裡跳動著，像一鍋沸騰的水。火苗的跳動，以及火光照在臉上身上所帶來的熱烘烘的感覺，使桑桑和杜小康感到非常激動。孩子都喜歡玩火，因爲火使他們體驗到一種驚險的滋味和隨時都可能爆發出來的巨大力量。桑桑和杜小康注定要比其他孩子更加喜歡玩火。桑桑和杜小康隨身帶著火柴就是一個小小的證明。

「抱豆稭去！」

「抱豆稭去！」

桑桑和杜小康不住地將堆在不遠處的豆稭抱過來，扔在火堆上，越扔越高。漸漸地，他們的眼前，就有了一座小小的火山。火山的最底部是黑色，再往上就是似乎凝固了的鮮紅，再往上就是活火，最頂端就是紅綢一樣在風中飛舞的火舌。

「火！」

「火！」

桑桑和杜小康嘴裡不停地咀嚼著這個富有刺激性的字眼，彷彿在咬一個鮮紅的辣椒。他們還不停地吐著如火舌一樣鮮紅的舌頭。火光裡，兩對目光純粹是小獸的目光，雪亮雪亮的。他們緊緊地盯住魔幻般的火，彷彿眼珠兒馬上就要跳到火裡，然後與火苗共舞。

在火堆與豆稭堆之間，由於他們不住地抱豆稭又不住地一路撒落豆稭，此時已有了一條用豆稭鋪成的路。當幾根豆稭發出爆裂聲，然後迸出一串火苗，落在豆稭路上時，桑桑與杜小康只顧望那堆大火，豆稭路已悄悄地燒著了。等桑桑和杜小康發現時，火正順著豆稭路，蔓延過去。

桑桑與杜小康並未去踩滅火苗，而是丟下那堆火，來看新火了。他們覺得眼前的情景十分有趣。

火一路燒過去，留下一路噼噼啪啪猶如暴雨打在芭蕉葉上的聲音。

桑桑和杜小康跟隨著火，並爲火鼓掌。

最激動人心的時刻出現了：打麥場上一層薄薄的還未來得及收攏起來的稻草，就在豆稭路下，很快被染上了火，並迅捷地向四下裡蔓延。

看一星火、看一堆火與看一大片火，感覺可差得多了。

現在，桑桑與杜小康的眼前是一大片火。他們有點心驚肉跳了。

火像玩著一場沒有邊沿的遊戲，在向外擴張。

桑桑和杜小康終於在這場遊戲面前害怕了。他們趕緊跑到火的邊沿處，用腳用手，將地上的薄草劃拉到一邊，使地上出現了一條無草的小路。火在這條小路的邊上無奈地撲騰了幾下，終於慢慢地萎縮下去。

桑桑和杜小康的眼前，是一片草灰。

一陣大風吹過來，打麥場上，馬上草灰亂飄，彷彿天空忽然飄起黑色的雪。

桑桑和杜小康半閉著眼睛，趕緊逃離了黑雪飛舞的打麥場。

他們沒有想到，就在他們都已回到家中時，一團未滅的火被風吹過隔離的小道，落在路那邊的薄草上。這團火彷彿是一團小精靈，竟躲在草下埋伏了一會兒，才將薄草燃著……後來，火來到了一個草垛邊，把那個草垛點著了。

接下來，是有人發現了火，就大叫：「救火啊——」全村人都出動了，紛紛拿了盆、桶之類的用具來打麥場上滅火。聲勢浩大，驚心動魄。火滅了，但那草垛已完全燒掉。

接下來就是追查。

一個外地人那時正撐船從打麥場邊的河裡過，向油麻地的人提供了一條線索：有兩個孩子在打麥場上點燃了一堆火。

地方上就讓學校查。燒了一個大草垛，事情不小。油麻地小學立即籠上一片「事態嚴重」的氣氛。蔣一輪對桑喬說：「恐怕不會有人敢承認的。」桑喬說：「那就一查到底！」

這裡正準備實施包括「攻心戰術」等諸如此類的方案時，杜小康卻在全校大會上，走上了台子：「你們不用再查了，火是我玩的。」杜小康一副平平常常的樣子。

台下的孩子，頓時覺得杜小康是個英雄，是個好漢，差一點沒爲他鼓掌。

即使是老師，望著面不改色的杜小康，也爲之一震：這是一個什麼樣的孩子呀！

杜小康在衆人的注視之下，走下台去了。

大紅門滋長並支撐起了杜小康敢做敢當的傲慢。正是這一十足的傲慢，使桑桑在與他的對比之下，成了一個懦夫，一個被人小看的膽小鬼。

散會後，蔣一輪找到杜小康：「那麼，還有一個是誰？」

杜小康說：「我只說我玩了火。」怎麼也不說出桑桑來。

但，不用杜小康說，老師們從杜小康走上台勇敢地承認他是玩火者的那一刻，桑桑所呈現出的一副慌張的樣子，就已經猜到另一個玩火者是誰了。桑桑周圍的孩子也都看出來了。當即，他們就用疑惑的目光去看桑桑了。

晚上，桑桑在桑喬的嚴厲追問下，才不得不承認他也是玩火者。

可是，已經遲了。桑桑看到，當孩子們在用欽佩甚至崇拜的目光去看杜小康之後，都在用蔑視甚至是鄙夷的目光看著他。

那天傍晚，桑桑揹著書包回家時，偶爾看到紙月正站在花園裡。他竟從紙月的眼睛裡聽到了嘆息，就把頭一直低著往家走。

桑桑絕不肯原諒杜小康。因爲杜小康使他感到了讓他無法抬頭的卑微。

5

冬天，連颳了三天的西北風，漸漸停息下來。大河裡立即結了冰，並且越來越厚實。鴨們沒有了水面，就到處尋找。牠們在冰上走不太穩，常常滑倒，樣子很可笑。所有的船都被凍住了，彷彿永生永世再也不能行駛。岸邊，一時還未來得及完全褪去綠色的柳枝，也被突然地凍住，像塗了蠟，綠得油汪汪的。但一根根都被凍得硬如鐵絲，彷彿互相一碰擊，就能碰碎。

村裡的孩子上學，再也不用繞道從大橋上走，都直接從冰上走過來。

這天下午，桑桑藉上課前的空隙，正獨自一人在冰上玩耍，忽然聽到村子裡有吵嚷聲，就爬上岸，循聲走去。他很快看到了杜小康家的紅門。吵嚷聲就是從紅門裡發出來的。紅門外站了很多人，一邊聽裡面吵架，一邊小聲地議論。

桑桑從人群中擠過去，在靠近紅門的地方站住，悄悄向裡張望著。

是後莊的朱一世在與杜雍和吵架。

朱一世一手舉著一只醬油瓶，一手指著杜雍和：「杜雍和，你聽著！你往醬油裡摻水，已經不是一天兩天了！」

杜雍和高朱一世兩個頭，不在乎朱一世：「姓朱的，你再胡說八道，我就搧你的耳光！」

朱一世矮小瘦弱，但朱一世是這地方上的「名人」，是最難纏的一個人。朱一世誰也不怕，怕你杜雍和？他把臉貼過去，衝著杜雍和揚在空中的巴掌：「你搧！你搧！你有種就搧！」

杜雍和當然不能搧，用手推了他一把：「好好好，我認識你朱大爺了！請你出去，總行吧？」

「不行！」朱一世將醬油瓶往身後一放，朝杜雍和半瞇著眼睛，「讓我出去？想得倒容易！」他轉過身，朝門口走來，對門外的人說，「大家來看看這醬油，還有一點醬油色嗎？」他把瓶子舉起來，放在陽光下說：「你們看看，看看！我前天感冒，撒的一泡尿，色都比這醬油色重！」

有幾個人笑起來。

朱一世說：「你們還笑，你們誰家沒有用過這種醬油？誰家沒用過？舉起手來讓我看看！」剛才笑的人就都不笑了，覺得自己笑得沒有立場。

朱一世一腳在門裡，一腳在門外：「你們嘗嘗。這還算是醬油嗎？」他把醬油瓶歪斜下來說：「沒關係，蘸點嘗嘗，我是付了錢的。」

就有十幾根長短不一、粗細不一、顏色不一的手指伸出去蘸了醬油，然後在嘴裡嘣了一下，發出一片刷聲，接著就是一片品嘗的咂巴聲，像夏日凌晨時的魚塘裡，一群魚浮到水面上來圓著嘴吸氣時發出的聲音。

「是不是醬油，還用那麼去咂巴？」朱一世對那些品嘗了那麼長時間還沒品嘗出味道來的人不耐煩了，提著醬油瓶，重新回到院子裡，衝著杜雍和說：「姓杜的，你說怎麼辦吧！」

杜雍和顯然不願擴大事態，說：「我說了，我認識你了！我給你重裝一瓶，行了吧？」

朱一世一笑：「杜雍和，你敢給我重裝一瓶？你眞敢？」

杜雍和：「當然敢！」

朱一世將醬油瓶瓶口朝下，將裡面的醬油咕嘟咕嘟地全倒了，然後將空瓶遞給杜雍和：「好，你去重裝一瓶！」

杜雍和提著醬油瓶進屋去了。

朱一世朝門外的人說：「大家過一會兒就看到了，那只不過還是一瓶摻了水的醬油，他們家的醬油缸裡裝的就是摻了水的醬油！」

杜雍和遲遲不肯出來，彷彿不是去重裝一瓶醬油，而是去從種黃豆開始，然後做出一瓶新的醬油。

「我說杜雍和，你們家醬油缸裡是不是沒有醬油了？」朱一世朝屋裡大聲說。

杜雍和只好提著新裝了醬油的瓶子走出來。

朱一世接過醬油瓶，再次走到門口，然後把醬油瓶又舉到陽光下照著：「大夥兒看看，啊，看看是不是跟剛才一色？」

有人小聲說：「一色。」

朱一世提著醬油瓶走到杜雍和跟前，突然將瓶子猛地砸在磚地上：「你在耍老子呢！」

杜雍和也被逼得急眼了：「耍你了，怎麼樣？」

朱一世跳了起來，一把就揪住了杜雍和的衣領。

門外的人就說：「摻了水，還不賠禮！」

「何止是醬油摻了水，酒、醋都摻水！」

杜雍和與朱一世就在院裡糾纏著，沒有一個人上去勸架。

這時，桑桑鑽出人群，急忙從冰上連滑帶跑地回到教室，大聲說：「你們快去看呀，大紅門裡打架啦！」

聽說是打架，又想到從冰上過去也就幾步遠，一屋子人，一會兒工夫就都跑出了教室。

上課的預備鈴響了，孩子們才陸陸續續跑回來。桑桑坐在那兒，就聽見耳邊說：「杜小康家的醬油摻水了！」「杜小康家的酒也摻水了！」「杜小康家的醋也摻水了！」桑桑回頭瞟了一眼杜小康，只見杜小康趴在窗台上，只有屁股和後背。

這事就發生在班上要重新選舉班幹部前夕。

正式選舉之前，有一次預選。預選前一天，有一張神祕的小紙片，在同學中間一個遞給一個地傳遞著。那上面寫了一行鬼鬼祟祟的字：我們不要杜小康當班長！

預選的結果是：一直當班長的杜小康落選了。

這天，桑桑心情好，給他的鴿子們撒了一遍又一遍的食，以至於鴿子們沒有一隻再飛出去打野食。

正式選舉沒有如期進行，因為蔣一輪必須集中精力去對付春節前的全校文娛比賽。這種比賽每年進行一次。桑喬很精明。他要通過比賽，發現好的節目和表演人才，然後再經他加工指導，去對付全鄉的文藝匯演。弄好了，其中一些節目還有可能代表鄉裡去參加全縣的文藝匯演。因為設立了比賽的機制，各個班都面臨著一個面子的問題，不得不暗暗較勁。桑喬看到各班都互相盯著、比著，都是一副很有心計的樣子，心中暗暗高興。

蔣一輪有個同學在縣城中學教書。一天，蔣一輪進城購書，去看同學，恰逢那個同學正在指揮班上的女孩子排練表演唱《手拿碟兒敲起來》。同學見他來了，握握手，說：「等我排練完這個節目。」蔣一輪說：「我也看看。」就在一張椅子上坐下了。二十幾個女孩子，穿一色衣服，襯著一個穿了更鮮亮的衣服的女孩子，各人左手拿了一只好看的小碟子，右手拿了一根深紅色的漆筷，有節奏地敲著，做著好看的動作，唱著「手拿碟兒敲起來……」在台上來回走著。一片碟子聲，猶如一陣清雨落進一汪碧水，好聽得很。那碟子忽上忽下，忽左忽右，忽聚攏忽散開，聲音竟變化萬端，就像那陣清雨是受著風的影響似的，風大風小，風疾風徐，那陣清雨落進碧水中的聲音就大不一樣。同學看了一眼蔣一輪，意思是：你覺得如何？蔣一輪朝他點頭，意思是：好！好！好得很！排練完了，同學和蔣一輪往宿舍走，一路走，一路說這個節目：「我是從一部電影裡化過來的，但，我這個節目比它裡頭的那個場景耐看。你知道怎就耐看？」蔣一輪感覺到了，但無奈沒有語言。同學說：「我量大。我二十八個學生，加上襯著的一個，共二十九人。一片碟子聲敲起來，能把人心敲得顫起來，加上那麼哀切切地一唱，能把人心唱碎。二十九個人，做一色動作，只要齊整，不好看也得好看。」蔣一輪說：「我知道了。」

現在，蔣一輪日夜就想那個二十九個女孩同台敲碟子的情景，覺得他的班，若也能來它這麼一下，即使其他節目一個也沒有，就它一個，也足以讓人望塵莫及。他算了一下，這個班共有三十三名女生，除去一個過於胖的，一個過於瘦的，一個過於矮小的，還剩三十個，個個長得不錯。蔣一輪腦子裡就有了一個舞台，這個舞台上站著的，就是他的三十個呱呱叫的女孩兒。蔣一輪甚至看到了台下那些嘆服並帶了幾絲嫉妒的目光。但當蔣一輪回到現實裡來時，就喪氣了。首先，他得有三十只一樣精巧好看的碟子，三十根漆得油亮亮的筷子，另外，三十個女孩還得紮一樣的紅頭繩，插一樣的白絨花。這要花一筆錢的。學校不肯拿一分錢，而班上也無一分錢。他想自己掏錢，可他又是一個窮教書的，一個月拿不了幾個錢。他去食堂看了看，食堂裡碟子倒有二十幾個，但大的大，小的小，厚的厚，薄的薄，白的白，花的花，還有不少是裂縫豁口的。筷子一律是發烏的竹筷子。那樣的竹筷子，不需多，只一根上了台面，節目全完。他發動全班的孩子帶碟子筷子，結果一大堆碟子裡，一色的碟子湊起來不足十只，一色的漆筷，湊起來不足十根。油麻地是個窮地方，沒辦法滿足蔣一輪的美學欲望。至於三十個女孩的紅頭繩、白絨花，那簡直是天堂景色了。蔣一輪彷彿看到了一片美景，激動得出汗，但冷靜一看，只是個幻景，就在心裡難受。

蔣一輪就想起了杜小康。他把杜小康叫到辦公室，問：「你家賣碟子嗎？」

「賣。」

「多嗎？」

「一筐。」

「你家賣漆筷嗎？」

「賣。」

「有多少？」

「一捆。」

「你家賣紅頭繩嗎？」

「賣。」

「多嗎？」

「快過年了，多。」

「你家賣白絨花嗎？」

「賣。是為明年清明準備的，掃墓時，好多婦女要戴。」

「能借出來臨時用一下嗎？各樣東西三十份。」

杜小康搖了搖頭：「不行。」

「為什麼不行？」

「被人用過了的東西，你還能要嗎？」

「以前，你不也把要賣的東西拿出來用過嗎？」

杜小康朝蔣一輪翻了一個白眼，心裡說：以前，我是班長，而現在我不是班長了。

「你回去，跟你父親說一說。」

「說了也沒用。」

「幫個忙。就算是你給班上做了一件大好事。」

杜小康說：「我憑什麼給班上做好事？」

「杜小康，你這是什麼意思？」

「我沒有意思。」

「噢，大家不選你當班長了，你就不願為班上做事了？」

「不是大家不選我，是有人在下面傳紙條，讓大家不選我。」

「誰？」

「我不知道。」

「這事再說。現在你給我一句話，幫不幫這個忙？」

「我要知道，是誰傳這個紙條的！」

蔣一輪心裡很生氣：這個杜小康，想跟老師做交易，太不像話！但現在壓倒一切的是上那個《手拿碟兒敲起來》。他說：「杜小康，你小小年紀，就學得這樣！這事我當然要查，但與你幫忙不幫忙無關。」

杜小康低頭不語。

「你走吧。」

「什麼時候要那些東西？」

「過兩天就要。」

杜小康走了。

過了兩天，杜小康拿來了蔣一輪想要的全部東西：三十只清一色的小碟，三十根深紅色的漆筷，三十根紅頭繩，三十朵白絨花。

蔣一輪不聲張，將這些東西全都鎖在房間裡，直到正式演出時，才拿出來。那天晚上，天氣十分晴朗，無一絲風，只有一彎清秀的月牙斜掛在冬季青藍的天上。

雖是各班表演，但油麻地小學的土台上一如往日學校或地方文藝宣傳隊演出的規格，有幕布，有燈光。當《手拿碟兒敲起來》一亮相，蔣一輪自己都想鼓掌了。先是二十九個小女孩敲著碟子，走著台步上了台。當衆人以爲就是這二十九個女孩時，只見二十九個小女孩一律將目光極傳神地轉到一側，隨即，一個打扮得與衆不同，但又與衆十分和諧的女孩兒，獨自敲著碟兒走上台來。這個女孩兒是紙月。對紙月的評價，桑喬的話是：「這小姑娘其實不用演，只往那兒一站就行。」這個節目，並未照搬，蔣一輪根據自己的趣味，稍稍作了改動。蔣一輪在下邊看，只覺得這個節目由鄉下的小女孩表演，比由城裡小女孩來演，更有味道。

桑喬坐在下面看，在心裡認定了：這個節目可拿到鎭上去演。他覺得，這個節目裡頭最讓人心動的是三十個女孩都一律轉過身去，只將後背留給人。三十根小辮，一律紮了鮮亮的紅頭繩，一律插了白絨花。白絨花插得好，遠遠地看，覺得那黑辮上停了一隻顫顫抖抖欲飛未飛的白蛾子。這一朵朵白絨花，把月色淒清和賣唱姑娘的一片清冷、哀傷、不肯屈服的情緒烘托出來了。若換了其他顏色的絨花，效果就不會這樣好。桑喬覺得蔣一輪水平不一般。其實，蔣一輪只是記住了他同學的一句話：「這節目，全在那一朵白絨花上。」蔣一輪的同學，讀書時就是一個很有情調的人。

演出結束後，桑喬問起那些碟子、筷子、紅頭繩、白絨花從何而來，蔣一輪告訴他是杜小康暫時挪用了雜貨鋪裡的東西。桑喬說了一句：「你這個班，還眞離不開杜小康。」

蔣一輪覺得也是，於是，一邊在查那個鼓動同學不選杜小康的紙條是誰寫的，一邊就在班上大講特講杜小康的貢獻。孩子們突然發現，被他們一次又一次分享了的榮譽，竟有許多是因為杜小康才得到的，不禁懊悔起來：怎能不投杜小康一票呢？就覺得自己是世界上最沒有心肝的大壞蛋。

正式選舉揭曉了：杜小康還是班長。

就在當天，桑桑看到，一直被人稱之為是他的影子的阿恕，竟屁顛屁顛地跟在杜小康的後頭，到打麥場上去學騎自行車了。

兩天後，桑桑被父親叫到院子裡，還未等他明白父親要對他幹什麼，屁股就已經被狠狠地踹了一腳。他跌趴在地上，父親又踢了他一腳：「你好有出息！小肚雞腸、胸無大志，還能搞陰謀詭計！」作為校長，桑喬覺得兒子給他丟臉了，心裡異常惱火。

桑桑趴在地上，淚眼裡就出現了阿恕。他罵道：「一個可恥的叛徒！」

母親站在門檻上也喊打得好，並「沒有立場」地幫杜小康講話：「杜小康這孩子，可知道為你爸學校出力了。」

桑桑咧著嘴，大聲叫著：「他欺負人！欺負人！」

6

五年級第一學期剛下來三分之一，時值深秋，油麻地小學所有草房子的屋檐口，都插上了秦大奶奶割下的艾。插這些艾的時候，同時還混插了一株菖蒲。艾與菖蒲的氣味混合在一起，發出了一種讓孩子們一輩子總會記住的氣味。上課時，這種氣味，就會隨風飄入室內。村前的大河，因兩岸的稻田都在放水乾田以便收穫，河水一下漲滿了。從稻田裡流入大河的棕色浮萍，就隨著浩浩蕩蕩的河水，日夜不息地向西漂流。兩岸的蘆花，在秋風中搖曳，把秋意刻上人的心頭。

就在這個季節裡，杜小康突然終止了學業。

蒸蒸日上的紅門人家，竟在一天早上，忽然一落千丈，跌落到了另一番境地裡。

一心想發大財的杜雍和用幾代人積累下的財富購買了一條運貨的大船，用這些年賺得的一大筆錢，又從別人那裡貸了一筆款，去城裡買下了一大船既便宜又好的貨，打算放在家中，慢慢地賣出去，賺出一筆更大的錢來。這天，裝滿貨物的大船行在回油麻地的路上。杜雍和一心想著早點趕回油麻地，便扯足了風帆。大船就在開闊的水面上，微斜了身子，將水一劈兩半，船頭迎著風浪一起一伏，直向前去。杜雍和掌著舵，看著一群水鳥被大船驚起，飛上了天空，心裡有說不出的快意。他一邊掌舵，一邊彎下腰去，順手從筐裡拿了一小瓶燒酒，用牙將瓶蓋扳掉了，不一會兒工夫，就把瓶中的酒喝了一個精光。他把空酒瓶扔到水中，然後很有興致地看著它在船後的浪花裡一閃一閃地消失了。他開始感到渾身發熱，就把衣服解開，讓涼風吹拂著胸脯。杜雍和忽然想到了他這一輩子的艱辛和這一輩子的得意，趁著酒勁，讓自己沉浸在一番酸苦和快樂相融的感覺裡，不禁流出了淚水。

後來就有了醉意，眼前一切虛幻不定，水天一色，水天難分，船彷彿行在夢裡。

前面是一個大河灣。杜雍和是聽見了河灣那邊傳來一陣汽笛聲的，也想到了前面可能來了大船，必須將帆落下來慢行，然而卻迷迷糊糊地作不出一個清醒的判斷來，更無法做出敏捷的動作來。大船仍然勇往直前。杜雍和突然看到一個龐然大物擋住了他的視線，嚇出一身冷汗來。他猛然驚醒，但已遲了：他的大木船撞在一條拖了七、八條大鐵船的大拖駁上。未等他反應過來，就覺得船猛烈一震，他被震落到水中。等他從水中鑽出，他的大木船以及那一船貨物，都正在急速地沉入水中。他爬到還未完全沉沒的船上大聲喊叫，但沒有喊叫幾聲，水就淹到了他的脖子。腳下忽然沒有了依托，他猶如在夢中掉進了萬丈深淵。在又一聲驚叫之後，他沉入了水中……

拖船上的人紛紛跳下水，把他救到岸上。他醒來後，雙目發直，並且兩腿發軟，無法站立起來。

人家幫他打撈，但幾乎什麼也沒有撈上來：鹽化了，只剩下麻袋；紙爛了，已成紙漿；十幾箱糖塊已黏成一團……

大紅門裡，那些房子眞正成了空殼兒。

不久，杜小康的自行車被賣掉了。因爲還欠著人家的錢。

不久，杜小康就不來上學了。因爲杜雍和躺在床上，一直未能站起來。家中必須擠出錢來爲他治病，就再也無法讓杜小康上學了。

桑桑那天到河邊幫母親洗菜，見到了杜小康。杜小康撐了一隻小木船，船艙裡的草席上，躺著清瘦的杜雍和。杜小康大概是到什麼地方給他的父親治病去。杜小康本來就高，現在顯得更高。但，杜小康還是一副乾乾淨淨的樣子。

桑桑朝杜小康搖了搖手。

杜小康也朝桑桑搖了搖手……

第六章　細馬

1

與桑桑家關係最密切的人家，是邱元龍邱二爺家。

邱二爺家獨自住在一處，離桑桑家倒不算很遠。

邱家早先開牙行*，也是個家底厚實的人家。後來牙行不開了，但邱二爺仍然做掮客，到集市上介紹牛的買賣。姓王的要買姓李的牛，買的一方吃不準那條牛的脾性，不知道那牛有無暗病，這時就需要有一個懂行的中間人作保；而賣的一方，總想賣出一個好價錢，需要一個懂行的中間人來幫助他點明他家這條牛的種種好處，讓對方識貨。邱二爺這個人很可靠。他看牛，也就是看牛，絕不動手看牙口，或拍胯骨，看了，就知道這條牛在什麼樣的檔次上。賣的，買的，只

*牙行：舊時居中買、賣雙方的商行。如現今之經紀商。

要是邱二爺做介紹人，就都覺得這買賣公平。邱二爺人又厚道，不像一些掮客爲一己利益而淨靠嘴皮子去鼓動人賣，或鼓動人買。他只說：「你花這麼多錢買這頭牛，合適。」或說：「你的這條牛賣這麼多錢，合適。」賣的，買的，都知道邱二爺對他們負責。因此，邱二爺的生意很好，拿的佣金也多。

邱二媽是油麻地有名的俏二媽。油麻地的人們都說，邱二媽嫁到油麻地時，是當時最美的女子。邱二媽現在雖然是五十多歲的人了，但依舊很有光彩。邱二媽一年四季總是一塵不染的樣子。邱二媽的頭髮天天都梳得很認真，搽了油，太陽一照，發亮。髮髻盤得很講究，彷彿是盤了幾天才盤成的。髻上套了黑網，插一根鑲了玉的簪子。那玉很潤，很亮。

邱二爺與邱二媽建了一個很好的家：好房子、好庭院、好家什。

但這個家有一個極大的缺憾：沒有孩子。

這個缺憾對於邱二爺與邱二媽來說，是刻骨銘心的。他們該做的都做了，但最終還是未能有一個孩子。當他們終於不再抱希望時，就常常會在半夜裡醒來，然後，就在一種寂寞裡，一種對未來茫然無底的恐慌裡，一種與人丁興旺的人家相比之後而感到的自卑裡，悽悽惶惶地等到天亮。望著好房子、好庭院、好家什，他們更感到這一切實在沒有多大意思。

當初，邱二媽想孩子而沒有孩子，在見到別人家的孩子時，竟克制不住地表示她的喜歡。她總是把這些孩子叫回家中，給他們花生吃或紅棗、柿餅吃。如果是還在母親懷抱中的孩子，她就會對那孩子的母親說：「讓我抱抱。」抱了，就不怎麼肯放下來。但到了終於明白絕對不可能再有孩子時，她忽然對孩子淡漠了。她嫌孩子太鬧，嫌孩子弄亂了她屋子裡的東西。因此，有孩子的人家就提醒自己的孩子：「別去邱二媽家，邱二媽不喜歡孩子進她家裡。」

當他們忽然在一天早上感到自己已經老了，而身邊必須有一個年輕的生命時，他們預感到一種悲哀正在向他們一步一步地走來。他們幾乎已經望見了一個淒涼的老年。

他們想起了生活在江南一個小鎮上的邱二爺的大哥：他竟有四個兒子。

於是，邱二爺帶著他與邱二媽商量了幾夜之後而確定的一個意圖——從邱大家過繼來一個兒子——出發了。

僅隔十天，邱二爺就回到了油麻地。他帶回了本章的主人翁，一個叫細馬的男孩。

這是邱大最小的兒子，一個長得很精神的男孩，大額頭，雙眼微瞘，眼珠微黃，但亮得出奇，兩顆門牙略大，預示著長大了，是一個有大力氣的男人。

然而，邱二媽在見到細馬之後僅僅十分鐘，就忽然從單純地觀看一個男孩的喜歡裡走了出來，換了一副冷冰冰的臉色。

邱二爺知道邱二媽爲什麼抖落出這副臉色。他在邱二媽走出屋子、走進廚房後不久，也走進了廚房裡。

邱二媽在刷鍋，不吭聲。

邱二爺說：「老大只同意我把最小的這一個帶回來。」

邱二媽把舀水的瓢扔到了水缸裡：「等把他養大了，我們的骨頭早變成灰了。」

邱二爺坐在凳子上，雙手抱著頭。

邱二媽說：「他倒會盤算。大的留著，大的有用了。把小的給了人，小的還得花錢養活他。我們把他養大，然後再把這份家產都留給他。我們又圖個什麼？你大哥也眞會拿主意！」

「那怎麼辦？人都已被我領回來了。」

「讓他玩幾天，把他再送回去。」

「說得容易，我把他的戶口都遷出來了，在我口袋裡呢。」

邱二媽刷著鍋，刷著刷著就哭了。

這時細馬站在廚房門口，操一口邱二爺和邱二媽都不太聽得懂的江南口音問：「院子裡是一棵什麼樹？」

邱二爺去看邱大，到過江南好幾回，勉強聽得懂江南話，說：「烏桕。」

「上面是一個鳥窩嗎？」

「是個鳥窩。」

「什麼鳥的窩？」

「喜鵲。」

「樹上沒有喜鵲。」

「牠們飛出去了。」

細馬就仰頭望天空。天空沒有喜鵲，只有鴿子。他一邊望，一邊問：「誰家的鴿子？」

「桑桑家的。」

「桑桑是個大人嗎？」

「跟你差不多大。」

「他家遠嗎？」

「前面有座橋，在橋那邊。」

「我去找他玩。」

邱二爺剛要阻止，細馬已經跑出院子。

桑桑見到了細馬。起初細馬很有說話的欲望，但當他發現他的話很難讓桑桑聽得懂之後，就不吭氣了，很陌生地站在一旁看著桑桑餵鴿子。

細馬走後，桑桑對母親說：「他是一個江南小蠻子。」

邱二爺領著細馬來找桑喬，說細馬轉學的事。桑喬問：「讀幾年級？」

邱二爺說：「該讀四年級了，跟桑桑一樣。」

桑喬說：「你去找蔣一輪老師，就說我同意了。」

蔣一輪要摸底，出了幾張卷子讓細馬做。卷子放在蔣一輪的辦公桌上，細馬坐在蔣一輪坐的椅子上，瞪著眼睛把卷子看了半天，才開始答。答一陣，又停住了，挖一挖鼻孔，或摸一摸耳朵，一副很無奈的樣子。蔣一輪收了卷子，看了看，對桑喬說：「細馬最多只能讀三年級。」

邱二媽來到桑桑家，對桑喬說：「還是讓他讀四年級吧。」

桑喬說：「怕跟不上。」

邱二媽說：「我看他也不是個讀書的料，就這麼跟著混混拉倒了。」

桑喬苦笑了一下：「我再跟蔣老師說說。」

細馬就成了桑桑的同學。

細馬被蔣一輪帶到班上時，孩子們都用一種新鮮但又怪異的目光去看他。因爲他是從遙遠的地方來的一個小蠻子。

細馬和禿鶴合用一張課桌。

細馬看了看禿鶴的頭，笑了，露出幾顆大門牙。

禿鶴低聲道：「小蠻子！」

細馬聽不懂，望望他，望望你，意思是說：這個禿子在說什麼？

孩子們就笑了起來。

細馬不知道孩子們在笑什麼，覺得自己似乎也該跟著笑，就和孩子們一起笑。

孩子們便大笑。

禿鶴又說了一句：「小蠻子！」

細馬依然不知道禿鶴在說什麼。

孩子們就一起小聲叫了起來：「小蠻子！」

細馬不知爲何竟也學著說了一句：「小蠻子。」

孩子們立即笑得東倒西歪。桑桑笑得屁股離開了凳子，凳子失去平衡，一頭翹了起來，將坐在板凳那頭的一個孩子掀倒在地上。那孩子跌了一臉的灰，心裡想惱，但這時一直在擦黑板的蔣一輪轉過身來：「笑什麼？安靜！上課啦！」

笑聲這才漸漸平息下來。

課上了一陣，一直對細馬的學習程度表示疑慮的蔣一輪打算再試一試細馬，就讓他站起來讀課文。蔣一輪連說了三遍，這才使細馬聽明白老師是在讓他念那篇課文。他吭哧了半天，把書捧起來，突然用很大的聲音開始朗讀。他的口音，與油麻地的口音實在相差太遠了，油麻地的孩子們連一句都聽不懂，只剩得一個嘰哩呱啦。

蔣一輪也幾乎一句未能聽懂。他試圖想聽懂，神情顯得非常專注，但無濟於事。聽到後來，他先是覺得好笑，再接著就有點煩了。

細馬直讀得額上暴出青筋，脖子上的青筋更像吹足了氣一樣鼓了出來，滿臉通紅，並且一鼻頭汗珠。

蔣一輪想擺手讓他停下，可見他讀得很賣力，又不忍讓他停下。

孩子們就在下面笑，並且有人在不知什麼意思的情況下，偶爾學著細馬說一句，逗得大家大笑，轉眼見到蔣一輪一臉不悅，才把笑聲吞回肚裡。

蔣一輪雖然聽不懂，但蔣一輪能從細馬的停頓、吭哧以及重複中聽出，細馬讀這篇課文，是非常吃力的。

孩子們在下面不是偷偷地笑，就是交頭接耳地說話，課堂裡亂糟糟的。

蔣一輪終於擺了擺手，讓細馬停下，不要再讀下去了。

細馬從蔣一輪臉上明確地看到了失望。他不知想表達一個什麼意思，反覆地向蔣一輪重複著一句話。蔣一輪無法聽懂，搖了一陣頭，就用目光看孩子們，意思是：你們聽懂了嗎？下面的孩子全搖頭。細馬終於明白了：他被扔到了一個無法進行語言溝通的世界。他焦躁地看了看幾十雙茫然的眼睛，低下頭去，感覺到了一個啞巴才有的那種壓抑與孤單的心情。

蔣一輪擺了擺手，讓細馬坐了下去。

後來的時間裡，細馬就雙目空空地看著黑板。

下了課，孩子們覺得自己憋了四十五分鐘，終於有了說話的機會，不是大聲地尖叫，就是互相用一種猶如一壺水燒沸了，壺蓋兒噗噗噗地跳動的速度說話，整個校園，噪得聽不清人語。

細馬卻獨自一人靠在一棵梧桐樹上，在無語的狀態裡想著江南的那個小鎮、那個小學校、那些與他同操一種口音的孩子們。

下一節是算術課，細馬又幾乎一句未能聽懂別人說的話。

第二天，細馬一想到上課，心裡就有點發怵，不想去上學了。但邱二爺不允許，他只好又不太情願地來到學校。他越來越害怕講話，一日一日地孤僻起來。過了七、八天，他說什麼也不肯去上學了。邱二爺想，耽誤一兩天，也沒有什麼，也就由他去了。但過了三、四天，還不見他有上學的意思，就不答應了，將他拖到學校。當他被邱二爺硬推到教室門口，看到一屋子的孩子在一種出奇的寂靜中看他時，他感到了一種更深刻的陌生，用雙腳抵住門檻，賴著不肯進去，被邱二爺在後腦勺上猛擊了一巴掌，加上蔣一輪伸過手去拉了他一下，他才坐回到禿鶴的身旁。

蔣一輪和其他所有老師，唯恐使細馬感到難堪，就顯得小心翼翼，不再在課堂上讓細馬站起來讀書或發言。孩子們也不再笑他，只是在他不注意時悄悄地看著他，也不與他講話。這樣的局面，只是進一步強化了細馬的孤單。

細馬總是站在孩子群的外邊，或是看著同學們做事，或是自己去另尋一件好玩的事情。

那天，桑桑回家對母親說：「細馬總在田頭上，與那群羊在一起玩。」

母親就和桑桑一起來到院門口，朝田野上望去，只見細馬坐在田埂上，那些羊正在他身邊安閒地吃著草。那些羊彷彿已和細馬很熟悉了，在他身邊蹭來蹭去的，沒有一隻走遠。

母親說：「和細馬玩去吧。」

桑桑站著不動。因爲，他和細馬在一起時，總是覺得很生疏。無話可說，是件很難受的事情。不過，他還是朝細馬走去了。

在一次小測驗之後，細馬又不來上學了。因爲無法聽懂老師的講解，他的語文、算術成績幾乎就是零。那天，放了學，他沒有回家，直接去了田野上，走到羊群裡。他坐下後，就再也沒有動。

邱二爺喊他回去吃飯，他也不回。

邱二媽來到學校，問蔣一輪，細馬在學校是犯錯誤了還是被人欺負了。蔣一輪就把小測驗的

結果告訴了她。邱二媽說：「我看，這書念跟不念也差不多了。」

邱二爺也就沒有再將細馬拖回學校。他知道，細馬原先在江南時就不是一個喜歡讀書的孩子。他既然不肯讀書，也就算了。

邱二媽對邱二爺說：「你可得向他問清楚了，到底還讀不讀書，不要到以後說是我們不讓他讀書的。」

邱二爺走到田野上，來到細馬身旁，問：「你眞的不想讀書了？」

細馬說：「不想。」

「想好了？」

「想好了。」細馬把一隻羊摟住，也不看邱二爺一眼，回答說。

那天，邱二媽看到河邊停了一條賣山羊的大船，就買下十隻小山羊，對細馬說：「放羊去吧。」

3

每天早晨，當桑桑他們揹著書包上學時，細馬卻趕著那十隻山羊，到田野上牧羊去了。

細馬好像還挺樂意。那十隻小山羊，活蹦亂跳，一隻隻如同小精靈一般，一忽兒跑，一忽兒跳，一忽兒又互相打架，給細馬帶來了許多快樂。細馬一面用一根樹枝管著牠們，一面不住地跟牠們說話：「走了，走了，我們吃草去了……多好的草呀，吃吧，吃吧，快點吃吧，再不吃，人家的羊就要來吃了……別再鬧了，在草地上躺一會兒，晒晒太陽多好……你們再這樣偷吃人家菜園裡的草，被人家打了，我發誓，再也不管你們了……」細馬覺得羊們是能聽得懂他的話的，也只有羊能聽得懂他的話。每逢想到這一點，細馬就對油麻地小學的學生耿耿於懷：他們連我的話都聽不懂；他們就不知道他們的話說得有多難聽！他就在心中暗暗嘲笑他們讀課文時那種腔調：說的什麼話呀，一個個都是大舌頭，一個個好像都堵了一鼻孔鼻涕！

細馬似乎很喜歡這兒的天地。那麼大，那麼寬廣的大平原。到處是莊稼和草木，到處是飛鳥與野兔什麼的。有那麼多條大大小小的河，有那麼多條大大小小的船。他喜歡看魚鷹捕魚，喜歡聽遠處的牛哞哞長叫，喜歡看幾個獵人帶了幾隻長腿細身的獵狗在麥地或棉花地裡追捕兔子，喜歡聽蘆葦叢裡一種水鳥有一聲無一聲地很哀怨地鳴叫，喜歡看風車在野風裡發狂似地旋轉……他就在這片田野上，帶著他的羊，或乾脆將牠們暫時先放下不管，到處走。一切都是有趣的。他樂意去做許多事情：追逐一條狗，在小水塘裡捉幾條魚，發現了一個黃鼠狼的洞，就用竹片往洞的深處挖……

這樣過了一些日子，細馬忽然覺得這一切又不再有什麼趣味了。當他聽到從油麻地小學傳來的讀書聲、吵鬧聲時，他就會站在田野上，向油麻地小學長久地張望。然而，他又不願意再回到學校讀書。

冬天到了，因為平原沒有什麼遮攔，北風總是長驅直入，在原野上肆無忌憚地亂撲亂捲。細馬雖然不必天天將羊們趕到田野上，但他得常常拿一把小鐮刀去河坡、田埂上割那些已經枯萎了的草或漏割的豆稭，然後揹回來餵羊。北風像冰碴兒一般銳利地劃著他的手、他的臉。沒有幾天，他的手就裂口了，露出紅艷艷的肉來。晚上，邱二媽燒一盆熱水，邱二爺就把細馬拉過來，讓他將雙手放在熱水裡長時間地浸泡，然後擦乾，再讓他塗上蛤蜊油。但即使這樣，細馬的手仍在北風中不時地產生出一種切割樣的疼痛。每逢此時，他就對那些坐在門上掛了厚厚草簾的教室中讀書的孩子們產生出一種嫉妒、一種敵意。

冬天過去，細馬已基本上能聽得懂油麻地人「難聽的」話了。但，細馬依然沒有去學校上學。一是因爲邱二媽並未提出讓他再去讀書，二是細馬覺得，自己落了一個學期的課，跟是不可能再跟上了，除非留級，而細馬不願意這樣丟人。細馬還是放他的羊。雖然細馬心裡並不喜歡放羊。

細馬越來越喜歡將羊群趕到離油麻地小學比較近的地方來放。現在，他不在乎油麻地小學的孩子們用異樣的目光來看他。他甚至喜歡挑戰性地用自己那雙瞘眼去與那些目光對視，直至那些目光忽然覺得有點發虛而不再去看他。他在油麻地首先學會的是罵人的話，並且是一些不堪入耳的罵人的話。他知道，這些罵人的話，最能侮辱對方，也最能傷害和刺激對方。當一個孩子向他的羊群投擲泥塊，或走過來逗弄他的羊，他就會去罵他們。他之所以罵他們，一是表明他討厭他們，二是表明他現在也能講油麻地的話了。油麻地的孩子們都已感覺到，這個江南小蠻子是一個很野蠻的孩子。知道了這一點，也就沒有太多的孩子去招惹他。這使細馬很失望。他希望有人來招惹他，然後他好去罵他們。他甚至在內心渴望著跟油麻地小學的某一個孩子狠狠地打一架。

孩子們看出了這一點，就更加小心地躲避著他。

細馬就把羊群趕到油麻地小學的孩子們上學必須經過的路口。他讓他的羊在路上拉屎撒尿。女孩子們既怕羊，又怕他，就只好從田裡走。男孩子們不怕，硬是要走過來。這時若驚動了他的羊，他就要罵人。如果那個挨罵的男孩不答應他的無理，要上來與他打架，他就會感到十分興奮，立即迎上去，把身體斜側給對方，昂著頭說：「想打架嗎？」那個男孩就有可能被他這股挑釁的氣勢嚇住，就會顯得有點畏縮。他就會對那個男孩說：「有種的就打我一拳！」有幾個男孩動手了，但都發現細馬是一個非常有力氣的孩子，加上他在打架時所表現出的凶樣，糾纏了一陣，見著機會，就趕緊擺脫了他，逃掉了事。六年級有一個男孩仗著自己身高力大，不怕他的凶樣，故意過來踢了一隻羊的屁股。細馬罵了一句，就衝了過去。那個男孩揪住他的衣服，用力甩了他兩個圓圈，然後雙手一鬆，細馬就往後倒去，最後跌坐在地上。細馬順手操起兩塊磚頭。兩個小孩打架打急了眼，從地上抓磚頭要砸人的有的是，但十有八九是拿著磚頭嚇唬人。磚頭倒是抓得很緊，但並不敢砸出去。膽大的知道對方不敢砸，就在那裡等他過來。這一方就抓著磚頭奔過來了，把磚頭揚起來。膽大的也有點害怕，但還是大聲地說：「你敢砸我！你敢砸我！」抓磚頭的這一個就說：「我就敢砸你！」嘴硬，但末了也不敢砸。膽大的也有點發虛，怕萬一真的砸出來，就走開了。但細馬卻是來真的。他對準那個高個子男孩，就扔出去一塊磚頭。那高個兒男孩一躲閃，就聽見磚頭刷的從他的耳邊飛了過去。眼見著細馬拿了磚頭衝過來，一副絕對真幹的樣子，男孩嚇得掉頭直往校園裡跑。細馬又從地上撿了一塊磚，一手提一塊，並不猛追，咬著牙走進了校園。嚇得高個男孩到處亂竄，最後竟然藏到女生廁所裡，把前來上廁所的幾個女孩子嚇得哇哇亂叫。細馬沒有找到那個高個男孩，就提著磚頭走到校園外面，坐在路上，一直守到放學。高個男孩回不去家，只好跑到小河邊上，讓一個放鴨子的老頭用船把他送過河去。

油麻地小學的老師就交代各班同學：不要去惹細馬。

但禿鶴還是去惹了細馬。結果，兩人就在路上打起來了。禿鶴打不過細馬，被細馬騎在身上足有一個小時。細馬就是不肯放開他。有人去喊蔣一輪。蔣一輪過來，連說帶拉，才把細馬弄開。禿鶴鼻子裡流著血，哭喪著臉跑了。

傍晚，桑喬找了邱二爺與邱二媽，說了細馬的事。

晚上，邱二媽就將細馬罵了一頓。細馬在挨罵時，就用割草的鐮刀，一下子一下子往烏柏樹上砍，將烏柏樹砍了許多眼。邱二媽過來，將鐮刀奪下，扔進了菜園，就對邱二爺嚷嚷：「誰讓你將他帶回來的！」

邱二爺過來，打了一下細馬的後腦勺：「吃飯去！」

細馬不吃飯，鞋都不脫，上了自己的床，把被子蒙在頭上哭。哭著哭著，就睡著了。

邱二媽從一開始就覺得，細馬不是一個一般的孩子。她從他的瞘眼裡看出，這已是一個有了心機的孩子。當她這樣認爲時，細馬在她眼裡就不再是一個孩子，而是一個大人了。現在這個大人衝著他們的一筆家產突然地來了。邱二媽從一開始，就對細馬是排斥的。

五月的一天，邱二媽終於對細馬叫了起來：「你回去吧，你明天就回你家去！」

事情的發生與桑桑有關。

這是一個星期天，細馬正在放羊，桑桑過來了。現在，桑桑幾乎是細馬唯一的朋友。桑桑和細馬在田野上玩耍時，桑桑說：「我們去鎮上玩吧。」

細馬說：「去。」

桑桑和細馬丟下那群羊，就去鎮上了。兩人在鎮上一人買了一塊燒餅，一邊吃，一邊逛，到吃午飯的時間了，還沒有想起來回家。又逛了一陣，正想回家，桑桑看到天上有群鴿子落在一個人家的房頂上。桑桑見了鴿子，就邁不開腿，拉了細馬，就去那個人家看鴿子。也就是看鴿子。但桑桑光看，就能看得忘了自己。細馬對誰都凶，可就是很順從桑桑。他就蹲在牆根下，陪著桑桑。主人見兩個孩子看他們家的鴿子，一看就是一兩個小時，心裡就生了疑，過來打量他倆。細馬碰了碰桑桑的胳膊。桑桑看到了一對多疑的目光，這才和細馬匆匆走出鎮子往家走。

在細馬離開羊群的這段時間裡，羊吃了人家半條田埂的豆苗。

邱二媽向人家賠了禮，將羊趕回羊圈裡。

細馬回來了。他很餓，就直奔廚房，揭了鍋蓋，盛了滿滿一大碗飯，正準備坐在門檻上扒飯，邱二媽來了：「你還好意思吃飯？」

細馬端著碗，不知是吃好還是不吃好。

「你吃飯倒是挺能吃的，才多大一個人，一頓能扒尖尖兩碗飯！可讓你幹點活，就難了！你放羊放到哪兒去了？我告訴你，我們養不起你！」邱二媽說完，去桑桑家了。

細馬端著碗，眼淚就流了下來，淚珠啪嗒啪嗒地掉在飯碗裡。他突然轉過身，把飯碗擱到了灶台上，走出了廚房，來到屋後。

屋後是邱二爺家的自留地。一地的麥子剛剛割完，一捆捆麥子，都還擱在地裡，未扛回院子裡。

細馬下地，扛了一捆麥子，就往院子裡走。他扛了一捆又一捆，一刻也不停歇。

當時是下午四點，陽光還在強烈地照射著平原。細馬汗淋淋地揹著麥捆，臉被晒得通紅。幾道粗粗的汗痕，掛在臉上。他脫掉了褂子，露出光脊梁。太陽的照晒，麥芒的刺戳，加上汗水的腌泡，使他覺得渾身刺撓，十分難受，但細馬一直揹著麥捆，一聲不吭。

桑桑的母親見到了，就過來說：「細馬，別揹了。」

細馬沒有回答，繼續揹下去。

桑桑的母親就過來拉細馬，細馬卻掙脫了。她望著細馬的背影說：「你這孩子，也眞犟！」

邱二媽走過來說：「師娘，你別管他，由他去。」

桑桑來了。母親給了他一巴掌：「就怪你。」

桑桑也下地了，他要幫細馬，也扛起麥捆來。

桑桑的母親回家忙了一陣子事，出來看到細馬還在揹麥捆，就又過來叫細馬：「好細馬，聽我話，別揹了。」

桑桑也過來：「細馬，別揹了。」

細馬抹了一把汗，搖了搖頭。

桑桑的母親就一把拉住他。桑桑也過來幫母親推他。細馬就拚命掙扎，要往地裡去，眼睛裡流出兩行淚水，喉嚨裡嗚咽著。三個人就在地頭糾纏著。

邱二媽叫著：「你回去吧，你明天就回你家去！」

桑桑的母親就回過頭來：「二媽，你也別生氣，就別說什麼了。」

這時，邱二爺從外面回來了，聽桑桑的母親說了一些情況，說：「還不聽師娘勸！」

細馬卻還是像一頭小牛犢一樣，企圖掙出桑桑和他母親的手。

這時走來了桑喬。他沒有動手：「你們把他放了。細馬，我說話有用嗎？」

被桑桑和他母親鬆開了的細馬，站在那兒，不住地用手背擦眼淚。

桑喬這才過來拉住細馬的手：「來，先到我家去，我們談談。」

邱二爺說：「聽桑校長的話，跟桑校長走。」

細馬就被桑喬拉走了。

這裡，邱二媽哭了起來：「師娘，我命苦哇……」

桑桑的母親就勸她回去，別站在地頭。

邱二媽倚在地頭的一棵樹上，哭著說著：「他才這麼大一點的人，我就一句說不得了。等他長大了，我們還能指望得上他嗎？」

桑桑的母親勸了邱二媽半天，才把她勸回家。

當天晚上，細馬就住在桑桑家。

4

細馬確實是一個很有主意的男孩。他已暗暗準備離開油麻地，回他的江南老家。他去辦戶口的地方，想先把自己的戶口遷出來。但人家笑話他：「一個小屁孩子，也來遷戶口。」根本不理他。他就在那裡軟磨硬抗。管戶口的人見他不走，便說：「我要去找你家的大人。」他怕邱二爺知道他的計畫，這才趕緊走掉。他也曾打算不管他的戶口了，就這麼走了再說，但無奈自己又沒有路費。現在，他已開始積攢路費。他把在放羊時捉的魚或摸的螺螄賣得的錢，把邱二爺給他買糖塊的錢，全都悄悄地藏在床下的一只小瓦罐裡。

當然，細馬在暗暗進行這一計畫時，也是時常猶豫的。因爲，他已越來越感到邱二爺是喜歡他的，並且越來越喜歡。他不會游泳，而這裡到處是河。邱二爺怕他萬一掉進河裡——這種機會對於生活在這裡的人來說，也實在太多了——就教他學游泳。邱二爺站在水中，先是雙手托著他的肚皮，讓他在水中撲騰，然後，僅只用一隻手托住他的下巴，引他往前慢慢地游動。一連幾天，邱二爺就這麼耐心地教他。邱二爺是好脾氣。細馬終於可以脫開邱二爺的手，向前游動了，雖然還很笨拙，還很吃力，僅僅能游出去丈把遠。那天，邱二爺在河邊坐著，看著他游，後來想起一件什麼事來，讓細馬不要游遠了，就暫時回去了。細馬突然起了要跟邱二爺淘氣一下的心思，看著邱二爺的背影，悄悄躲到了水邊的蘆葦叢裡。邱二爺惦記著水中的細馬，很快返回，見水面上沒有細馬，一驚：「細馬！細馬……」見無人答應，眼前只是一片寂靜的水面，邱二爺又大喊了一聲「細馬」，就縱身跳進水中。他發了瘋地在水中亂抓亂摸。在水底下實在憋不住了，才冒出水面：「細馬！細馬……」他慌亂地叫著，聲音帶著哭腔。細馬鑽出蘆葦叢，朝又一次從水底冒出來的邱二爺露出了大門牙，笑著。邱二爺渾身顫抖不已。他過來，揪住細馬的耳朵，將他揪到了岸上，然後操起一根棍子，砸著細馬的屁股。這是細馬來到油麻地以後，邱二爺第一次揍他——第一次揍就揍得這麼狠。細馬哭了起來，邱二爺這才鬆手。細馬看到邱二爺好像也哭了。這天深夜，細馬覺得有人來到了他的床邊。他半睜開眼睛，看到邱二爺端著一盞小油燈，正低頭查看著他被棍子砸過的屁股。邱二爺走了。他看著昏暗的燈光映照下的邱二爺的背影消失在門口，然後閉上雙眼。不一會兒，就有淚珠從眼縫裡擠了出來。細馬想起，邱二爺去江南向他的父親提出想要一個孩子，而他的父親決定讓邱二爺將他帶走時，邱二爺並沒有嫌他太小，而是歡喜地將一隻粗糙的大手放在他的腦袋上，彷彿他此次來，要的就是他。而當他聽父親說要將他送給二叔時，他也沒有覺得什麼，彷彿這是一件早商量好了的事情。他在那隻大手下站著，直覺得那隻大手是溫暖的……

細馬甚至也不在心裡恨邱二媽。除了與他隔膜和冷淡，邱二媽實際上對任何人都顯得十分溫和、和善。誰家缺米了，她會說：「到我家先量幾升米吃吧。」若是一個已經借過米但還未還的，不好意思來，她就會量個三升五升的米，主動送上人家的門：「到收了稻子再還吧。」桑桑的母親要衲一家人的鞋底，邱二媽就會對桑桑的母親說：「讓我幫你衲兩雙。」她衲的鞋底，針線又密又緊，鞋底板得像塊鐵，十分結實。桑桑腳上穿的鞋，鞋底差不多都是邱二媽衲的……

但細馬還是計畫著走。

夏天過去之後，細馬與邱二媽又發生了一次激烈的衝突。邱二媽向邱二爺大哭：「你必須馬上將他送走！」

邱二爺是老實人。邱二爺與邱二媽成家之後，一般都聽邱二媽的。他們家，是邱二媽作主，邱二爺只是隨聲附和而已。他想想細馬在油麻地生活得也不快活，也不想再爲難細馬了，就對細馬說：「你要回去，就回去吧。」他去把細馬的戶口遷了出來。

這以後的好幾天，邱二媽總不說話。因爲，當她終於知道，細馬眞的馬上要離去時，她心中又有另一番說不清楚的感覺了。她甚至覺得，她原來並不是多麼地不喜歡細馬。她在給細馬收拾東西時，收拾著收拾著，就會突然停住，然後很茫然地望著那些東西。

說好了這一天送細馬走的。但就在要送他走的頭兩天，天氣忽然大變。一天一夜的狂風暴雨，立即給平原蒙上了澇災的陰影。原以爲隔一兩天，天會好起來，但後來竟然一連七、八天都雨水不絕。或傾盆大雨，或滴滴答答地下個不止，七、八天裡，太陽沒有出來過一分鐘。河水一天一天地在漲高，現在已經漫上岸來。稻田已被淹沒，到處白茫茫。地勢高一些的稻田，只能看見少許稻葉在水面上無奈地搖曳。

道路都沒有了。細馬暫時走不了。細馬似乎也不急著走了。望著止不住的雨水，他並無焦急的樣子。

桑桑這幾天，總和細馬在一起。他們好像很喜歡這樣的天氣。他們各人拿了一根木棍，在水中試探著被水淹掉了的路，一步一步地往前走，覺得非常有趣。兩人一不小心，就會走到路外邊，滑到比路基低得多的缺口或池塘裡，弄得一身濕淋淋的。細馬回到家，邱二媽就趕緊讓他換上乾衣。細馬換了乾衣，禁不住外頭桑桑的召喚，又拿了木棍試探著，走出門去。這時，邱二媽就在家點起火，將細馬剛換下的衣服晾在鐵絲上，慢慢烘烤著。這時，邱二媽就在心裡想：馬上，細馬又要濕淋淋地回來了。

雨根本沒有停息的意思。天空低垂，彷彿最後一顆太陽已經永遠地飄逝，從此，天地間將陷入綿延無窮的黑暗。雨大時，彷彿天河漏底，厚厚實實的雨幕，遮擋住了一切：樹木、村莊……就只剩下了這厚不見底的雨幕。若是風起，這雨飄飄灑灑，猶如巨瀑。空氣一天一天緊張起來。到處在築壩、圍堤。壩中又有壩，堤中又有堤，好像在準備隨時往後撤退。桑桑和細馬撐著小船，去看過一次大壩。他們看見至少有二十隻從上面派來的抽水機船，正把水管子擱在大壩上，往外抽水。那一排水管，好似一門一門大炮，加上機器的一片轟鳴和水聲，倒讓桑桑和細馬激動了半天。隨時會聽到報警的鑼聲。人們聽到鑼聲，就說：「不知哪兒又決口了。」

油麻地小學自然屬於這地方的重點保護單位，早已將它連同一片住戶圍在了壩裡。這壩外面還有更大範圍的壩。

邱二爺家在大壩裡。

桑桑的母親對邱二媽說：「萬一大壩出了事，你們就住到我家來。」面對著還在不斷上漲的水，人心惶惶。

但孩子們總也緊張不起來。這個水世界，倒使他們感到有無窮的樂趣。他們或用洗澡的木盆，或乾脆摘下門板來，坐在上面，當作小船划出去。他們沒有看見過海，但想像中，海也就是這個樣子：白茫茫，白茫茫，一望無邊。不少人家的屋中已經進水，鯉魚跳到鍋台上的事情也已經聽說。

桑桑和細馬一人拿了一把魚叉。他們來到水稍微淺一些的地方，尋找著從河裡沖上來的鯉魚。他們走著走著，隨時都可能驚動一條大魚，只見牠箭一樣射出去，留下一條長長的水痕。兩個人歡快地在水中喊叫。

細馬馬上要走了。他沒有想到在他將要離去時，竟能碰上如此讓他激動的大水。他和桑桑一起，整天在水中玩耍，實在是開心極了。細馬要抓住他在油麻地的最後時光，痛痛快快地玩。

邱二媽站在桑桑家門口，對桑桑的母親嘆息道：「這兩個小的，在一起玩一天是一天了。」

這天夜裡，桑桑正在熟睡中，隱隱約約地聽見到處有鑼聲和喊叫聲。母親點了燈過來，推著桑桑：「醒醒，醒醒，好像出事了。」這裡正說著，門被急促地敲響了：「校長，師娘，開門哪！」

門一打開，是邱二爺、邱二媽和細馬濕淋淋地站在那裡。

邱二爺說：「大壩怕是決口了。」

邱二媽哭著：「師娘，我們家完了。」

桑喬也起來了，問：「進多深的水了？」

「快齊脖子了，還在漲呢。」邱二爺說。

母親叫他們趕快進屋。

油燈下，所有的人都是一副恐懼的樣子。桑桑的母親總是問桑喬：「這裡面的一道壩撐得住嗎？」桑喬說不好，就拿了手電走了出去。兩個孩子也要跟著出去。桑喬說：「去就去吧。」三個人走了一會，就走到了壩上，往外一看，水快要越過壩來了。壩上有不少人，到處是閃閃爍爍的燈光。

這天夜裡，邱二媽幾乎沒合眼，總在啼哭，說她的命眞的很苦。

邱二爺一副木呆呆的樣子，斜倚在桑桑家爲他和邱二媽臨時搭起的鋪上。邱家的這份家產，經這場大水泡上幾日，大概也就不值幾文錢了。

與桑桑合睡一床的細馬似乎心情也忽然沉重起來，不停地翻身，弄得桑桑一夜沒有睡好。

第二天天才矇矇亮，邱二爺和邱二媽就爬上壩去看他們的房子。隨即，邱二媽就癱坐在堤上哭起來。

桑桑的母親和桑桑的父親都過來看，看到邱二爺的家已大半沉在水裡了。

細馬也爬到壩上。他蹲在那裡，默默地看著水面上的屋脊、煙囪上立著的一隻羽毛潮濕的水鳥。

那份在邱二媽眼裡，細馬以及細馬的父親就是衝著它來的家產，眞的應了一句話：泡湯了。

5

大水差不多在一個多月後，才完全退去。

田裡的稻秧，已經全部淹死。到處爛乎乎的，幾天好太陽一晒，空氣裡散發著一股腐爛的氣息。

邱二爺家的房屋，地基已被水泡鬆，牆也被水泡酥，屋體已經傾斜，是非拆不可了。現在只能勉強住著。屋裡的家具，十有八九已被泡壞。邱家幾代傳下的最值錢的一套紅木家具，雖然在第二天就被邱二爺和細馬、桑桑打撈上來，弄到油麻地小學的教室裡，但因浸了水，榫鬆了，變形了。

這幾天，桑桑就盡量與細馬待在一起。因爲他知道，道路一通，細馬馬上就要離去了。

邱二爺不想再留細馬多待些日子了，對邱二媽說：「給他收拾收拾吧。」

邱二媽說：「早收拾好了。你早點送他回去吧。」

這天一大早，細馬就來桑桑家告別了。

桑喬把手放在細馬肩上很久：「別忘了油麻地。」

桑桑的母親說：「有空回來看看二爺二媽。」

桑桑不知道說什麼，就在那兒傻站著。

細馬上路了。

大家都來送行。

邱二媽只把細馬送到路上，就回去了。桑桑的母親看到了，對細馬說了一聲「一路好好走」，就轉過身去看邱二媽。邱二媽正在屋裡哭，見了桑桑的母親說：「說走就走了……」淚珠就順著她顯然已經蒼老了的臉往下滾。

細馬走後，桑桑一整天都是一副落寞的樣子。

邱二爺把細馬送到縣城，給細馬買了一張長途汽車票，又買了一些路上吃的東西。邱二爺很想將細馬一直送回家，但他有點羞於見到細馬的父親。再則，細馬已經大了，用不著他一直送到底了。

離上車時間還早，兩人坐在長途汽車站的候車室裡，都默然無語。

細馬上車後，將臉轉過去看邱二爺。他看到邱二爺的眼睛潮濕著站在秋風裡，一副疲憊而衰老的樣子。細馬還發現，邱二爺的背從未像今天這樣駝，肩胛從未瘦得像今天這樣隆起，臉色也從未像今天這樣枯黑——枯黑得就像此刻在秋風中飄忽的梧桐老葉。

細馬將臉轉過去哭了。

車開動之後，細馬又一次轉過臉來。他看到了一雙淒苦的目光……

傍晚，邱二爺回來了。這天晚上，他和邱二媽感到了一種無底的空虛和孤寂。老兩口一夜未睡。清淡的月光，從窗外照進來，也把窗外的一株竹影投進來，直投在他們的臉上。秋風一吹，竹子一搖，那些影子就虛虛幻幻地晃動著。

一夜，他們幾乎無語。只是邱二媽問了一句：「孩子不知走到哪兒了。」邱二爺回答了一句：「我也說不好呢。」

第二天黃昏時，桑桑正要幫著將邱二爺的幾隻在河坡上吃草的羊趕回邱二爺家時，偶然抬頭一看，見路上正走過一個揹著包袱的孩子來。他幾乎驚訝得要跳起來：那不是細馬嗎？但他不相信，就揉了揉眼睛，雙腳不由自主地往前走著，仔細地看著：細馬！就是細馬！他扔掉手中趕羊的樹枝，翻過大堤，一路往邱二爺家跑，一邊跑，一邊大叫：「細馬回來了！細馬回來了……」

桑喬正站在校門口問：「你說是誰回來了？」

桑桑腳步不停：「細馬！是細馬回來了！」他一口氣跑到邱二爺家，對邱二爺和邱二媽說：「二爺，二媽，細馬、細馬……細馬他……他回來了……」

邱二爺和邱二媽站在那兒不動，像在夢裡。

「細馬回來啦！」桑桑用手指了一下黃昏中的路，然後迎著細馬跑過去。

邱二爺和邱二媽急匆匆地跑到門口，朦朦朧朧地看到，大路上，真的有一個孩子揹著包袱正往這邊走過來。

等邱二爺和邱二媽跑到路口時，桑桑已揹著包袱，和細馬走到他們的跟前……

6

細馬是在車開出去一個小時後下的車。

車在路上，細馬眼前總是出現邱二爺的目光。油麻地的一切，也都在他心裡不住地閃現。他終於叫了起來：「不好啦，我把東西落在車站啦！」駕駛員將車停下後，他就拿了包袱下了車，然後坐在路上，又攔了一輛回頭的車，就又回到了縣城。

當天晚上，一家人除了哭哭笑笑，就是邱二媽不時地說：「你回來幹麼？你回來幹麼？」就不知再說些其他什麼。

第二天，邱二媽看著隨時都可能坍塌的房子，對邱二爺說：「還是讓他回去吧。」

細馬聽到了，拿了根樹枝，將羊趕到田野去了。

幾天後，邱二爺的房子就全推倒了。好好一幢房子，眨眼的工夫，就只剩下一堆廢墟。眼見著天氣一天涼似一天，就臨時搭了一個矮屋。一家人倒也並不覺得什麼，日子過得平平常常、歡歡喜喜的。邱二媽仍是一塵不染的樣子，在家燒飯、種菜，細馬放羊，邱二爺有集市時就去集市上當他的掮客，沒有集市時，就到田裡做些農活。一有空，一家三口總要走過橋來，到桑桑家來玩。有時，細馬晚上過來，與桑桑待在一起，覺得還沒有待得過癮，就站在河邊喊：「我不回去睡覺啦！」就睡在桑桑的床上。

一天，桑桑跑回來對母親說：「細馬不再叫二爺二媽了，改叫爸爸媽媽了。」

細馬晚上再過來，桑桑的母親就問：「聽說細馬不再叫二爺二媽了，改叫爸爸媽媽了。」

細馬臉微微一紅，走到一邊，跟桑桑玩去了。

油麻地又多了一戶平常而自足的人家。

但就在這年冬天，邱二爺病倒了。實際上邱二爺早在夏天時，就有了病兆：吃飯時，老被噎住，要不，吃下去的東西，不一會兒又吐出來。秋天將盡時，他就日見消瘦下來，很快發展到一連幾天不能吃進去一碗粥。但邱二爺堅持著，有集市時仍去集市做掮客。他只想多多地掙錢。他必須給細馬留下一幢像樣一點的房子。入冬後的一天，他在集市上暈倒了，臉在磚上磕破了，流了不少血。是別人把他扶回了家。第二天，邱二媽要找人將邱二爺護送到城裡看病。邱二爺堅決地拒絕了：「不要瞎花那個錢，我知道我得了什麼病。」夜裡，他對邱二媽說：「我得了絕症。細馬他爺爺就是得的這個病。是根本治不好的。」但邱二媽不聽他的，到處求醫問藥。後來，聽說一個人吃中藥把這病吃好了，就把人家的方子要過來，去鎮上抓了幾十服中藥。這時，已是臘月了。

這天早上，細馬沒有放羊，卻拿了一把鎬、一只竹籃離開了家門。

桑桑問：「你去哪兒？要幹什麼？」

細馬說：「中藥裡頭，得放柳樹鬚子，我去河邊刨柳樹鬚子。」

桑桑的母親正好走過來，說：「桑桑，你去幫細馬一起刨吧。」

這一年的冬天冷得有點異常。河裡結了厚冰，讓人無法汲水。因此，一早上，到處傳來用榔頭敲冰砸洞的聲音。整個世界，都凍得硬邦邦的，彷彿天上的太陽都被凍住了。風倒不大，但空氣裡注滿了寒氣。

細馬和桑桑在河邊找到了一棵柳樹。

細馬揮鎬砸下去，那凍土居然未被敲開，只是留下一道白痕。細馬往手上啐了一口唾沫，咬著牙，用了更大的勁，又將鎬砸了下去。這一回，鎬尖被卡在凍土裡。細馬將鎬晃動了半天，才將它拔出來。

不一會兒，桑桑就看到，細馬本來就有裂口的手，因連續受到劇烈震動，流出血來。血將鎬柄染紅了。桑桑就把竹籃子扔在地上，從細馬手中奪過鎬來，替換下細馬。但桑桑沒有細馬力氣大，進展很慢。細馬說：「還是我來吧。」就又搶過了鎬。

這柳樹的根彷彿就沒有鬚子，刨了那麼大一個坑，樹根都露出一大截來了，還未見到鬚子。桑桑很疑惑：能弄到柳樹鬚子嗎？但細馬不疑惑，只管一個勁地去刨。頭上出了汗，他把帽子扔在地上，頭在冷空氣裡，飄散著霧狀的熱氣。他又把棉襖也脫下了。

總算見到了柳樹鬚子。一撮一撮的，像老頭的鬍子。

桑桑說：「這一棵柳樹的鬚子，就夠了。」

細馬說：「不夠。」因爲細馬在挑這些柳樹鬚子時很苛刻。他只要白嫩白嫩的，像一條條細白的蟲子一樣的鬚子。黑的，或紅的，一概不要。一棵柳樹，他也就選一、二十根。

細馬穿好棉襖，戴上帽子，扛了鎬，又去找第二棵柳樹。

桑桑幾次說：「夠了，夠了。」

但細馬總是說：「不夠，不夠。」

桑桑很無奈，只好在寒風裡陪伴著細馬。

到了中午，竹籃子裡，已有大半筐柳樹鬚子。那鬚子在這冰天雪地，生命都似乎被凍結了的冬季，實在是好看。那麼白，那麼嫩，一根一根，彷彿都是活的，彷彿你一不留神，它們就會從竹籃裡爬出去。太陽一照，就彷彿盛了半竹籃細細的銀絲。

邱二媽看見這大半竹籃柳樹鬚子時，眼睛紅了。

可是，邱二爺未能等到春季來臨，就去世了。臨去時，他望著細馬，眼睛裡只有歉疚與深深的遺憾，因為他終於沒有能夠給細馬留下一幢好房子。

送走邱二爺以後，邱二媽倒也不哭，彷彿悲傷已盡，已沒有什麼了。她只是一天到晚地沉默著，做她該做的事情：給細馬燒飯，給細馬洗衣服，夜裡起來給細馬蓋被細馬蹬翻了的被子，晚上端上一木盆熱水讓細馬將腳放進去，然後她蹲下去給他好好搓洗……

邱二媽在神情恍惚了十幾天之後，這天一早，就來到桑桑家，站在門口問桑桑的母親：「師娘，你看見二爺了嗎？」

桑桑的母親趕緊拉住邱二媽的手，道：「二媽，你先進來坐一會兒。」

「不了，我要找二爺呢。這個人不知道哪兒去了。」邱二媽又見到了桑桑，「桑桑，看見你二爺了嗎？」

桑桑有點害怕了，瞪著眼睛，搖著頭。

「我要去找他，我要去找他……」邱二媽說著，就走了。

桑桑的母親就一直看著邱二媽的背影，直到她消失在一幢草房子的拐角處。她進屋來對桑喬說：「這可怎麼辦？邱二媽的腦子出毛病了。」

桑喬似乎並不特別吃驚：「聽人說，她母親差不多也是在這個年紀上，腦子出了毛病。」

在細馬未來之前，邱二媽和邱二爺一直相依爲命，做了幾十年的好夫妻。桑桑的母親總記得，邱二爺去集市做掮客時，邱二媽就會在差不多的時候，站到路口上去等邱二爺回來。而邱二爺回來時，不是給她帶回她喜愛吃的東西，就是帶回她喜歡用的東西。相比之下，邱二爺顯得比邱二媽老得多。但邱二爺喜歡邱二媽比他年少。邱二爺喜歡邱二媽總去梳她的頭，整理她的衣服。喜歡與打扮得很俏的邱二媽一起去桑桑家串門，一起搬張凳子到打麥場上看電影或者看小戲……邱二爺離不開邱二媽，而邱二媽可能更離不開邱二爺。現在邱二爺居然撇下她走了。

邱二媽必須要找到邱二爺。她一路問下去：「見到我家二爺了嗎？」

這天，細馬放羊回來，見邱二媽不在家，就找到桑桑家，見了桑桑，問：「我媽在你家嗎？」

桑桑搖了搖頭：「不在我家。」

細馬就一路呼喚下去。當時，天已黑了，每戶人家都已點了燈，正在吃晚飯。鄉村的夜晚，分外寂靜。人們都聽到了細馬的呼喚聲。

桑桑和母親就循著細馬的叫聲，找到了細馬，讓他回家：「你媽她自己會回來的。」硬把他勸了回來。然後，由桑桑和妹妹給細馬端來了晚飯。細馬不肯吃，讓飯菜一直放在飯桌上。

桑桑和母親走後，細馬就一直坐在路邊，望著月光下那條路。

第二天一早，細馬來到桑桑家，將門上的鑰匙給了桑桑的母親：「師娘，你幫著看一下家，我去找我媽。」

桑桑的父母親都不同意。但細馬說：「我找找就回家，我不走遠。」臨走時，又對桑桑說：「桑桑，你幫我看一下羊。」就走了。

細馬一走就是七天。

桑桑天天一早上就將羊趕到草坡上去，像細馬一樣，將那群羊好好照應著。但這天晚上，他把羊趕回羊圈，看到細馬家依然鎖著門之後，回到家哭了：「細馬怎麼還不回來？」

又過了兩天，這天傍晚，桑桑正要將羊從草坡上趕回家，看到西邊霞光裡，走來了細馬和邱二媽。

聽到桑桑的叫聲，無數的人都走到路口上來看。

邱二媽是被細馬攙著走回來的。

所有的人，都只是靜靜地望著他們，沒有一個人說話。

細馬滿身塵埃。腳上的鞋已被踏壞，露著腳趾頭。眼睛因爲瘦弱而顯得更瞘，幾顆大門牙，顯得更大。令人驚奇的是，邱二媽仍然是一副乾乾淨淨的樣子，頭髮竟一絲不亂。人們看到那枚簪子上的綠玉，在霞光裡變成了一星閃閃發亮的、讓人覺得溫暖的橘紅色。

7

細馬賣掉了所有的羊，在桑桑一家的幫助下，將邱二媽送進縣城醫院。大約過了兩個月，邱二媽的病居然治好了。

這天，細馬來找桑喬：「桑校長，你們學校還缺不缺課桌？」

桑喬說：「缺。」

細馬說：「想買樹嗎？」

「你要賣樹？」

「我要賣樹。」

「多少錢一棵？」

「那要論大小。」

桑喬笑起來。他覺得眼前這個細馬，口吻完全是一個大人，但樣子又是一個小孩。

「你們想買，就去看看。都是筆直的楝樹。一共十六棵。」

「你賣樹幹什麼？」

「我有用處。」

「你跟你媽商量了嗎？」

「不用跟她商量。」細馬一副當家做主的樣子。

「好的。過一會兒，我過去看看。」

「那我就賣給你，不賣給別人了。」

桑喬看著細馬走過橋去，然後很有感慨地對桑桑的母親說：「這孩子大了。」

桑桑的母親就用腳輕輕踢了一下正在玩耍的桑桑：「我們家桑桑，還只知道玩鴿子呢。」

細馬在桑喬這裡討了一個好價錢，賣了十二棵樹。還有四棵，他沒有賣，說以後蓋房子，要做大梁。

細馬拿了賣樹的錢，天天一早就坐到大河邊上去。

大河裡，總有一些賣山羊的船行過。那些雪白的山羊裝在船艙裡，不停地擁擠、躍動，從眼前經過時，就覺得翻著一船的浪花。

細馬要買羊，要買一群羊。

但細馬並不著急買。他要仔細打聽價錢，仔細觀察那些羊。他一定要用最低的價錢買最上等的羊。他很有耐心。這份耐心絕對是大人才有的。有幾回，生意眼看就要做成了，但細馬又放棄了。船主就苦笑：「這個小老闆，太精。」

細馬居然用了十天的工夫，才將羊買下。一共五十隻。隻隻白如秋雲，絨如棉絮。船主絕對是做了出血的買賣，但他願意。因爲，他一輩子還沒有見過如此精明能幹的孩子。

大平原上，就有了一個眞正的牧羊少年。

桑桑讀六年級時，細馬的羊群就已經發展到一百多隻了。這年秋天，他賣掉了七十多隻羊，只留了五隻強壯的公羊和二十五隻特別能下崽的母羊。然後，他把賣羊的錢統統買了剛出窰的新磚。他發誓，他一定要給媽媽造一幢大房子。

桑桑記得，那堆磚頭運回來時，是秋後的一個傍晚。

磚頭碼在一塊平地上。一色的紅磚，高高地碼起來，像一堵高大的城牆。邱二媽不停地用手去撫摸這些磚頭，彷彿那是一塊塊金磚。

「我要爬到頂上去看看。」細馬搬來一架梯子，往上爬去。

桑桑看見了細馬，仰頭問：「細馬，你爬上去幹什麼？」

細馬站在磚堆頂上：「我看看！」

桑桑一家人，就都走出門來看。

夕陽正將餘暉反射到天上，把站在磚堆頂上的細馬映成了一個細長條兒。餘暉與紅磚的顏色融在一起，將細馬染成濃濃的土紅色……

第七章　白雀㈡

1

蔣一輪燒掉了信，但沒有燒掉他的記憶與思念，他照樣在每天晚上去河邊吹笛子。村頭走過一個牽牛的人，聽了這纏綿不絕的笛聲，說：「這笛子，吹了也是白吹。」

聽見這笛聲，做作業的桑桑或是照應鴿子的桑桑，就會不由自主地停下來。那一刻，心思就不在他所做的事上了。桑桑有一個念頭，這個念頭似乎十分荒誕：這件事，是他和白雀、蔣一輪三個人的事，他有推不掉的一份。

那天，桑桑去鎮上賣鴿蛋，看到了白雀與谷葦。他們正在街上走。白雀看到桑桑，就買了半斤紅菱，用荷葉捧過來，說：「桑桑，給。」

桑桑說：「我不喜歡吃紅菱。」就走開了。

桑桑看到，蔣一輪的心情，正在一天一天地變得惡劣。

蔣一輪總發脾氣。朝老師們發脾氣，朝同學們發脾氣，一天到晚，氣不順的樣子。平時上課，蔣一輪即使批評同學，也只是批評男同學，很少批評女同學。但就在前天，一個平素十分文靜害羞的女同學，僅僅因爲在他上課時，把散開了的小辮重新編著，他停住不講了，問：「盧小梅，你在幹什麼呢？」盧小梅滿臉通紅，忘了銜在嘴裡的頭繩，嗚嗚嚕嚕地說：「我在梳小辮。」「你說什麼？站起來說。說清楚點。」蔣一輪其實並非沒有聽清楚。盧小梅連忙從嘴上取下頭繩，低著頭說：「我在梳小辮。」「梳小辮？你是聽課來了，還是梳妝來了？」「聽課來了。」「那你還梳小辮？」「我的小辮散了。」「你早幹麼了？」蔣一輪說完，不再理會盧小梅，接著講課。散了小辮的盧小梅哭了，眼淚大滴大滴地落在課本上。這時，就到了下課時間。蔣一輪說了一句「豈有此理」，抓了課本與教案，就走出了教室。

這年春天，剛開學不幾天，蔣一輪就惹下了大麻煩。

班上有個叫戚小罐的男生，一向喜歡上課時吃東西。彷彿不吃點東西，他就無法上課。各科老師都批評過他。他卻屢教不改，理由是：「我不吃東西，腦子不好使。」後來，老師們也疲了，不管他，由他吃去。他或者咬一根大黃瓜，或者吃點生花生米。最喜歡嗑瓜子，嗑得滿地都是。這一回，他在啃一個大白薯，直啃得咔嚓咔嚓響。

蔣一輪在戚小罐剛啃大白薯時，就盯了他一眼。

戚小罐看到了蔣一輪的目光，就像深夜裡一隻偷吃東西的老鼠，在被這家裡的人拍著床邊警告了一下後，就先靜住，然後再接著吃一樣，過不一會兒，他又將大白薯啃起來：咔嚓咔嚓、咔嚓咔嚓……

蔣一輪就停住不講。

戚小罐也就停住不吃。

蔣一輪又開始講下去。

稍微停一停，戚小罐也接著啃起來：咔嚓咔嚓……

到了後來，蔣一輪即使是停住不講了，啃得忘乎所以的戚小罐還在啃著：咔嚓咔嚓……在蔣一輪冷冷的目光下，同學們都不敢吭聲，教室裡十分寂靜，這時，就只剩下這清脆的咔嚓咔嚓聲。

蔣一輪終於發火了，他將課本猛地扔在講台上，大聲喝道：「戚小罐，站起來！」

戚小罐一嘴白薯還未嚥下，猛然一驚，噎在嗓子眼裡，雙目圓瞪，像被人勒了脖子一樣。

「站起來，你聽到沒有？」

戚小罐稍微遲疑了一下，蔣一輪就大步跑過來，抓住戚小罐的衣肩，將他拎了起來。

戚小罐被罰站時，一般都不怎麼站得穩，像一棵根淺的玉米受著大風的吹壓，東搖西晃的。

蔣一輪不回到講台上去，就站在那裡看他搖晃，心裡就起了一個農民要將這棵東搖西晃的玉米的根壓扎實的念頭。他先踢了一下戚小罐撇得太開的腳，然後猛地一扶戚小罐的雙肩：「我看你還搖晃不搖晃。」

戚小罐就不搖晃了，筆直的一根立在那裡。

蔣一輪這才回到講台上。但他仍然未接著講課，還要再看一看這個戚小罐到底搖晃不搖晃了。

戚小罐不經看，又開始搖晃了。

蔣一輪的目光絕不看別處，就只看戚小罐。

但蔣一輪的目光並不能制止戚小罐的搖晃。到了後來，戚小罐搖晃的幅度大了起來，並且不再僅僅是左右搖晃，而且變爲前後左右的搖晃，彷彿這棵玉米受著八面來風。

蔣一輪心中的火苗，就噗噗地往上躥。他又跑過來，他並不去扶戚小罐，而是將課桌上那只已被啃得不像樣的大白薯拿起來，像扔手雷一樣扔到了窗外。大白薯碰在一棵竹子上，發出一聲響，驚動了一竹林麻雀。

戚小罐仍然止不住地晃動著。並且開始小聲念叨：「我要我的白薯，我要我的白薯……」

蔣一輪不想再看到戚小罐這副讓人難受的樣子，說：「出去！」

戚小罐不動。

蔣一輪就陡然加大聲音：「出去！」

戚小罐就離開了課桌。他在往門口走時，依然是一副搖搖晃晃的樣子。

蔣一輪說：「什麼樣子！」

戚小罐都已走到門檻了，但不知爲什麼站住不走了。

蔣一輪就走過來：「讓你出去，你聽見了沒有！」

戚小罐就像沒有聽見一樣，站在那裡東倒西歪地搖晃著。

孩子就笑起來。

蔣一輪走到了戚小罐的身後：「讓你出去，你長耳朵沒有？」說完，就將右手放在戚小罐的後腦勺上，推了他一把。而就在這同時，全班同學都吃驚地看到了一個情景：戚小罐向前踉蹌著走了兩步，撲通一聲跌倒在門外的磚地上！

孩子們都站了起來。

蔣一輪慌忙走出去，蹲下身叫著：「戚小罐！戚小罐！……」

戚小罐竟然毫無聲響，死人一樣。

當蔣一輪連忙將戚小罐翻過身來時，他頓時出了一身虛汗：戚小罐面如死灰，雙目緊閉，口吐白沫，完全不省人事。他軟癱在地上。

孩子們先是發愣，緊接著紛紛離開座位，朝門口擁來。

桑喬正在校園裡巡視，見這邊有情況，急忙走來：「怎麼啦？怎麼啦？」

這時，蔣一輪已勉強將戚小罐抱起。一些男生過來，幫著他用雙手托著戚小罐。但一個個全無主意，不知如何是好。

桑喬一見，大喊：「拿門板來，拿門板來，快去鎮上醫院！」

一時間，油麻地小學的校園裡亂糟糟一片，滿校園腳步聲，滿校園嘈雜聲，滿校園驚恐的呼叫聲。

「門板來了！」「門板來了！」

兩個老師取下桑桑家的一扇門，飛跑過來。

「放上去！」「放上去！」

「人閃開！」「人閃開！」

戚小罐從蔣一輪的懷裡，被放到了門板上。這時的戚小罐，完全是一副死人的樣子，沒有任何反應。

一條路在稠密的人群裡迅捷地讓出。放著戚小罐的門板，迅速地穿過人群，朝校外而去。後面跟了桑喬、蔣一輪和四、五個男老師。

蔣一輪雙腿發軟，眼前發黑，腦子裡一片空白。他幾次落在後面，但還是掙扎著，追了上去。

在地裡幹活的人，放下工具跑到路上，問：「怎麼啦？怎麼啦？」

跟著跑到路上的孩子就回答：「戚小罐沒氣了。」「戚小罐死過去了。」

這裡，眾人都朝前看，不一會兒，桑喬他們就消失在路的盡頭……

2

一直到天黑，戚小罐就那麼直挺挺地躺在病床上。嘴角依然白沫不斷。

戚小罐的父親戚昌龍，是油麻地最惹不起的人。戚家有兄弟五人，一個個都非凡人。而戚小罐的母親，當地人稱黑奶奶，尤其惹不起。油麻地的人談及戚家，只一句話：「一家子不講理。」現在出了這一人命關天的事，那還得了嗎？

桑喬熟知戚家人的脾性，在戚小罐送進鎮上醫院搶救後，把蔣一輪拉到無人處，說了一句：「你趕緊去躲幾日。」

蔣一輪十分緊張：「校長，我只是輕輕碰了他一下。」

桑喬說：「現在先不談這些，你趕快離開這裡。」

蔣一輪剛剛離開醫院，戚昌龍就聞訊趕到醫院。他看了兒子一眼，竟不去管兒子，大聲問：「蔣一輪在哪兒？」

沒有人敢搭茬兒。

戚昌龍就大聲喊叫：「蔣一輪在哪兒？」

桑喬走過來：「老戚，你先安靜一下。」

桑喬在油麻地一帶，屬德高望重之人，戚昌龍倒也沒有向他撒潑，只是說：「把蔣一輪交出來！」

桑喬說：「如果責任在他身上，他跑也跑不掉。」

地方上的幹部來了，對戚昌龍說：「現在是救孩子要緊。蔣老師的事，自有說法，不會對你們家沒有一個公道。」

戚小罐的母親，就號啕大哭，將鎮上的人引來了許多，把鎮醫院門裡門外圍了個水泄不通。

第二天早晨，戚昌龍見戚小罐依然不省人事，就帶了幾個兄弟，一路撲進油麻地小學。他們先是將校園找了個底朝天，見無蔣一輪的影子，就踢開他的宿舍門，將他屋裡狠狠糟蹋一通：將他抽屜裡的幾十元錢和十多斤糧票掠走，將他的幾盒餅乾掠走，將他的一件毛衣掠走，將凡是值幾個錢的東西統統掠走。最後，戚昌龍看到牆上的那支笛子。他一把將它摘下，居然說了一句：「一個流氓，整天吹笛子勾引人家女孩子！」就將笛子摔在地上，然後上去連踩了幾腳，直將它踩成竹片。

出了學校，他們又直奔蔣家莊。

蔣一輪自然不會藏在蔣家莊。這也是桑喬給蔣一輪的一個主意：「不要藏回家。他們肯定要去找的。就藏在學校附近，反而安全。」蔣一輪藏在細馬家，這只有桑桑和他母親知道。

戚昌龍一行要砸蔣一輪的家，幸虧蔣姓人家人多勢衆，早得了信，百十號人都一臉不客氣的樣子，守住了蔣家。戚昌龍一行這才在踩倒了一片菜苗之後，罵罵咧咧地離去。

傍晚，桑桑看見白雀總在校園外面轉，好像有什麼事情。

白雀看見了桑桑，朝他招了招手。

桑桑走到校門口。

白雀連忙走到桑桑面前：「他還好嗎？」

桑桑點點頭。

「你知道他藏在哪兒？」

桑桑不想瞞她，點點頭。

「對他說，這些天千萬不能出來。」白雀說完，將一個用手帕包的小包遞給桑桑：「給他。讓他別著急。」

桑桑知道，那裡頭包的是炒熟了的南瓜子，以往蔣一輪與白雀約會，白雀總是用手帕帶來一包南瓜子。那時，桑桑也可分得一大把。桑桑接過手帕包的瓜子。

白雀走了。

桑桑從手帕裡掏了幾顆瓜子，自己先吃起來。一邊吃，一邊在心裡說：「這事就怪你。」他怕蔣一輪見了手帕和瓜子又添一番傷心，就把細馬叫出來。坐在地頭上，兩個人連吃帶糟蹋，一會兒就把瓜子全吃光了。

天黑透之後，桑桑給蔣一輪送飯去，見他一副心灰意懶的樣子，心裡很難過。回到家後，就問母親：「還有辦法幫幫他嗎？」

母親說：「沒法幫。」

「蔣老師沒有打他，只是這麼輕輕地一推，他就倒了。」

「他還是推了呀。」

「我們班坐在前面的同學還說，蔣老師的手剛碰到他的後腦勺，還沒有推呢，他就朝前撲倒了。」

「這說了又有什麼用？誰會相信戚小罐是自己無緣無故地死過去的？」

「蔣老師會怎麼樣？」桑桑問。

「活不過來，蔣老師會坐牢的；就是活過來，蔣老師也要受處分的。戚家也不會作罷的。」母親說完，嘆息了一聲。

桑桑就說起他傍晚見到了白雀的事。

母親很生氣：「她拉倒吧！不是她，蔣老師好好的，哪有這個脾氣。」

桑桑和父親一起悄悄去看蔣一輪時，蔣一輪緊緊抓住桑喬的手，像個孩子似地哭起來：「桑校長，我完啦，我完啦……」淚流滿面。

桑喬說：「別這麼說。事情也許會有另外的樣子。」

蔣一輪直搖頭：「我知道，我知道，我完了……」

桑桑離開蔣一輪後，心裡總想著要救蔣一輪，想了種種辦法，但十有八九都是胡思亂想。有時，還想得很激動，覺得自己是一個救人出困境的英雄。他把自己的一些想法還正兒八經地對父母說了。桑喬聽了說：「淨是胡說八道！」

桑桑就跑到操場上，坐在土台上接著想。桑桑總覺得蔣一輪落到今天這田地，絕對與他有關。假如他一開始就不給他們傳信，他們也許就不會來往。假如他沒有將那封信搞壞，白雀也許就不會去見那個谷葦。不去見那個谷葦，也許他們就會好好的。既然是好好的，蔣老師就不會心情不好。既然不會心情不好，蔣老師就不會去計較戚小罐啃白薯……桑桑越想，越覺得這事情與他有關。有一陣子，他甚至覺得，這一切，就是他造成的。

「桑桑，桑桑……」

身後有人叫桑桑。他回頭一看，是同學朱小鼓：「你怎麼在這兒？」

朱小鼓的神情有點激動，對桑桑說：「我忽然想起一件事來，記得李桐壺跟我說過，說有一天，戚小罐在他家院子裡玩陀螺，玩著玩著，好好的，就突然撲通一聲栽倒在地上，額頭馬上就破了，李桐壺他爸抱起戚小罐，讓他趕緊去戚小罐家喊人——他家跟戚小罐家是鄰居。戚小罐他爸連忙過來，抱著戚小罐回家了，樣子並不特別驚慌，也沒有大聲嚷嚷。」

桑桑聽罷，跳起身來就往鎮上跑——父親又去醫院了。到了醫院，他把父親拉了出來，將朱小鼓說的事情告訴了他。

桑喬說：「我知道了，你先回家吧。」

桑喬又去看了一眼已經有了點知覺，但面色仍如死人的戚小罐，把醫生叫到一邊，小聲說：「不要緊，這孩子死不了。」

如果李桐壺對朱小鼓所說的一切都是事實的話，那麼就是說：戚小罐本來就有一種暈病。無論是為了替蔣一輪開脫，還是為了油麻地小學的聲譽，桑喬都必須弄清楚這一點。但現在，使桑喬感到有難處的是：這個李桐壺，半年前就退學了，跟著做箍桶匠的父親去了外地。李桐壺沒有母親。他父親白天上岸箍桶，他就一人待在船上，幫著看船。父子倆每次出門，個把兩個月，才能回油麻地一趟。因此，岸上的家通常情況下都是鎖著的。桑喬問李桐壺家的鄰居是否知道李桐壺父子倆的去處，都說不準，只是說李桐壺的父親多數時間是在縣城裡做箍桶生意。

當天，桑喬就派兩個老師去了縣城。這兩個老師就在縣城的河邊轉，但轉到天黑，也沒有看到李桐壺和他家的船，只好又回來了。

戚小罐還在口吐白沫，不省人事。

油麻地到處傳著：公安局就要來抓蔣一輪了。桑喬說沒有這回事。油麻地還是一片緊張空氣。傳來傳去，居然說公安局的人已到了鎮上。

桑桑又看到了白雀。

「桑桑，」她神色慌張地把桑桑叫到一邊，「讓他躲遠些吧。」她眼中蒙了淚水，很內疚的樣子。

桑桑見她這樣，就把朱小鼓說的話告訴了她。

白雀眼中忽然有了一線希望：「要是這樣就好了。」她還是不放心，臨走前又叮囑桑桑，「讓他藏好了，千萬別讓戚家的人見著了。」

桑桑班上的同學，都在擔憂蔣一輪會被抓走。大家一商量，決定分頭去找李桐壺。桑桑選擇了最遠的縣城，說再好好找一遍，就和阿恕出發了。

桑桑臨走時，向已去過縣城找過李桐壺的老師問明白了都已找了哪些地方，到了縣城之後，他們就專去那兩個老師沒有找過的地方找。縣城周圍都是水面，而縣城裡頭還有大大小小的河流。他們不到街上去找，就沿著河邊走。一邊走一邊看，還一邊時不時地大聲叫一嗓子：「李桐壺——」

下午三點鐘，桑桑和阿恕來到偏僻的城北。這裡已經算不得街了。阿恕說，李桐壺家的船是不會停在這裡的河邊上的。桑桑也不抱希望，但還是走到了河邊上。這裡水面很寬，但岸邊停的船很少，桑桑看了看，說：「坐一會兒，回家吧。」

桑桑正要坐下，阿恕叫了起來：「那不是白雀嗎？」

白雀走過來了，一副倦容，但目光裡卻透著興奮。白雀聽了桑桑的那番話之後，立即就去了縣城。她幾乎找遍了縣城內外全部的河流。現在，她要告訴桑桑的是，她已經找到了李桐壺。

「船就在那邊的橋下。他們是嫌那些河水太髒，才把船停在這裡的。」白雀說。

「戚小罐在他家院子裡死過去一次，他說了嗎？」桑桑急切地問。

「說了。」白雀說，「他爸爸也說了。他爸爸還說，這是大事。他們正在收拾船呢，說今晚上就趕回油麻地。他們一定要出來作證。」

三個人都很興奮。當下，白雀出錢，到城裡找了一個飯館，請桑桑和阿恕吃足了小籠包子，然後帶著這個好消息，回到了油麻地。

李桐壺父子去鎮上作了證。

戚家人不承認。鎮上當即從縣城醫院要來了一輛救護車，將戚小罐弄到城裡醫院。一通檢查之後，醫生開出了診斷書：癲癇。並又口頭作了一個補充：一種很特殊的癲癇病。此病突然發作，就是立即暈倒，不省人事，口吐白沫，嚴重者幾天不醒。

戚小罐醒來了，立即像好人一樣。但戚家人最後還是敲了蔣一輪三個月的工資。

蔣一輪畢竟碰了一下戚小罐。上頭考慮到影響，很快就將蔣一輪調到另一個學校去了。油麻地的人，就聽不到河邊的笛子聲了。

3

不久，白雀就要跟谷葦結婚了。

但白雀並不快活。她一邊做著一個姑娘家在出嫁之前應做的活兒，一邊又心不在焉地想著其他什麼。她既無出嫁前的悲傷，也無出嫁前那種忽然一陣一陣湧上心頭的害羞。她在做著鞋、繡著幔子呀什麼時，一副無動於衷的樣子。有時，她會做著做著，不由得嘆息一聲。

遇到桑桑時，她就會問一句：「見到他了嗎？」

若是桑桑說見到過，她就會細細地問蔣一輪的情況。

白雀還會說一句桑桑想不明白的話：「有時我想，要是我現在只有桑桑那麼小的年紀就好了。」桑桑就會一路上在心裡說：做一個大人，有多好！

已到了年底。谷葦約白雀去城裡買布和其他一些應由他出錢買的東西。照理，應是母親陪女兒去買。但白雀的母親在江南，與這個家無關，只好由白三陪著她去買。

上午買了東西，已經很累了，白三暗想：谷葦會請他和白雀進一個稍微舒適一點的館子，好好吃頓飯的。他還想喝點酒。不想，一連走過幾家飯館，谷葦也沒有進飯館吃飯的意思，總是說飯館太髒，說他見到裡頭的伙房了，像豬圈一樣髒。後來，他見到一個擺在門外的食攤，就停了下來，說：「什麼都看見，反而衛生。」就用手輕輕拂了拂凳子，先坐了下來。然後，又分別用嘴吹了吹另外兩張小椅子，對白雀和白三說：「坐下吧，我們好好吃頓飯，我還眞餓了。」

白三倒也沒有計較，就坐下了。

但白雀心裡不快。她想父親這麼大年紀了，跟著轉了一個上午，應該讓他吃頓好飯。她站在那兒不動。

白三看出了白雀的心思，說：「坐下吧，這兒滿好的。」

谷蕎問攤主：「有水餃嗎？」

「有。」

谷蕎問白三：「爸，你要多少？」

白三說：「半斤。」

谷蕎又問白雀：「你要多少？」

「三兩。」

谷蕎就對攤主說：「三碗水餃。一碗半斤，兩碗三兩。」

不一會兒，三碗水餃就端了上來。

谷蕎還未嘗鹹淡，就拿起醬油瓶來，嘩嘩倒了許多醬油。

攤主在一旁看著，一臉不快：這醬油不花錢！

接下來，谷葦還是不吃，而是用筷子在碗中把餃子數了兩遍，問攤主：「一兩幾只？」

「五只。」

「三兩幾只？」

「十五只。」

谷葦就將碗推過去：「你數數。」

攤主不數，不耐煩地問：「你說吧，缺幾只。」

「碗裡只有十四只。」

攤主就用勺舀了一只餃子，很不高興地連湯帶水餃倒進谷葦的碗中，濺出不少湯來，其中兩滴落到了他乾乾淨淨的衣服上。他很生氣，朝攤主翻了一個白眼。

白三和白雀一直冷冷地看著谷葦數碗中的餃子。他們剛要吃，谷葦說：「你們先別吃，數數。」

白三和白雀不數。

「數數。」

白三和白雀還是不數。

「數數。」谷葦說著，就把白雀的一碗水餃拉到跟前，用筷子很認眞地數起來。

白雀側過身去。

「也差一只。」

攤主一句話不說，又用勺舀了一只水餃，連湯帶水餃倒進碗裡，濺了更多的湯，有許多滴落在白雀好看的衣服上。

白雀沒擦，低下頭去，眼睛裡一會兒就汪了淚水。

谷葦全然不覺，又開始數那半斤的一碗，數了半天，一聲不吭，把碗推回到白三的面前。

攤主問：「怎麼不說話？」

谷葦說不出來。因爲那碗裡多了三只水餃。

攤主問白三：「老人家，他是你什麼人？」

白三不吭聲。

攤主一笑。

谷葦火了，站了起來：「你這是什麼意思？」

攤主說：「我沒有什麼意思。我這裡做不起這筆生意。」說罷，將三碗水餃，一碗一碗倒進了泔水桶。

谷葦那副小文書的樣子，立即沒有了，撈衣捲袖地要跟攤主打架。

白三將手中的筷子往桌上一扔，走了。

白雀扔下所有剛買的東西，跟著白三也離開了食攤。

傍晚，父女倆回到村裡。

谷葦的舅舅張勝正好在村頭遇見了白三，問：「我外甥怎麼樣？」

白三往前走，不答理。但走了幾步，回過頭來說：「他如果是我的外甥，他一生下來，我就把他溺死在便桶裡！」

白雀回到家，把自己關在房間裡，一邊亂扔東西，一邊大哭……

4

離過年還有幾天，白雀將一封信從口袋裡取出，問桑桑：「桑桑，你還肯幫你白雀姊姊的忙嗎？」

桑桑連忙點頭。

白雀把信交到桑桑的手上，然後順手給他端正了一下他頭上的那頂棉帽：「送給他。」

桑桑拿了信，飛跑而去。

桑桑知道這是一封什麼樣的信。他要給蔣一輪送去一個驚奇。他一路想像著蔣一輪在看到這封信之後的樣子，想像著不久以後蔣一輪和白雀又會見面的情景：夜色茫茫，一隻小船划進了蘆葦蕩；月亮無聲地掛在河灣的上空，他們坐在水邊上……一路上，他不時地跳起來，去用手搆路邊槐樹垂掛下來的枝條；要不，就背朝蔣莊的方向，急速地後退……這是桑桑許多天來，最快樂的一天。

他跑到蔣莊時，已是下午四點鐘的光景。蔣一輪帶著桑桑到過他家好幾回，因此，桑桑不用問路，就直接走向坐落在水邊上的蔣一輪家。

桑桑還沒有走到蔣一輪的家，就覺得蔣一輪家今天有點異樣：有不少人站在門外，一律都穿得乾乾淨淨的，還有一些同樣穿得乾乾淨淨的人，進進出出，不知忙些什麼。

桑桑走近了，就聽一個過路的人在問：「這戶人家今天做什麼事情？」就有人回答：「結婚。辦喜事。」「哪戶人家？」「蔣常信家。」「一輪結婚？」「就是一輪。」

桑桑走到了蔣一輪家的門口。他看到兩扇院門上，貼了兩個大「喜」字，門楣上也貼了喜紙，那喜紙正在風中飄動，喜紙中間一小片金紙，就一閃一閃地亮。這時，桑桑摸了一下在懷中已被他焐熱了的信，站在門口呆住了，竟不知道是進去找蔣一輪，還是轉身回油麻地。

蔣一輪這時走了出來。他一時未能看到人群背後的桑桑，桑桑卻看到了他。蔣一輪穿了一身新衣，皮鞋擦得很亮，頭髮梳得很細緻，還上了頭油，那副眼鏡似乎也被很好地擦拭過，很文氣地架在高高的鼻梁上。他的胸前戴了一朵紅花。他的心情似乎不壞，略微不好意思地微笑著，跟那些進進出出的親戚或來幫忙的人點著頭。大概是他的一個長輩大娘進了院子，用拐棍輕輕地敲了敲他的腿，不說話，只是朝他笑著，那意思在說：「成家啦！」蔣一輪微微彎腰，並伸出手來，輕輕扶了一下大娘的後背，那意思在說：「請進屋坐吧。」

正當桑桑猶豫不決時，蔣一輪發現了他：「桑桑！」他大步走出院子，十分驚奇地望著桑桑：「你怎麼來了？」

桑桑不知怎麼回答，只是望著蔣一輪那張顯得很清秀的臉。

蔣一輪拉了他一把，把他拉到一個僻靜處問：「桑桑，你有什麼事吧？」

桑桑搖了搖頭。

蔣一輪對桑桑說：「今天，我要結婚了。本來是想通知你爸你媽還有你的，但怕你們聽了消息，今天一定要大老遠地趕來。心想，等過幾天，給你們將糖送過去就是了。」

桑桑的一隻手，不自覺地又伸到了懷裡。他感覺到那封信已被他透出襯衫的熱氣烘軟了。

「桑桑，」蔣一輪望著桑桑的眼睛，「你今天一定有什麼事！」

桑桑就將那封信慢慢拿了出來：「她的。」

蔣一輪用手推了一下鼻梁上的眼鏡，將信接到手中，然後轉過身去，走到一棵樹下，倚在樹上，打開了那封信。

桑桑聽到了信在被蔣一輪打開時的沙沙聲。他沒有去看蔣一輪，而是將目光轉過去，看那一邊正越聚越多的人。他們好像在不時地向河上張望，正等待著什麼。

蔣一輪一直倚在大樹上。

桑桑看到蔣一輪雙手抓著信，放在胸前，頭靠樹幹，臉微微朝著天空。信卻被打開著，在風中索索地抖動，猶如樹上的那幾片未落的殘葉。

河邊上出現騷動。

有人問：「一輪呢？」不少人跟著問：「一輪呢？」就有一個大嗓門的叫起來：「一輪——」

蔣一輪一驚，如夢初醒。他將信匆匆放入口袋，轉過身對桑桑說：「你千萬不要走，我去去就來。」

這時，河邊上響起一片爆竹聲。緊接著，三支嗩吶同時吹響。鑼鼓聲也隨即響起。小孩們就在河邊上亂躥亂跳，叫著：「新娘子船到了！新娘子船到了！」一片喧鬧聲，立即驅走了冬日的寒冷與枯索。

桑桑也站到河邊上。

一隻被打扮得花花綠綠的木船，正往這邊行來。船艙是封了的，艙門掛了一面紅布簾，在河上吹來的風裡，不時地撩起一角。

眼尖的孩子看見了什麼，就叫：「新娘子！新娘子……」

一個孩子平常叫順了口，就大聲地叫起來：「新娘子，白鼻子，尿尿尿到了屋脊子……」大概是他的母親趕緊踢了他一腳，那孩子知道自己不該亂叫，不吭聲了，很老實地站在河邊上。

鞭炮聲更加稠密地響起來。河邊上留下一片淡煙。

船靠岸了。

「讓一輪過來，讓一輪過來。」一個年紀大的老婆婆，顯然是管這件事的，叫著。

人群閃開了一條路。

蔣一輪走向水邊。

「一輪，你上船去。」

蔣一輪上了船。

船上已上去了兩個年輕姑娘。她們一個撩起了艙口的門簾，一個走進艙裡，扶起了新娘。

岸上一片寂靜。

新娘低著頭，被扶出艙來。

岸上就哇的一聲驚呼，彷彿一朵花，在他們面前一下子就完全開放了。

新娘子身著一身長長的飄逸的紅紗衣，頭上戴了一頂鑲滿了珠子和掛了許多銀絲的彩冠。風一吹，霞衣飄起，露出一對粉紅色的繡花鞋來。

那個年輕的姑娘，輕輕托起新娘子的一條胳膊來。於是，就有一隻微微垂著的手，放在了蔣一輪的面前。

蔣一輪愣著。

那個老婆婆就輕聲叫著：「一輪！一輪！」

蔣一輪這才連忙伸過自己的手，攙住了新娘子。

岸上的人歡呼起來。

在鞭炮聲中，蔣一輪將新娘子攙到岸上。然後，他鬆開新娘子的手，像一個引路人一樣，走在前面。新娘子就低著頭，小步走在後面。

蔣一輪似乎走得太快了，將新娘子落下了。老婆婆就走過來，拉住他，讓他等等新娘。

一顆「沖天雷」落下，在新娘子的頭頂上方不遠的地方，炸開了。新娘子一驚，抬起了頭。

桑桑與許多人一起，都在一刹那看到了她的臉。桑桑覺得新娘子長得很好看，是與白雀姊姊不一樣的那種好看。

蔣一輪走在人群裡。他彷彿沒有感覺到周圍有這麼多人在看他和他後面跟著的一個新娘子，而是獨自一人走在一條無人的小徑上，在看黃昏或深秋時的景色，眼中流露出幾絲茫然。

人群隨著蔣一輪與新娘子全部離開了。現在，河邊就只剩下桑桑一人，呆呆地望著一地粉碎的爆竹紙屑……

5

桑桑讀六年級的第一學期時，因蔣一輪多次向桑喬請求、桑喬又十分愛惜蔣一輪的才能，在桑喬與上頭進行了多次疏通之後，蔣一輪又得到同意，被調回油麻地小學。

從此，油麻地人又聽見了那如泣如訴的笛聲。

蔣一輪到了星期六傍晚才回去，而星期天下午，太陽還有好高，他又趕回到學校。

老師們跟他開玩笑：「新娘子別跟人家跑了。」

蔣一輪朝老師們笑笑。

收完了秋莊稼，地閒，人也閒，有人想看戲，油麻地文藝宣傳隊又恢復了排練。桑喬還忘不了那齣《紅菱船》，就對蔣一輪說：「《紅菱船》不能丟。」蔣一輪頭天晚上就把那支新買的笛子擦了又擦，擦得像支金屬做成的笛子。

但，白雀說她要去江南看她的母親，沒有來參加宣傳隊。

桑喬丟不下《紅菱船》，另找了一個女孩兒來頂白雀。

排練起來之後，桑喬覺得這女孩兒雖不及白雀，倒也有另一番情調，不算滿意，但也談不上不滿意。

但蔣一輪吹笛子，只覺得吹得沒意思。他心裡老恍惚著。先以為是白雀在那兒表演，等認清了不是，笛子就吹得不上勁。心思一走，熟透了的一支曲子，還吹得結結巴巴。

桑喬不該再撿起這齣《紅菱船》。

這天晚上，蔣一輪將桑桑叫到花園裡，猶豫了一陣，從口袋裡掏出一封信來：「桑桑，還能幫我送一封信嗎？」

桑桑小。桑桑不會多想，就把信接過來。可是走在路上，桑桑沒有了從前送信時的那種新鮮感、神祕感和一種說不清楚的興奮。桑桑走得很慢，彷彿自己在做一件自己不太明白、拿不準的事情。他還在打穀場上的一隻拖上岸來的木船上坐了一會兒。他要想一想。但他又不會想，只是把信拎在手裡甩了兩下，就又走了。

桑桑把信交給了白雀。

離開白雀往回走，桑桑的眼前，就老有白雀把信取到手時的樣子：一下把信拿過去，放在了胸前，目光裡滿是驚奇與慌張，嘴唇微微地打著顫。於是，桑桑就無端地覺得自己在做一件危險的事情。

兩天後，白雀彷彿算準了桑桑要到村裡玩，老早就守在大橋邊。

桑桑看見白雀，不知爲什麼，很心慌地看了看周圍，才走上橋。

白雀低著頭，不讓桑桑看見她的神情，將一封信放在桑桑的手上，匆匆地走了。

從此，桑桑就陷入了一種困惑與迷惘之中。他還感覺到，蔣一輪與白雀也一樣困惑與迷惘。他在困惑與迷惘中，幫著蔣一輪與白雀傳遞著信。而不管是蔣一輪還是白雀，每當將信交給桑桑時，就不住地對桑桑露出歉疚之情。好心的桑桑這時就會顯出高興的樣子，彷彿在說：我是願意爲你們送信的。

溫幼菊對桑桑說：「桑桑，你這回可眞是地地道道的地下交通員了。」

桑桑的母親說：「這孩子大了，是個爛好人。」

桑桑趕緊走掉。他往細馬放羊的地方走。他想跟細馬說說送信的事。他想跟細馬商量商量，聽聽細馬怎麼說。但桑桑最終沒有說。他和細馬一道躺在草坡上，望著雲彩變幻不定的天空。

兩隻同樣可愛的小山羊，在田埂上互相牴著。

有一陣子，桑桑忽然感到非常不安。因爲他眼前出現了那個新娘子。蔣一輪結婚的那天晚上，他將桑桑帶進了房間，向新娘子介紹說：「這是桑校長家的桑桑。」新娘子就把桑桑的手拉過去，在桑桑的手上放了一把糖塊與紅棗兒。就在那一刻，桑桑記住了她的那對目光。有一天，桑桑去面對細馬的羊群時，在羊群裡，看到了一隻瘦小的、溫順的山羊。而這隻瘦小溫順的山羊的眼睛，忽然使桑桑莫名其妙地想到了新娘子那天看他時的一對目光。

桑桑想對蔣一輪和白雀說，他不再幫他們送信了。但總是猶猶豫豫的桑桑，卻又想起了白雀的那雙目光。那是一雙清澈的、柔和的、帶了一些哀怨與無望的目光。這對目光更深刻地印在了他的記憶裡。

桑桑像一隻迷途的羔羊，走到了十字路口。

冬季，桑桑不由自主地參與的這個美好而淒美的故事，突然地斷裂了——

臨近寒假時，蔣一輪的妻子來到了油麻地小學。她是來幫助蔣一輪把被子、衣服什麼的弄回家去的。這是她第一回來油麻地小學。老師和學生們都出來看她。她滿臉通紅，進了蔣一輪的房間，就再也沒有出來。

桑桑的母親和邱二媽說：「蔣師娘像一個小姑娘。」

蔣一輪還要上課，就把她留在了房中。蔣一輪講課時，似乎有些心神不定。下了課，他連忙往外走，教案都落在了講台上。他推開房間門一看，妻子已不在了。他很快看到了在已經捲起的褥子下露著的那些信。他猛擊一下自己的腦門，都未來得及向桑喬請假，就往蔣莊走。

寒假前還剩下兩天的課，蔣一輪一去就沒有回學校。

蔣一輪的妻子，終日躺在床上，不吃不喝，不喊也不叫，只是無聲地流淚。她一如往常，還是那麼的柔順，只是不與蔣一輪講話，而望著後窗外泡桐樹的枝葉。

蔣一輪什麼也不說，只是搬了張椅子，終日守在她的床邊。

桑桑的母親用手指捅了一下桑桑的後腦勺：「都是你給鬧的！」

桑桑頭一甩：「怪我幹麼？怪我幹麼？」就哭起來，並且聲音越哭越大，哇哇的。桑桑有說不清的委屈、憂傷……還有很多說不清楚的東西攪在一起，使桑桑坐在門檻上，雙手托著下巴，想一直哭下去。

許多天過去了，蔣一輪的妻子才勉強下床。她瘦如薄紙，需要蔣一輪攙扶著，才能走到室外。

春天，桑喬讓人騰出了一幢草房，對蔣一輪說：「你想把她接過來住，就接過來吧。」

蔣一輪就把妻子接到了油麻地小學。除了上課，蔣一輪幾乎每分鐘都陪伴在她的身邊。她的身體依然十分虛弱。

天氣已經十分暖和了。

這天下午，桑桑正和細馬在田野上放羊，看到蔣一輪陪著妻子來到了校園外的田野上。太陽暖融融的，滿地的紫雲英正蓬蓬勃勃地生長，在大地上堆起厚厚的綠色。其間，開放著的一串串淡紫色的小花，正向四下裡散發著甜絲絲的氣味，引得許多蜜蜂在田野上嗡嗡歡叫。

空氣新鮮極了。

蔣一輪扶著妻子在田埂上坐下。他沒有坐下，而是倚在一株楝樹上，拿出了那支笛子，優雅地橫到嘴邊。不一會兒，桑桑就聽到了他早已熟悉了的笛聲。

遠處有水牛的哞哞聲。

風車頂上有幾隻烏鴉，在陽光下飛旋嬉鬧。

蔣一輪的笛聲一路流暢地奔流出來，但偶爾會有一陣斷裂、停頓或惶惶不定。對於這些大人們根本無法覺察的微妙變化，桑桑卻能感覺到，而且也只有桑桑能夠明白這是爲什麼。

這時，桑桑就會往遠處的天空看，在心中念著他的白雀姊姊。

白雀早在春天還未降臨前，就離開了油麻地。她去江南找她的母親了。並且不再回來了。白雀臨走前，在橋邊的大樹下，將一包她寫給蔣一輪的信，全部交給了桑桑，然後，用手指輕輕撩了幾下桑桑散亂到額上的頭髮，說：「這些信，一封一封，都是從你手上經過的。但，它們在以前，從不屬於你。現在，我把它們全部贈給你了。你長大了再看，那時，你才能看得明白。那裡頭，有你的白雀姊姊。」

悠長的笛聲，像光滑的綢子一樣，還在春天的田野上飄拂……

第八章　紅門(二)

1

在離開學校的最初的日子裡，杜小康除了帶父親治病，其餘的時間，差不多都在紅門裡待著。

紅門幾乎整天關閉著。沒有人再來敲紅門了。那個曾在紅門裡揭露杜家雜貨鋪摻假矇人的朱一世，趁杜家雜貨鋪垮台，就將家中積蓄拿出，又從親戚朋友處籌了一筆款子，在油麻地新開了一個小雜貨鋪。就在橋頭上，位置顯然比「大紅門」還要好。晚上，人們也不再到杜家來聽說古了。杜家現在也費不起這個燈油錢。

紅門裡，一下子顯得空空落落。

白天，村巷裡也沒有太多的聲響，只是偶然有一串腳步聲，或幾句平淡的問答聲。外面的世界，似乎也是沉寂的。杜小康總是坐在門檻上，聽著紅門外的動靜。久久地聽不到外面的動靜後，他只好又把心思收回到院子裡。陽光照著院子裡的一棵柿子樹，枝葉就將影子投在地上。無風時，那枝葉的影子很清晰，一有風，就把影子搖亂了，亂得晃人眼睛。風掠過枝頭，總是那番單調的沙沙聲。這沙沙聲彷彿已經響了千年了。枝頭上偶然落上幾隻鳥，叫兩聲就不叫了，因爲安靜，就立在枝頭上打瞌睡。睡著睡著，忽然覺得太安靜，就驚醒過來，一身羽毛收緊，伸長脖子東張西望，然後戰戰兢兢地叫了幾聲，受不了這番安靜，朝遠處飛去。

杜小康說不清楚是睏，還是不睏。但杜小康懶得動，就雙腳蹬著門框的一側，身子斜倚在另一側，迷迷糊糊，似睡非睡地瞇起雙眼。

到了晚上，村巷裡反而熱鬧一些。呼雞喚狗聲，叫喊孩子歸家聲，此起彼伏。而到了晚飯後，腳步聲就會多而紛亂。人們在串門，在往某一個地方集中。孩子們照例又要分成兩撥，進行「殊死」的巷戰。一時，巷子裡人喊馬叫、殺聲震天，彷彿一巷子已一片血腥氣了。以往總要扮演總司令角色的杜小康，此時就像被革了職或被冷落一旁的將軍那樣，在不能威風疆場時，心中滿是哀傷與悲涼。他站在紅門下聽著那些急促的腳步聲、雨點一樣的棍棒相擊聲和慘烈的喊叫聲，眞想衝出門去，站在斷壁或草垛上指揮他的軍隊作戰，甚至希望在戰鬥中掛彩，然後威武地在他的軍隊前面走過……他在大紅門的背後假想著，重溫著大紅門昨天的感覺。可是他終於沒有衝出門去。因爲，他已不可能稱王稱霸了。現在，他如果想加入這場遊戲，也只能充當一個小「炮灰」。在遊戲中擔任一個什麼樣的角色，原來居然並不是隨意的！杜小康清楚了，門外的遊戲中，只有桑桑那樣的孩子，才能充當總司令之類趾高氣揚的角色，就離開了大紅門，又坐回到門檻上，然後再去望由月亮照成的柿子樹的另一番樹影……

等村巷裡最後一個孩子的腳步聲也消失了，杜小康才走出紅門。那時，村巷裡，只有一巷滿滿的月光。他獨自從地上撿起一根孩子們遺落的木棍，隨便砍了幾下，重又扔在地上，然後返回紅門裡。

這樣過了些日子，杜小康終於走出紅門，並且在大部分時間裡將自己暴露在外面。他東走西走。他要讓所有油麻地的孩子都能看見他。他像往常一樣，穿著油麻地孩子中最好最乾淨的衣服，並且不免誇張地表現著他的快樂。

但在白天他並不能遇到太多的孩子，因爲不上學的孩子並不太多。他在村巷裡轉，在打麥場上轉，在田野上轉，總不能遇到足夠多的孩子。

這時，杜小康倒希望父親杜雍和仍然癱瘓，然後，他撐一隻木船離開油麻地，去給他治病。但杜雍和已能立起，並且已能扶著牆走路了。照理說，他還需治療，但杜家實在已經山窮水盡，他不能再繼續借錢治病了。

杜小康還從未領略過如此深切的孤獨。

但杜小康畢竟是杜小康。他不能自己憐憫自己，更不能讓其他人來憐憫他。他只能是傲慢的杜小康，玩得快活的杜小康。

當他聽到對岸的讀書聲、吵鬧聲，感覺到大家在他退學之後，一切都如往常，並不把他的退學當一回事兒之後，他開始在河邊大聲唱歌。他把在文藝宣傳隊學的那些歌，一首一首地唱了。唱了一遍，再唱一遍。怕對岸的孩子們沒有聽見，他爬到岸邊的一棵大樹上。這棵大樹有幾根粗粗的橫枝，幾乎橫到河心。他坐在橫枝上，一下子與教室拉近了，就彷彿站到了教室的後窗下。他演過機智的偵察英雄，演過英武過人的連長。他依然記著桑喬在排練節目時的話：「想著自己是個英雄，是個了不起的人！走步時，要大步流星，頭要高高地昂著，望著天空。天空有雲，你就要把自己想成是個能夠騰雲駕霧的人。誰能和你比呀，你是個英雄。英雄不想那些沒用的小事，英雄只想大事。一想大事呀，就覺得自己忽然地比別人高大，高大許多。而別人在你眼裡呢，明明是個高高大大的人，就忽然地變得渺小了。你要這麼看人，這麼看，就彷彿你站在台子上，所有的人，都站在台子下。你想呀，你可不是個一般的人。你想到你不是個一般的人，你還不覺得驕傲嗎？還能不激動嗎？人一激動，就會鼻頭酸溜溜的，眼睛就紅了，就模模糊糊地只看見人影了……」他就這樣唱下去，唱到高潮時，就會站在橫枝上，用一隻手扶住在頭頂的另一根斜枝，眞的唱得讓自己都感動了。

禿鶴說：「杜小康在唱戲。」

大家都聽見了，不聽老師講課了，就聽杜小康唱。

「杜小康還那麼快活。」

孩子們就在心裡佩服起杜小康來。

老師也不講課了，就等杜小康把歌唱完。但杜小康卻沒完沒了。老師就推開教室的窗子：「喂，杜小康，嚎什麼呢？」

杜小康很尷尬。他不唱了，但不知道自己是留在橫枝上好呢還是回到岸上去好。後來，他就坐在橫枝上，將身子靠在另一根稍微高一些的橫枝上，作出一副舒適而閒散的樣子。「我要晒太陽。」雙腿垂掛，一副懶洋洋的樣子。他歪著腦袋，半眯著眼睛，看著河水。

河水在樹枝下淙淙流淌著。一根柔軟的細枝垂到水裡，幾條身體修長柔韌的小魚，一會兒用嘴去吮那根枝條，一會兒又一個一個首尾相銜地繞著那根枝條轉著圈兒。偶然來了一陣風，那幾條小魚一驚，一忽閃就不見了。但不一會兒，又悠悠地游到水面上。

中午放學了。

不少孩子站在河邊，望著杜小康，覺得他真是很舒服，心裡就想：我要是也能不上學就好了。

放了學的桑桑弄船到河心釣魚去，隨風將小船漂到那棵大樹下。

自從杜小康不上學以後，桑桑和他倒忽然地變得不像從前那麼隔閡了。桑桑總記住那天杜小康帶父親看病去，撐著小船從他眼前經過的情景。桑桑永遠是一個善良的孩子。那一刻，過去的事情立即煙消雲散了。而杜小康在看到桑桑站在河邊上久久地望著他時，也忽然地覺得，他最要好的一個同學，其實是桑桑。

「杜小康，你坐在這裡幹什麼？」桑桑伸手抓住樹枝，不讓船再隨風漂去。

「我晒太陽。」他睜開眼睛，「不上學真好。」

桑桑從來就是一個不愛讀書的孩子，他竟然覺得杜小康說的，是他心裡總想說的一句話。

「讀書真沒有意思，總是上課、上課、上課，總是做作業、做作業、做作業，總是考試、考試、考試，考不好，回家還得挨打。現在，我不上學了。我整天玩，怎麼玩也玩不夠。昨天，我去後面塘裡抓魚了，我抓了一條三斤重的黑魚。抓不住牠，勁太大了。我用整個身子壓住牠，才把牠壓住了。等牠沒有力氣了，才起來抓住牠……」

桑桑羨慕起杜小康來。他將船繩拴在樹枝上，雙手抓住樹枝，身子一收縮，就翻到樹枝上，也坐在樹枝上晒起太陽來。

2

不久，杜小康就不能將他扮演的形象，再堅持下去了。別人不信，他自己當然更不信。杜小康又待在紅門裡，不常出來了。出來時，也不再像從前那樣精精神神的了。杜小康還沒有長到能夠長久地扮演一種形象的年紀。他到底還是個孩子。他無法堅持太久。他必然會很快顯出他的眞相來。

這天，他終於對母親說：「我要讀書。」

母親說：「我們家已不再是從前了。」

「我們家再開商店嘛！」

「錢呢？」

「借嘛。」

「借?能借的都借了。還欠了那麼多錢呢。你沒有看見人家天天找上門來要債?再說了,有錢也不能開商店了。」

「為什麼?」

「已有人家開商店了。路口上,大橋頭,好地方。」

「我不管。我要讀書!」

「讀不了。」

「我就要讀嘛。」

「讀不了!」

「我成績很好,我是班上第一名。」杜小康哭了。

母親也哭了:「哪兒還能讓你讀書呀?過些日子,你連玩都不能玩了。你也要給家裡做事。要還人家債,一屁股債。」

當杜小康終於徹底清楚已與學校無緣後,蔫了。油麻地的孩子們再看到杜小康時,他已是一副邋遢樣子:衣服扣沒有扣上,褲帶沒有插進褲鼻兒而耷拉著,鞋子趿拉在腳上,頭髮也亂糟糟的。他倒也不總在紅門裡待著了,就這個樣子,在村子裡晃來蕩去。見了同學,他也不躲避,甚至也不覺得有什麼羞愧。如果晚上捉迷藏,缺一個人,讓他參加,無論是什麼角色,他都不拒絕。他甚至慢慢變得有點想討好他們了。他生怕他們不讓他參加。那天,朱小鼓一邊走在橋上,一邊伸手到書包裡取東西,不小心將書包口弄得朝下了,書本全倒了出來,其中一本掉到了河裡。杜小康正無所事事地站在橋頭上，說：「我來幫你撈。」拿了根竹竿，脫了鞋和長褲，只穿條小褲衩，光腿走到水裡，給朱小鼓將那本書撈了上來。

在與他的同學玩耍時，他總是打聽學校和他們的學習情況。「學校排戲了嗎？」「誰當班長？」「上到第幾課了？」「作業多嗎？」「班上現在誰成績最好？」……

有時，他會去找放羊的細馬玩。但玩了幾次就不玩了。因爲他與細馬不一樣。細馬是自己不願意上學。而且，細馬確實也喜歡放羊。而他杜小康不是這樣的。他喜歡學校，喜歡讀書。他是被迫停學的。

那是一天中午，桑桑一手托著飯碗，走出了院子。他一邊吃飯，一邊望著天空的鴿子。有兩隻剛出窩的雛鴿，隨著大隊鴿子在天空飛了幾圈，終於體力不支，未能等到飛回家，就先落在了桑桑他們教室的屋頂上。桑桑就托著飯碗走過去。他要等牠們稍作休息之後，將牠們轟起，讓牠們早點飛回家。要不，等下午同學們都上學來了，準會有人要拿石子、磚頭去砸牠們的。當他穿過竹林，出現在教室後面時，他看到了杜小康。

「你在這兒幹什麼呢？」桑桑問。

「我家的一隻鴨子不見了，怕牠游過河來，我來竹林裡找找牠。」

岸邊停了一隻小木船。杜小康沒有與桑桑說幾句話，匆匆忙忙上了小船，回到對岸去了。

下午上課時，靠北窗口的一個女生不停地翻她的書包，好像在找什麼東西。上課的老師問她找什麼。她說：「我的課本全丟了。」

老師問：「其他同學，是不是拿錯了？都看一看。」

結果是誰也沒有多出一本。

那個女孩就哭了起來，因爲那時候的課本，都是按人數訂的，很難多出一套來。她如果沒有課本，也就意味著在整個一學期，只能與他人合用課本了。而誰也不願意將自己的課本與人合用的。

「先別哭。你回憶一下，你今天上學時，帶課本來了嗎？」老師問。

「帶了。上午還一直用著呢。」

老師問鄰桌的同學情況是否如此，鄰桌的同學都點頭說見到了。

這時，桑桑突然想起他來轟趕鴿子時見到的一個情景：教室的後窗在風裡來回搖擺著。

桑桑的眼前，又出現了神色慌張的杜小康。

下了課，桑桑走到教室後面。他看了看窗台。他在窗台下看到了兩隻腳印。

桑桑想將他心裡想到的都告訴老師，但桑桑終於沒說。桑桑的眼前，總有杜小康吃力而無神地撐著木船的形象。

杜小康還抱著一份幻想：他要上學。

他不能把課落下。他要自學。等能上學時，他仍然還是一個成績特別好的學生。

一個月後，當桑桑到大紅門裡去找杜小康，在杜小康家無意中發現了那個女孩的課本時，被從院子裡進來的杜小康看到了。杜小康一步一步地走過來，突然抓住桑桑的手，克制不住地哭起來。桑桑直覺得他的雙手冰涼，並在瑟瑟發抖。

桑桑說：「我不說，我不說……」

杜小康將頭垂得很低很低，淚水落在地上。

桑桑走出了紅門。

3

當杜雍和終於能行走時，他由祖上繼承來的那種對財富的不可遏制的欲望，使他將自己的兒子也捲入了一場夢想。他決心將沉沒於深水中的財富以及由它帶來的優越、自足與尊嚴，重新找回來。早在他無奈地躺在病榻上時，他就在心中日夜暗暗籌畫了。油麻地最富裕的一戶人家，敗也不能敗在他的手中。大紅門是永遠的。他拄著拐棍，走了所有的親戚和所有他認為欠過他人情的人家，懇求他們幫助他度過難關。他要借錢。他發誓，錢若還不上，他拆屋子還。他終於又籌集到了一筆款子。春天，他從鴨坊買下了五百隻小鴨。他曾在年輕時放過鴨。他有的是養鴨的經驗。他要把這些鴨子好好養大，到了秋天，牠們就能下蛋了。

當杜雍和對杜小康說「以後，你和我一起去放鴨」時，杜小康幾乎是哭喊著：「我要讀書！」

一直對獨生子寵愛無邊的杜雍和，因爲這場災難，變得不像從前了。他脾氣變得十分暴烈。

他衝著杜小康罵了一句，然後說：「你只能放鴨！」

當杜小康要跑出門去時，杜雍和一把抓住了他，隨即給了他一記耳光。

杜小康覺得眼前一片黑，搖搖晃晃地站住了。他的母親立即過來，將他拉到了一邊。

晚上，杜雍和走到兒子身邊：「不是我不讓你讀書，而是拿不出錢來讓你讀書。家裡現在養鴨，就是爲了掙錢，掙很多的錢，以後讓你安安心心地讀書。書，遲讀一兩年，也不是什麼大不了的事。秋天，鴨子就能生蛋了。生了蛋，賣了錢，我們再買五百隻鴨……隔個一年兩年，家裡就會重新有錢的，你就會再去學校讀書。要讀書，就痛痛快快地讀，不要讀那個受罪書……」

當小鴨買回家後，杜雍和指著那些毛茸茸的小東西，又向兒子細細地描繪著早已藏匿在他胸中的未來圖景，幾乎又把杜小康帶入了往日的富有裡。

五百隻小鴨，在天還略帶寒意時，下水了。毛茸茸的小生靈，無比歡樂地在水面上浮游著。當時，河邊的垂柳已帶了小小的綠葉，在風中柔韌地飄動。少許幾根，垂到水面，風一吹，就又從水上飛起，把小鴨們嚇得擠成一團。而等牠們終於明白了柳枝並無惡意時，就又圍攏過去，要用嘴叼住它。

杜小康非常喜歡。

油麻地村的人都擁到了河邊，油麻地小學的師生也都擁到了河邊上。他們靜靜地觀望著。他們從這群小鴨的身上，從杜雍和的臉上看出了杜家恢復往日風光的決心。眼中半是感動，半是妒意。

杜雍和在人群裡看到了朱一世。他瞥了朱一世一眼，在心中說：我總有一天會將你的那個雜貨鋪統統買下來的！杜雍和惦記著的，實際上仍是祖上的行當。

杜小康望著兩岸的人群，站在放鴨的小船上。他穿著薄薄的衣服，在河邊吹來的涼風中，竟不覺得涼。他的臉上又有了以前的神色與光彩了。

夏天，杜小康跟著父親，趕著那群已經一斤多的鴨離開油麻地一帶的水面。船是被加工過的，有船篷，有一只燒飯的泥爐。船上有被子、糧食和一些生活必需品。他們要將鴨子一路放到三百里外的大蘆蕩去。因爲，那邊魚蝦多，活食多。鴨子在那裡生活，會提前一個月下蛋，並且會使勁下蛋，甚至會大量地下雙黃蛋。那時，就在蘆蕩圍一個鴨欄。鴨蛋就在當地賣掉，到明年春天，再將鴨一路放回油麻地。

當船離開油麻地時，杜小康看到了因爲災難而在愁苦中有了白髮的母親。他朝母親搖了搖手，讓她回去。

將要過大橋時，杜小康還看到了似乎早已等候在橋上的桑桑。他仰起頭，對桑桑說：「明年春天，我給你帶雙黃蛋回來！」

桑桑站在橋上，一直看到杜家父子趕著那群鴨，消失在河的盡頭。

4

小木船趕著鴨子，不知行駛了多久。杜小康回頭一看，已經看不見油麻地了。他居然對父親說：「我不去放鴨了，我要上岸回家……」他站在船上，向後眺望，除了朦朦朧朧的樹，就什麼也沒有了。

杜雍和沉著臉，絕不回頭去看一眼。他對杜小康帶著哭腔的請求，置之不理，只是不停地撐著船，將鴨子一個勁兒地趕向前方。

鴨群在船前形成一個倒置的扇面形，奮力向前推進，同時，造成了一道扇面形水流。每隻鴨子本身，又有著自己用身體分開的小扇面形水流。它們在大扇面形水流之中，織成了似乎很有規律的花紋。無論是小扇面形水流，還是大扇面形水流，都很急促有力。船首是一片均勻的、永恆的水聲。

杜雍和現在只是要求牠們向前游去，不停頓地游去，不肯給牠們一點覓食或嬉鬧的可能。彷彿只要稍微慢下一點來，他也會像他的兒子一樣突然對前方感到茫然和恐懼，從而也會打消離開油麻地的主意。

前行是純粹的。

熟悉的樹木、村莊、橋梁……都在不停地後退，成爲杜小康眼中的遙遠之物。

終於已經不可能再有回頭的念頭了。杜雍和這才將船慢慢停下。

已經是陌生的天空和陌生的水面。偶爾行過去一隻船，那船上的人已是杜雍和杜小康從未見過的面孔了。

鴨們不管。牠們只要有水就行。水就是牠們永遠的故鄉。牠們開始覓食。覓食之後，忽然有了興致，就朝著這片天空叫上幾聲。沒有其他聲音，天地又如此空曠，因此，這叫聲既讓人覺得寂寞，又使人感到振奮。

杜小康已不可能再去想他的油麻地了。現在，占據他心靈的全部是前方：還要走多遠？前方是什麼樣子？前方是未知的。未知的東西，似乎更能撩逗一個少年的心思。他盤腿坐在船頭上，望著一片白茫茫的水。

已是下午三點鐘，太陽依然那麼的耀眼，晒得杜雍和昏沉沉的。他坐在船尾，抱住雙腿，竟然睡著了。小船就在風的推動下，不由自主地向前漂去。速度緩慢，懶洋洋的。鴨們對於這樣的速度非常喜歡。因爲，牠們在前行中，一樣可以自由地覓食和嬉鬧。

這種似乎失去了主意的漂流，一直維持到夕陽西下，河水被落日的餘暉映得一片火紅。

四周只是草灘或窪地，已無一戶人家。

因爲還未到達目的地，這天晚上的鴨子不可能有鴨欄。牠們只能像主人的船一樣，漂浮在水面上。

爲了安全，木船沒有靠到岸邊，而是停在河心。杜雍和使勁將竹竿插入泥裡，使它成爲拴船繩的固定物。

黃昏，船艙裡的小泥爐飄起第一縷炊煙，它是這裡唯一的炊煙。炊煙在晚風裡向水面飄去，然後又貼著水面，慢慢飄遠。當鍋中的飯已經煮熟時，河水因晒了一天太陽開始飄起炊煙一樣的熱氣。此時，熱氣與炊煙，就再也無法分得清楚了。

月亮從河的東頭升上空中時，杜雍和父子已經開始吃飯。

在無依無靠的船上吃飯，且又是在千古不變的月光下，杜小康端著飯碗，心裡總覺得寂寞。他往嘴裡撥著飯，但並不清楚這飯的滋味。

杜雍和吃得也很慢。吃一陣子，還會停一陣子。他總是抬頭望著東方他們的船離開的那一片天空——月亮正掛在那片天空上。他可能在想像著月光下的油麻地此時此刻的情景。

鴨們十分乖巧。也正是在夜幕下的大水上，牠們才忽然覺得自己已成了無家的漂游者了。牠們將主人的船團團圍住，唯恐自己與這條唯一能使牠們感到還有依托的小船分開。牠們把嘴插在翅膀裡，一副睡覺絕不讓主人操心的樣子。有時，牠們會將頭從翅膀裡拔出，看一眼船上的主人。知道一老一小，都還在船上，才又將頭重新放回翅膀裡。

長長的竹篙，把一條直而細長的影子投映在河面上，微風一吹，它們又孤獨而優美地彎曲在水面上。

杜小康和父親之間，只有一些乾巴巴的對話。「飽了嗎？」「飽了。」「你飽了嗎？」「我飽了。」「就在河裡洗碗？」「就在河裡洗碗。」「睏嗎？」「不睏。」……

父子倆都不想很快地去睡覺。

杜小康想聽到聲音，牛叫或者狗吠。然而，這不可能。

等杜小康終於有了倦意，躺到船艙裡的席子上時，竹篙的影子只剩下幾尺長了——月亮已快升到頭頂上了。

以後的幾天，都是這一天的重複。

有時，也會路過一個村莊，但，無論是杜雍和還是杜小康，都沒有特別強烈的靠岸的欲望。因爲，村莊是陌生的。它們與陌生的天空和陌生的河流並沒有實質性的區別。他們索性只是站在船上，望一望那個村莊，依然去趕他們的路。

不時地，遇到一隻船，船上人的口音，已很異樣了。

這一天，他們終於到達了目的地。

這才是眞正的蘆蕩。是杜小康從未見過的蘆蕩。到達這裡時，已是傍晚。當杜小康一眼望去，看到蘆葦如綠色的浪潮直湧向天邊時，他害怕了——這是他出門以來第一回眞正地感到害怕。蘆蕩如萬重大山圍住了小船。杜小康有一種永遠逃不走了的感覺。他望著父親，眼中露出了一個孩子的膽怯。

父親顯然也是慌張的。但他在兒子面前，必須顯得鎭靜。他告訴杜小康，蘆葦叢裡有蘆雁的窩，明天，可以去撿蘆雁的蛋；有兔子，這裡的兔子，毛色與蘆葦相似，即使牠就在你眼前蹲著，你也未必能一眼發現牠……

吃完飯，杜小康才稍稍從恐慌中安靜下來。

這裡的氣味，倒是很好聞的。萬頃蘆葦，且又是在夏季青森森一片時，空氣裡滿是清香。蘆葦叢中還有一種不知名的香草，一縷一縷地摻雜在蘆葉的清香裡，使杜小康不時地去用勁嗅著。水邊的蘆葉裡，飛著無數螢火蟲。有時，牠們幾十隻幾百隻地聚集在一起，居然能把水面照亮，使杜小康能看見一隻水鳥正浮在水面上。

但，這一切無論如何也不能完全驅除杜小康的恐慌。夜裡睡覺時，他緊緊地挨著父親，並且遲遲不能入睡。

第二天，父子倆登上蘆葦灘，找了一個合適的地方，用鐮刀割倒一大片蘆葦，然後將它們紮成把。忙了整整一天，給鴨們圍了一個鴨欄，也爲自己搭了一個小窩棚。從此，他們將以這裡爲家，在這一帶放鴨，直到來年春天。

5

日子一天一天地過去了，父子倆也一天一天地感覺到，他們最大的敵人，也正在一步一步地向他們逼近：它就是孤獨。

與這種孤獨相比，杜小康退學後將自己關在紅門裡面產生的那點孤獨，簡直就算不得是孤獨了。他們能一連十多天遇不到一個人。杜小康只能與父親說說話。奇怪的是，他和父親之間的對話變得越來越單調，越來越乾巴巴的了。除了必要的對話，他們幾乎不知道再說些其他什麼話，而且原先看來是必要的對話，現在也可以通過眼神或者乾脆連眼神都不必給予，雙方就能明白一切。言語被大量地省略了。這種省略，只能進一步強化似乎滿世界都注滿了的孤獨。

杜小康開始想家，並且日甚一日地變得迫切，直至夜裡作夢看到母親，哇哇大哭起來，將父親驚醒。

「我要回家……」

杜雍和不再亂發脾氣。他覺得自己將這麼小小年紀的一個孩子，拉進這樣一個計畫裡，未免有點殘酷了。他覺得對不住兒子。但他現在除了用大手去安撫兒子的頭，也沒有別的辦法。他對杜小康說：「明年春天之前就回家，柳樹還沒有發芽時就回家……」他甚至向兒子保證：「我要讓你讀書，無憂無慮地讀書……」

後來，父子倆都在心裡清楚了這一點：他們已根本不可能迴避孤獨了。這樣反而好了。時間一久，再面對天空一片浮雲，再面對這浩浩蕩蕩的蘆葦，再面對這一縷炊煙，就不再會忽然地恐慌起來。

他們還各自創造和共同創造了許多消解孤獨的辦法：父子倆一起出發走進蘆葦叢裡，看誰撿的雁蛋多；他們用蘆葦紮成把，堆成高高的蘆葦塔，爬上去，居然看到好幾處散落在蘆葦叢裡的人家和村落；杜小康用蘆葦編了幾十只小籠子，又捉了幾十隻只有這裡的蘆葦叢裡才有的、那種身材優美的紡織娘放入籠中，使寂靜的夜晚，能聽到牠們此起彼伏的鳴叫……

鴨子在這裡長得飛快。很快就有了成年鴨子的樣子。當牠們全部浮在水面上時，居然已經是一大片了。

杜小康注定要在這裡接受磨難。而磨難他的，正是這些由他和父親精心照料而長得如此肥碩的鴨子。

那天，是他們離家以來遇到的一個最惡劣的天氣。一早上，天就陰沉下來。天黑，河水也黑，蘆葦蕩成了一片黑海。杜小康甚至覺得風也是黑的。臨近中午時，雷聲已如萬輛戰車從天邊滾過來，不一會兒，暴風雨就歇斯底里地開始了，頓時，天昏地暗，彷彿世界已到了末日。四下裡，一片呼呼的風聲和千萬枝蘆葦被風折斷的咔嚓聲。

鴨欄忽然被風吹開了，等父子倆一起撲上去，企圖修復它時，一陣旋風，幾乎將鴨欄捲到了天上。杜雍和大叫了一聲「我的鴨子」，幾乎暈倒在地上。因爲他看到，鴨群被分成了無數股，一下子就在他眼前消失了。杜小康忘記了父親，朝一股鴨子追去。這股鴨子大概有六、七十隻。牠們在轟隆隆的雷聲中，倉皇逃竄著。他緊緊地跟隨著牠們。他不停地用手撥著眼前的蘆葦。即使這樣，臉還是一次又一次被蘆葦葉割破了。他感到腳鑽心地疼痛。他顧不得去察看一下。他知道，這是頭年的蘆葦舊茬兒戳破了他的腳。他一邊追，一邊呼喚著他的鴨子。然而這群平時很溫順的小東西，今天卻都瘋了一樣，只顧沒頭沒腦地亂竄。

他費了很大的力氣，才將這群鴨重新趕回到原先的地方。這群鴨似乎還記得這兒曾是牠們的家，就站在那兒，惶惶不安地叫喚。

杜小康喊著父親，卻沒有父親的回答。父親去追另一股鴨了。他只好一個人去扶已倒下的鴨欄。他在扶鴨欄的同時，嘴裡不住地對那些鴨子說：「好乖乖，馬上就好了，你們馬上就有家了……」

父親也趕著一股鴨回來了。兩股鴨立即會合到一起，大聲叫著，彷彿是兩支隊伍會師一般。

杜小康和父親一道扶起鴨欄，將已找回來的鴨趕進欄裡後，又趕緊去找那些不知去向的鴨——大部分鴨還沒有被趕回來。

到暴風雨將歇時，還有十幾隻鴨沒被找回來。

杜雍和望著兒子一臉的傷痕和凍得發紫的雙唇，說：「你進窩棚裡歇一會兒，我去找。」

杜小康搖搖頭：「還是分頭去找吧。」說完，就又走了。

天黑了。空手回到窩棚的杜雍和沒有見到杜小康，他就大聲叫起來。但除了雨後的寂靜之外，沒有任何回應。他就朝杜小康走去的方向，尋找過去。

杜小康找到了那十幾隻鴨，但在蘆蕩裡迷路了。一樣的蘆葦，一樣重重疊疊無邊無際。鴨們東鑽西鑽，不一會兒工夫就使他失去了方向。眼見著天黑了。他停住了，大聲地呼喊著父親。就像父親聽不到他的回應一樣，他也不能聽到父親的回應。

杜小康突然感覺到他已累極了，就將一些蘆葦踩倒，躺了下來。

那十幾隻受了驚的鴨，居然一步不離地挨著主人蹲了下來。

杜小康聞到了一股鴨身上的羽絨氣味。他把頭歪過去，幾乎把臉埋進了一隻鴨的蓬鬆的羽毛裡。他哭了起來，但並不是悲哀。他說不明白自己爲什麼想哭。

雨後天晴，天空比任何一個夜晚都要明亮。杜小康長這麼大，還從未見過藍成這樣的天空。而月亮又是那麼的明亮。

杜小康順手摳了幾根白嫩的蘆葦根，在嘴裡甜津津地嚼著，望著異鄉的天空，心中不免又想起母親，想起桑桑和許多油麻地的孩子。但他沒有哭。他覺得自己突然地長大了，堅強了。

第二天早晨。杜雍和找到了杜小康。當時杜小康正在蘆葦上靜靜地躺著，不知是因爲太睏了，還是因爲他又餓又累堅持不住了，杜雍和居然沒有能夠將他叫醒。杜雍和背起疲軟的兒子，朝窩棚方向走去。杜小康的一隻腳底板，還在一滴一滴地流血。血滴在草上，滴在父親的腳印裡，也滴在跟在他們身後的那群鴨的羽毛上……

鴨們也長大了，長成了眞正的鴨。牠們的羽毛開始變得鮮亮，並且變得稠密，一滴水也不能潑進了。公鴨們變得更加漂亮，深淺不一的藍羽、紫羽，在陽光下猶如軟緞一樣閃閃發亮。

八月的一天早晨，杜小康打開鴨欄，讓鴨們走到水中時，他突然在草裡看到了一顆白色的東西。他驚喜地跑過去撿起，然後朝窩棚大叫：「蛋！爸！鴨蛋！鴨下蛋了！」

杜雍和從兒子手中接過還有點溫熱的蛋，嘴裡不住地說：「下蛋了，下蛋了……」

6

在杜小康和父親離開油麻地的最初幾天裡，桑桑還時常想起杜小康。但時間一長，也就將他淡忘了。桑桑有鴿子，有細馬，有阿恕和禿鶴，有很多很多的同學，還有許多事情可做。桑桑不可能總去想著杜小康。他只是偶爾想起他來。但一有事情可做，又立即不再去想他了。

油麻地的人也一樣，只是在碰到杜小康的母親時，才會想起問一聲：「他爺兒倆怎麼樣了？」杜小康的母親總是說：「不知道呢。也沒有個信回來。」

秋後，秋莊稼都已收割，本來就很開闊的大平原，變得更加開闊，開闊得讓人心裡發空。油麻地人的日子，似乎比任何一個季節都顯得平淡。勞作之後的疲勞，日益加深的寒意，滿目正在枯萎的農作物，使人有一種日子過到盡頭的感覺。

桑桑生病了。他的脖子有點僵硬，並且時常隱隱約約地感到疼痛。母親對父親說了這個情況，但父親似乎沒有在意。母親就帶他去了地方上的小門診室。醫生摸了摸桑桑的脖子，說：「怕是有炎症。」就讓桑桑打幾天消炎針再說。這天，桑桑打完針往家走時，聽到了一個傳聞：杜雍和父子放鴨，不小心將鴨放進了人家的大魚塘，把人家放養的小魚苗都吃光了，鴨子與船統統被當地人扣留了。

桑桑回家，把這一傳聞告訴了母親。母親嘆息了一聲：「杜家算是完了。」

桑桑天天去打針，幾乎天天能聽到那個傳聞。他去過紅門，但紅門一直閉著。這傳聞傳了幾天，就不傳了，好像是個謠言。桑桑心裡又不再有杜小康，一有空就和阿恕到收割了莊稼的地裡瘋玩，要不就和細馬放羊去。

又過了些日子，這天傍晚，桑桑提了個醬油瓶去朱一世的雜貨鋪打醬油，剛走上大橋，就聽村裡有人說：「快去看看，杜雍和被抬回來了！」等桑桑過了橋，就有很多人在傳：「杜雍和回來了！」而孩子們則在傳：「杜小康回來了！」

人們都在朝紅門方向走。

桑桑抓著醬油瓶，快速地跑到許多人的前頭。

村後有一條通向遠方的路。路口正對著杜小康家所在的這條村巷。巷口都是人，把桑桑的視線擋住了，根本看不見那條路。

紅門開著無人管。

「回來了！」「回來了！」

桑桑看到那巷口的人壩，像被一股洪水沖決了似的，忽然地打開了。

兩個大漢抬著一塊門板，門板上躺著杜雍和。杜小康和母親跟在門板後面。

桑桑把腦袋擠在人縫裡，往外看著。

抬門板的大概是杜小康家的親戚。他們和杜小康的母親一起去了蘆蕩，將杜雍和及杜小康接了回來。

躺在門板上的杜雍和，瘦得只剩下骨架。他的顴骨本就高，現在顯得更高，嘴巴瘦陷下去，形成了陰影。頭髮枯乾，顏色像秋後霜草叢裡的兔毛。高眉骨下的雙眼，透出一股荒涼式的平靜。

走在後面的杜小康，好像又長高了。褲管顯得很短，膝蓋和屁股，都有洞或裂口，衣服上缺了許多紐扣，袖口破了，飄著布條。頭髮很長，與杜雍和的頭髮一樣枯乾，卻黑得發烏，脖子已多日不洗，黑乎乎的。面容清瘦，但一雙眼睛卻出奇的亮，並透出一種油麻地的任何一個孩子都不可能有的早熟。他雙手抱著一只小小的柳籃，小心翼翼地，彷彿那只籃裡裝了什麼脆弱而又貴重的東西。

桑桑看到了杜小康。但杜小康似乎沒有看到他，在衆人撫慰的目光下，走進了紅門。

第二天一早，桑桑的母親一開門，就看到杜小康抱著一只柳籃站在門口。

「師娘，桑桑起來了嗎？」

桑桑的母親，一邊將杜小康拉進院裡，一邊朝屋裡叫著：「桑桑，小康來啦！」

桑桑連忙從床上蹦到地上，鞋也沒穿，一邊揉著眼睛，一邊往外跑。

杜小康將柳籃送到桑桑手上：「裡面有五只鴨蛋，都是雙黃的。」

這五只鴨蛋，大概是杜小康從大蘆蕩帶回來的全部財富。

桑桑低下頭去。他看到五只很大的、顏色青青的鴨蛋，正靜靜地躺在鬆軟的蘆花上。

7

桑桑現在見到的杜小康，已經不是過去的杜小康了。

對於杜小康來講，無論到哪一天，他也不會忘記在蘆蕩度過的那幾個月——那是一個荒無人煙的世界。天空、蘆蕩、大水、狂風、暴雨、鴨子、孤獨、憂傷、生病、寒冷、飢餓……這一切，既困擾、折磨著杜小康，但也在教養、啓示著杜小康。當杜雍和因爲鴨群連續幾次誤入人家的魚塘，幾乎吃盡了塘中剛放養的幾萬尾魚苗，被憤怒的當地人扣下小船與整個鴨群，而陷入一貧如洗的絕望時，他萬萬不會想到這段時間的生活給了兒子多少珍貴的財富！杜雍和不吃不喝地躺在魚塘邊上時，杜小康也一動不動地坐在父親的身邊。他有父親的悲傷，卻並無父親的絕望。現在，倒什麼也不怕了。他坐在那裡，既沒有向人家哀求，也沒有向人家發怒。他反而覺得父親這樣做是沒有必要的。因爲他們的鴨子毀掉了幾十戶人家的希望，就像他們也被毀掉了希望一樣。杜小康是坐在那裡咀嚼著油麻地的任何一個孩子都不會去咀嚼的、由大蘆蕩給予他的那些美麗而殘酷的題目。他不可能立即領悟，但他確實比油麻地的孩子們提前懂得了許多……

桑桑現在再見到的杜小康，已經是一個遠遠大於他的孩子了。

當桑桑向杜小康問起他以後怎麼辦時，杜小康並沒有太大的驚慌與悲哀。他與桑桑坐在打麥場上的石磙上，向桑桑說著他心中的打算。他至少有十項計畫，而他最傾向於做的一個計畫是：在油麻地小學門口擺個小攤子賣東西。

而這個計畫是桑桑最感吃驚的一個計畫：他怎麼能在學校門口，當著大家的面做小買賣呢？滿眼全是他的同學呀！

杜小康卻是一副很坦然的樣子：「你是怕大家笑話我？」

「大家不會笑話你的。」

「那怕什麼？就是笑話我，我也不在乎。」

杜小康向桑桑詳細地說明了他的計畫：「我們家開了那麼多年的小商店，我知道應該進什麼貨、什麼好賣；我在學校門口擺個小攤，那麼多學生，買個削筆刀啦，買幾塊糖啦，誰不願意出了校門就能買到？」

桑桑覺得杜小康的計畫是有道理的。

「那你有錢進貨嗎？」

「沒有。」

「怎麼辦？」

「能想到辦法的。」

桑桑與杜小康分手後，回到家中。晚上，他等鴿子都進窩後，將窩門關上了。他用籠子捉了十隻鴿子。桑桑的鴿子，都是漂亮的鴿子。第二天一早，他提了籠子去鎮上，將這些鴿子賣給了一個叫「喜子」的養鴿人。他拿了賣鴿子得的二十元錢，直接去找杜小康，將錢統統給了杜小康。

杜小康一手抓著錢，什麼話也沒說，只是用另一隻手抓住桑桑的一隻手，使勁地、不停地搖著。

過了一個星期，杜小康在校園門口出現了。他挎一只大柳籃子。柳籃裡裝了七零八碎的小商品。柳籃上還放了一只扁扁的分了許多格的小木盒。一格一格的，或是不同顏色的糖塊，或是小芝麻餅什麼的。盒上還插了一塊玻璃。玻璃擦得很亮，那些東西在玻璃下顯得很好看。

他坐在校門口的小橋頭上。令油麻地小學的老師和學生們都感震驚的是，這個當初整日沉浸在一種優越感中的杜小康，竟無一絲卑微的神色。他溫和、略帶羞澀地向那些走過他身旁的老師和同學問好或打招呼。

最初幾天，反而是同學們不好意思。因此，幾乎沒有一點生意。

桑桑替他感到失望。

杜小康反過來安慰桑桑：「會有生意的。」那時，杜小康又想起了那次鴨被驚散了，還有最後十幾隻沒有找到的情景，父親說，算了，找不到了，別找了。他卻說，能找到的。結果眞的找到了。

第一個來買杜小康東西的是桑桑。

杜小康無限感激地望著桑桑，會意地笑著。

生意慢慢有了。漸漸地，油麻地的孩子們，再去杜小康那裡買東西時，就沒有異樣的感覺了，彷彿只不過是在從一個朋友那裡取走一些東西而已。他們可以先不給錢，先在心中記住。而杜小康知道，他們絕不會白拿他的東西的。

那天，學生們都在上課時，桑喬站在辦公室的廊下，望著校門外的杜小康，正在冬季的第一場雪中，穩穩地坐在樹下。他對另外幾個也在廊下望著杜小康的老師說：「日後，油麻地最有出息的孩子，也許就是杜小康！」

幾次掙扎均告失敗的杜雍和，在經過一段調養之後，已能走動了。他平和了，眼中已不再有什麼欲望。他像一個老人一樣，在村裡東走走，西走走。

紅門裡，實實在在地成了空屋。

紅門裡，還欠著人家不少債。但債主知道，杜雍和現在也拿不出錢來還他們，也就不急著催他。其中有個債主，自己實在是窘迫，只好登門來要債。見杜家滿屋空空，就又不好意思地走了。但最後還是被逼得無法，就再一次進了紅門。

杜雍和感到有無限歉意。他在表示了自己無能為力、債主只好又走出紅門時，一眼注意到了那兩扇用上等木材做成的紅門。他追出來，將那個債主叫住。

那個債主走回來問：「有事嗎？」

杜雍和指著紅門：「值幾個錢吧？」

「你這是什麼意思？」

杜雍和十分平靜：「你摘了去吧。」

「那怎麼行呀。」

「摘了去吧。我屋裡也沒有什麼東西。這院子有門沒有門，也沒有多大關係。」

那債主用手摸了摸，敲了敲兩扇紅門，搖了搖頭：「我怎麼好意思摘下這副門？」

杜雍和說：「我對你說，你不把它摘了去，我明天可得給別人了。」

那債主走了。傍晚，他自己沒有來，而是讓兩個兒子來將那副紅門摘走了。

與杜小康並排站在院牆下的桑桑，情不自禁地抓住了杜小康的手。

這兩扇曾爲杜家幾代人帶來過光彩與自足的紅門，隨著晃動，在霞光裡一閃一閃地亮著。

當這被杜小康看了整整十四年的紅門，在他的視野裡終於完全消失時，桑桑覺得與自己相握的手，開始微微發顫，並抓握得更緊……

第九章 藥寮

1

桑喬出身卑微。這一點，油麻地的人誰也不了解——桑喬是從外地調來的。

從前的桑喬家沒有一寸土地。桑喬只斷斷續續地念過一年私塾。桑喬才十幾歲，就開始跟著父親打獵。一年四季，就在蘆葦叢裡走，在麥地裡走，在林子裡走，在荒野裡走，眼睛總是瞪得滴溜圓，鼻子也總是到處嗅著。桑喬至今還有每走到一處就嗅嗅鼻子的習慣，並且嗅覺特別靈敏。因此，桑桑家經常發生這樣的事：桑喬從外面回來了，一進屋，就嗅了嗅鼻子說：「家裡有股騷味。」全家人就都嗅鼻子，但誰也嗅不出什麼騷味來。桑喬卻一口咬定說：「有。」最後，總會找到騷味的來源的，或是被桑桑用被子掩蓋了的尿濕了的褥子，或是貓把尿撒了幾滴在牆角上了。桑喬打獵，直打到二十五歲。二十五歲時的桑喬，皮膚是煙熏般的黃黑色。在這段歲月裡，桑喬足足地領略到了獵人的艱辛與獵人的屈辱。在這個以農耕爲本的地方，打獵是一種最低賤的行當。可是，桑喬家無地，他不得不打獵，不得不常常抓著血淋淋的野兔或野雞，十分不雅地站在集市上向人兜售他的獵物。桑喬是在時刻可見的鄙夷的目光裡長到二十五歲的。二十五歲之前的桑喬，因爲不經常與人對話，總在沉默中度過，還落下了一個口吃的毛病。

桑喬從內心裡厭惡打獵。桑喬喜歡的是讀書識字。他憑著他上過一年私塾所學得的幾個字，逮到什麼書，就拚命去讀，去獵獲，樣子就像跟隨在他身邊的那條獵狗。桑喬在河坡上、在麥地裡、在樹林間，看了無數本他從各處撿來的、搜尋來的、討來的書。文字以及文字告訴他的故事、道理，就像滾雪球一樣，越滾越大。他說話雖然結巴，但人們還是從他的結結巴巴的話裡看出了他的不同尋常之處。當到處興辦學校，地方上一時爲找不到教書先生發愁時，居然有人一下子想到了他。

桑喬很快向人們證明他是一個出色的教書先生。他從一處換到另一處，而每換一處，都是因爲他工作的出色。他一個台階一個台階地上升著，直至成爲一名小學校長。

桑喬十分鄙視自己的歷史。他下苦功夫糾正了自己的口吃，盡力清洗著一個獵人的烙印。當他站在講台上講課，當他把全體教師召集在一起開會，當他坐在藤椅上教人排戲時，竟然沒有人再能從他身上看出一絲獵人的痕跡來了。

但他自己，卻在心中永遠地記著那段歷史。

他把那支獵槍留下了。後來的歲月中，不管遷移到什麼地方，他總要把這支獵槍掛在外人看不到的房間的黑暗處。

獵槍掛在黑暗裡，桑喬卻能清清楚楚地看到它。但桑喬看到的不是獵槍，而是一根黑色的鞭子。

桑喬很在乎榮譽。因爲桑喬的歷史裡毫無榮譽。桑喬的歷史裡只有恥辱。桑喬看待榮譽，就像當年他的獵狗看待獵物。桑喬有一只小木箱。這只小木箱裡裝滿了他的榮譽：獎狀與作爲獎品的筆記本。不管是獎狀還是筆記本，那上面都有一個讓他喜歡的不同級別的大紅章。有地方政府這一級的，有縣一級的，甚至還有省一級的。無論是獎狀還是筆記本，那上面寫著的都大同小異：獎給先進教育工作者桑喬。一年裡頭，桑喬總要在一些特別的時節或時刻，打開箱子來看一看這些獎狀和筆記本。那時，巨大的榮譽感，幾乎會使他感到暈眩。

現在，是桑桑六年級的上學期。

桑桑早看上父親小木箱裡的筆記本，但一直沒有下手。現在，他很想下手。他馬上要考初中了。他要好好地準備。桑桑不管做什麼事情，總愛擺譜，總愛把事情做得很大方，很有規格，但也不考慮後果。他將碗櫃改成鴿籠，就是一例。這天晚上，他躺在床上想：我應該有很多本子，生詞本、造句本、問答本……他粗算了一下，要有十本本子。前天，他曾向母親要錢去買本子，但被母親拒絕了：「你總買本子！」桑桑沉浸在他的大計畫裡，激動不已。這天上午，桑桑趁父親去鎮上開會，終於把小木箱從櫃頂上取了下來，然後趁母親去邱二媽家玩，將它抱到屋後的草垛下。他撬掉那把小鎖，打開這只從前只有父親一人才有權利打開的小木箱。他把這些差不多都是布面、緞面的筆記本取出來一數，一共十二本。他把它們一本一本地擺開，放在草上。自從讀書以來，他還從未使用過如此高級的本子。他看著這些筆記本，居然流出一串口水來，滴在一本筆記本的緞面上。他把其中一本筆記本打開，看到了一枚紅紅的章子。他覺得章子挺好看，卻毫無父親的榮譽感。等他把所有的筆記本都打開看了看之後，他開始覺得蓋章子的那一頁很彆扭了。他馬上想到的一點就是清除掉這一頁。他要把父親的筆記本變成他桑桑的筆記本。只有這樣，他用起來心裡才能痛快。他想撕掉那一頁，但試了試，又不太敢，只將其中一本的那一頁撕開一寸多長。他把這些筆記本裝進了書包。但，心裡一直覺得那蓋章子的一頁是多餘的。午飯後，他到底將裝筆記本的書包又揹到屋後的草垛下。他取出一本打開，嘩的一下撕下了那蓋章子的一頁。那聲音很脆，很刺激人。他接著開始撕第二本的、第三本的……不一會兒，草上就有了十二張紙。十二枚大小不一但一律很紅亮的章子，像十二隻瞪得圓圓的眼睛在看著他。他忽然有點害怕了。他四下裡看了看，連忙將這十二張紙揉成一團。他想將這一團紙扔到河裡，但怕它們散開後被人發現，就索性將它們扔進了黑暗的廁所裡。

下午上課，桑桑的桌上，就有一本又一本讓人羨慕的筆記本了。

桑喬發現這些筆記本已被桑桑占爲己有，是在一個星期之後。那是一個星期天，桑桑還在外面玩耍，柳柳不知要在桑桑的書包裡找什麼東西，把桑桑書包裡的東西全倒在床上，被正巧進來的桑喬一眼看見了。他首先發現的是那些筆記本已變薄（桑桑有撕紙的習慣，一個字沒寫好，就嘩的撕掉），其中有幾本，似乎只剩下一小半。他再一本本地打開來看，發現那一頁一頁曾經讓他陶醉的蓋了大紅章的紙，都被撕掉了。當即，他歇斯底里地吼叫起來，嚇得柳柳躲在牆角，捂住耳朵，閉上眼睛不敢看他。

桑桑回來之後，立即遭到了一頓毒打。桑喬把桑桑關在屋裡，抽斷了兩根樹枝，直抽得桑桑尖厲地喊叫。後來，桑喬又用腳去踢他，直將他一腳踢到床肚裡。桑桑龜縮在黑暗的角落裡哭著，但越哭聲音越小——他已沒有力氣哭了，也哭不出聲來了。

被關在門外的母親，終於把門弄開，見桑喬抓著棍子渾身發顫地守在床前等桑桑出來再繼續打，就拚了命從桑喬手裡奪下棍子：「你要打死他，就先打死我！」她哭了，把桑桑從床下拉出，擁在懷裡。

柳柳更是哇哇大哭，彷彿父親打的不是桑桑，而是打的她。

桑喬走出門去，站在院子裡，臉色蒼白，神情沮喪，彷彿十幾年用心血換來的榮譽，真的被兒子一下子毀掉了。

當天深夜，桑喬一家人，都被桑桑銳利的叫喚聲驚醒了。

母親下了床，點了燈，急忙過來看他。當她看到桑桑滿頭大汗，臉已脫色，再一摸他的手，直覺得冰涼時，便大聲喊桑喬：「他爸，你快起來！你快起來！」

桑桑用一隻手捂著脖子向母親說著：「脖子疼。」

母親將他的手拿開，看到了他脖子上一個隆起的腫塊。這個腫塊，她已看到許多日子了。

又一陣針扎一般的疼痛襲擊了桑桑，他尖叫了一聲，雙手死死抓住了母親的手。母親坐在床邊將他抱起，讓他躺在她懷裡。

桑喬站在床邊問：「這個腫塊已長了多少天啦？我怎麼沒看見？」

母親流著淚：「你整天就只知道忙你的學校！你什麼時候管過孩子？你還能看見孩子長了東西？兩個月前，我就對你說過，你連聽都沒聽進耳朵裡去……」

桑桑的頭髮都被汗水浸濕了。他的嘴唇一直在顫動著。他躺在母親懷裡，一次又一次被疼痛襲擊著。

桑喬這才發現眼前的桑桑清瘦得出奇：兩條腿細得麻稈一般，胸脯上是一根根分明的肋骨，眼窩深深，眼睛大得怕人。

桑喬翻出兩粒止痛片，讓桑桑吃了。直到後半夜，桑桑的疼痛才漸漸平息下去。

2

桑喬帶著桑桑去了鎮上醫院。幾個醫生都過來看。看了之後，都說：「桑校長，早點帶孩子去城裡醫院看，一刻也不能拖延。」

桑桑從醫生們的臉上，更從父親的臉上，看出了事情的嚴重性。

當天，桑喬就帶著桑桑去了縣城。

桑桑去了三家醫院。每一家醫院的醫生，都是在檢查完他脖子上的腫塊之後，拍拍他的頭說：「你先出去玩玩好嗎？」桑喬就對桑桑說：「你到外面玩一會兒，我馬上就來。」桑桑就走出了診室。但桑桑沒有走出醫院到外面去玩，而是坐在醫院走廊裡的長椅上。他不想玩，就一動不動地坐在椅子上等父親。

桑桑能感覺到父親的表情越來越沉重，儘管父親做出來的是一副很正常的樣子。桑桑自己不知道自己是一種什麼感覺。他只知道跟著父親走進醫院，走出醫院，走在大街上。他唯一感覺到的是父親對他很溫和。父親總是在問他：「你想吃些什麼？」而桑桑總是搖搖頭：「我不想吃什麼。」桑桑心裡確實沒有去想什麼。

天黑了。父子倆住進一家臨河小旅館。

晚飯吃得有點沉悶。但桑桑還是吃了一些。他發現父親在吃飯時，一副心不在焉的樣子，筷子放在菜盤裡，卻半天不知道夾菜。當父親忽然地想到了吃飯時，又總是對桑桑說：「吃飽了飯，我們逛大街。」

這是桑喬帶著桑桑第一回夜晚留宿城裡。

桑桑跟著父親在大街上走著。已是秋天，風在街上吹著時，很有了點涼意。街兩旁的梧桐樹，雖然還沒有落葉，但已讓人感覺到，再颳幾陣秋風，枯葉就會在這夜晚的燈光裡飄落。父子倆就這樣走在梧桐樹下的斑駁的影子裡。秋天夜晚的大街，反倒讓人覺得比鄉村的夜晚還要寂寞。

父親看到桑桑落在了後面，就停住了，等他走上來時，說：「還想逛嗎？」

桑桑不知道自己的內心是想逛，還是不想逛。

父親說：「天還早，再走走吧。」

桑桑依然跟著父親。

路過一個賣菱角的小攤，父親問：「想吃菱角嗎？」

桑桑搖搖頭。

路過一個賣茶雞蛋的小攤，父親問：「想吃茶雞蛋嗎？」

桑桑還是搖搖頭。

又路過一個賣焐藕的小攤，父親問：「吃段焐藕吧？」這回，他不等桑桑回答，就給桑桑買了一大段焐藕。

桑桑吃著焐藕，跟著父親又回到了小旅館。

不一會兒，就下起雨來。窗外就是河。桑桑坐在窗口，一邊繼續吃焐藕，一邊朝窗外望著。岸邊有根電線杆，電線杆上有盞燈。桑桑看到燈光下的雨絲，斜斜地落到了河裡，並看到了被燈光照著的那一小片水面上，讓雨水打出來的一個個半明半暗的小水泡泡。他好像在吃藕，但吃了半天，那段藕還是那段藕。

「不好吃，就別吃了。」父親說完，就從桑桑手中將那段藕接過來，放在床頭的金屬盤裡。「早點睡覺吧。」父親給桑桑放好被子，並且幫著桑桑脫了衣服，讓桑桑先鑽進被窩裡，然後自己也脫了衣服，進了被窩。這是個小旅館，父子倆合用一床被子。

桑桑已經沒有和父親合用一床被子睡覺的記憶了，或者說，這種記憶已經很模糊了。桑桑藉著燈光，看到了父親的一雙大腳。他覺得父親的大腳很好看，就想自己長大了，一雙腳肯定也會像父親的大腳一樣很好看。但，就在他想到自己長大時，不知爲什麼鼻頭酸了一下，眼淚下來了。

父親拉滅了燈。

桑桑睏了，不一會兒就睡著了。但睡得不深。他隱隱約約地覺得父親在用手撫摸著他的腳。父親的手，一會兒在他的腳面上來回地輕撫著，一會兒在輕輕地捏著他的腳趾頭。到了後來，就一把抓住他的腳，一鬆一緊地捏著。

桑桑終於睡熟。他醒來時，覺得被窩裡就只有他一個人。他微微抬起頭來，看見父親正坐在窗口抽菸。天還未亮。黑暗中，菸蒂一亮一亮地照著父親的面孔，那是一張愁苦憂鬱的面孔。

雨似乎停了，偶爾有幾聲叮咚的水聲，大概是岸邊的柳樹受了風吹，把積在葉子上的雨珠抖落到河裡去了。

第二天，父親帶著桑桑回家了。

路過邱二媽家門口時，邱二媽問：「校長，桑桑得的什麼病？」

桑喬竟然克制不住地在喉嚨裡嗚咽起來。

邱二媽站在門口，不再言語，默默地看著桑桑。

桑桑還是那樣跟著父親，一直走回家中。

母親似乎一下子就感覺到了什麼，拉過桑桑，給他用熱水洗著臉，洗著手。

桑喬坐在椅子上，低著頭，一言不發。

老師們都過來了。但誰也沒有向桑喬問桑桑究竟得了什麼病。

籃球場上傳來了阿恕們的喊聲：「桑桑，來打籃球！」

蔣一輪說：「桑桑，他們叫你打籃球去呢。」

桑桑走出了院子。桑桑本來是想打一會兒籃球的，但走到小橋頭，突然地不想打了，就又走了回來。當他快走到院門口時，他聽見了母親的壓抑不住的哭聲。那哭聲讓人想到天要塌下來了。

柳柳並不知道母親爲什麼那樣哭，只覺得母親的哭總是有道理的，也就跟著哭。

邱二媽以及老師們都在勸著母親：「師娘師娘，別這麼哭，別這麼哭，別讓桑桑聽見了……」

桑桑沒有進院子。他走到了池塘邊，坐在塘邊的凳子上，呆呆地看著池塘裡幾條在水面上游動著的只有寸把長的極其瘦弱的小魚。他想哭一哭，但心中似乎又沒有什麼傷感的東西。他隱隱地覺得，他給全家，甚至給所有認識他的人，都帶來了緊張、恐慌與悲傷。他知道，事情是十分嚴重的。然而，在此刻他卻就是無法傷心起來。

他覺得有一個人朝他走來了。他用兩隻細長的胳膊支撐在凳子上，轉過頭去看。他見到了溫幼菊。

溫幼菊走到他跟前，把一隻薄而柔軟的手輕輕放在他的肩上：「桑桑，晚上來找我一下好嗎？」

桑桑點點頭。他去看自己的腳尖，但腳尖漸漸地模糊了起來。

3

桑桑最喜歡的男老師是蔣一輪，最喜歡的女老師是溫幼菊。

溫幼菊會唱歌，聲音柔和而又悠遠，既含著一份傷感，又含著一份讓人心靈顫抖的骨氣與韌性。她拉得一手好胡琴。琴上奏得最好的又是那曲《二泉映月》。夏末初秋的夜晚，天上月牙一彎，她坐在荷塘邊上，拉著這首曲子，使不懂音樂的鄉下人也在心裡泛起一陣莫名的悲愁。桑桑的胡琴就是溫幼菊教會的。

在桑桑看來，溫幼菊最讓人著迷的還不僅僅在於她會唱歌，會拉胡琴，更在於她一年四季總守著她的藥罐子。他喜歡看她熬藥，看她喝藥，看她一副弱不禁風的樣子。溫幼菊不管是在什麼地方出現，總是那副樣子。她自己似乎也很喜歡自己這個樣子——這個樣子使她感到自己很溫馨，也很有人情味。

因爲她的房間一年四季總飄逸著發苦的藥香，蔣一輪就在她的門上掛了一塊木牌，那上面寫了兩個字：藥寮。

桑桑不懂「寮」是什麼意思，蔣一輪就告訴他：「寮就是小屋。」

溫幼菊笑笑，沒有摘掉牌子。她的小屋本就是熬藥的地方。她喜歡熬藥，甚至喜歡自己有病。「藥寮」——這個名字挺古樸、挺雅的。

桑桑進屋子時，溫幼菊正在熬藥。

溫幼菊坐在小凳上，見了桑桑，也給了他一張小凳，讓他與她一起面對著熬藥的爐子。

這是一只紅泥小爐，樣子很小巧。此時，炭燒得很旺，從藥罐下的空隙看去，可以看到一粒粒炭球，像一枚枚蛋黃一樣鮮艷，爐壁似乎被燒得快要熔化成金黃色的流動的泥糊了。

立在爐上的那只黑色的瓦罐，造型土氣，但似乎又十分講究，粗樸的身子，配了一只彎曲得很優雅的壺嘴和一個很別致的壺把。藥已經煮開。壺蓋半敞，蒸氣推動著壺蓋，使它有節奏地在壺口上彈跳著。蒸氣一縷一縷地升騰到空中，然後淡化在整個小屋裡，使小屋裡洋溢著一種讓人頭腦清醒的藥香。

在深秋的夜晚，聽著窗外的秋風吹著竹林與茅屋，小紅爐使桑桑感到十分溫暖。

溫幼菊沒有立即與桑桑說話，只是看著紅爐上的藥罐，看著那裊裊飄起的淡藍色的蒸氣。她的神情，就像看著一道寧靜的風景。

桑桑第一次這樣認真地面對紅爐與藥罐。他有一種說不清楚的感覺。他好像也是挺喜歡看這道風景的。

溫幼菊往罐裡續了點清水之後，依然坐了下來。她沒有看桑桑，望著紅爐與藥罐問他：「害怕嗎？」

桑桑說不清楚他到底是害怕還是不害怕。他甚至有點渴望自己生病。但他又確實感覺到，事情似乎太嚴重了。他倒是有一種模模糊糊的孤獨感。

桑桑望著爐口上似有似無的紅焰，不說話。

「你來聽聽我的奶奶的故事吧。」溫幼菊回憶著，「我很早就失去了父母，是奶奶把我帶大的。我得永遠記住我的奶奶，永生永世。這倒不在於奶奶知我的冷熱，知我的飢飽，而在於她使我學會了活著所必要的平靜和堅韌。奶奶是個寡言的人。細想起來，奶奶沒有留給我太多的話。在我的記憶裡，最深刻的，只有她留下的兩個字：別怕。這幾乎是她留給我的全部財富，但這財富是無比珍貴的。記得我七歲時，那年冬天，我望著門前那條冰河，很想走過去。我想站在對岸，然後自豪地大聲叫奶奶，讓她來看我。但我走到冰上時，卻不敢再往前走了，雖然我明明知道，冰已結得很厚很厚。這時，我感覺到身後的岸上，站著奶奶。我沒有回頭看她，但是我能感覺到奶奶的目光——鼓勵我的目光。當我還在猶豫不決時，我聽到了她的聲音：別怕。奶奶的聲音不大，但在我聽來，卻像隆隆的雷聲。我走過去，走過去，一直走過去……我登上了對岸，回頭一看，奶奶正拄著拐棍站在寒冷的大風中。當時奶奶已經七十歲了。我沒有大聲地叫她。因爲我哭了……」

溫幼菊用鐵鈎捅了幾下爐子，爐口飛出一片細小的火星。

「十二歲那年，我生病了，非常非常嚴重的病。醫生說，我只能再活半年。那天傍晚，我獨自一人走到大堤上去，坐在一棵樹下，望著正一寸一寸地落下去的太陽。我沒有哭，但我能感覺到我的手與腳都是冰涼的。奶奶拄著拐棍來了。她沒有喊我回家，而是在我身邊坐下了。天黑了下來，四周的一切，都漸漸地被黑暗呑沒了。風越吹越大，我渾身哆嗦起來。當我抬頭去望奶奶時，她也正在望我。我在黑暗裡，看到了她的那雙慈祥的、永遠含著悲憫的眼睛。我撲到她懷裡，再也克制不住地哭泣起來。她不說話，只是用手撫摸著我的腦袋與肩頭。月亮升上來了，很慘白的一輪。奶奶說：『別怕！』我伏在她腿上，竟然睡著了……後來的日子裡，奶奶賣掉了她的一切，領著我四處治病。每當我感到絕望時，奶奶總是那句話：『別怕！』聽到這兩個字，我就會安靜下來。那時，我既不感到恐怖，也不感到悲傷。我甚至那樣想：我已見過太陽了，見過月亮了，見過麥田和風車了，見過那麼多那麼多的好人了，即使明天早上眞的走了，也沒有什麼遺憾了。我像所有那些與我年紀一樣大的女孩子一樣，覺得很快樂。奶奶每天給我熬藥。而我每天都要喝下一碗一碗的苦藥。我聽奶奶的話，從不會少喝一口。喝完了，我朝奶奶笑笑……」

溫幼菊將藥倒進一只大碗裡，放上清水，接著再熬第二服。

停頓了很久，溫幼菊才說：「十七歲那年，我考上了師範學校。也就是那年秋天，奶奶走了。奶奶活了八十歲。奶奶是爲了我，才活了八十歲的。奶奶臨走前，抓住我的手。她已說不出話來了。但我從她微弱的目光裡，依然聽到了那兩個字：『別怕！』」她沒有看桑桑，但卻把胳膊放在了桑桑的脖子上：「桑桑，別怕……」

眼淚立即汪在桑桑的眼眶裡。

溫幼菊輕輕搖著桑桑，唱起歌來。沒有歌詞，只有幾個抽象的嘆詞：

咿呀……呀，

咿呀……呀，

咿呀……喲，

喲……

喲喲，喲喲……

咿呀咿呀喲……

這幾個嘆詞組成無窮無盡的句子，在緩慢而悠長的節奏裡，輕柔卻又沉重，哀傷卻又剛強地在暖暖的小屋裡回響著。

桑桑就像一隻小船，在這綿綿不斷的流水一樣的歌聲中漂流著……

4

桑喬丟下工作，領著桑桑去蘇州城看病。一個月下來，看了好幾家醫院，用盡了所帶的錢，換得的卻是與縣城醫院一樣的結論。桑喬看過不少醫書，知道醫學上的事。隨著結論一次又一次相同，他已不再懷疑一個事實：桑桑不久後將離他而去。桑喬已不知道悲哀，只是在很短的時間內，長出一頭白髮。他總是在心裡不停地責備自己對桑桑關注得太遲了——甚至在桑桑已經病得不輕的情況下，還爲了那點榮譽就凶狠地毒打了桑桑。他對桑桑充滿了憐憫與負疚。

「這種病反而可能會被一些偏方治好。」抱著這一幻想，桑喬買了一些他深知是無用的藥，領著桑桑又回到了油麻地，從此開始了對民間絕招的尋找。這個行動開始後不久，線索就一天一天地增多，到了後來，竟有了無數條線索。就像過去緊緊抓住任何一個可獲取榮譽的機會一樣，桑喬拚命抓住這些聽來可以奪回桑桑生命的線索。

在以後的許多日子裡，油麻地的人經常看到的情景是：桑喬領著桑桑出門了，或是桑喬領著桑桑回家了。有時，是桑喬拉著桑桑的手在走路；有時，是桑喬揹著桑桑在走路。有時是當天出門當天回來，有時則一兩天或兩三天才回來。歸來時，總會有不少人走上前來觀望。人們從桑喬臉上也看到過希望，但看到更多的是深深的無望。桑喬的樣子一日比一日疲憊，而桑桑也在一日一日地消瘦。到了後來，人們再看到桑喬又從外面領著桑桑回來時，見桑喬的表情都有點木訥了。桑喬依舊沒有放棄任何一條線索，並且還在一個勁兒地尋找線索。他的行爲幾乎變成了一種機械性的行爲，能在幾天時間裡面，就踏破一雙鞋底。

油麻地的孩子們並不懂得桑桑得的究竟是一種什麼樣的病，但他們從桑桑父母的臉上和老師的臉上感覺到在桑桑的身上究竟發生了什麼。當桑桑出現時，他們總顯出不知如何看待桑桑的樣子而遠遠地站著不說話。少數幾個孩子，如禿鶴、阿恕，會走過來叫一聲「桑桑」，但很快又不知道再與桑桑說些什麼好了。那一聲「桑桑」，聲音是異樣的，親切而帶了些憐憫。

桑桑發現，他從未像今天這樣被孩子們注意。他有一種說不出的嬌氣和莫名其妙的滿足感。

他哀傷而又甜美地接受著那一雙雙祝福與安慰的目光，並擺出一副「我生病了」而不堪一擊的樣子。他忽然文靜了，衛生了，就像當初紙月到油麻地小學來讀書那會兒一樣。所不同的是，現在他又多了些嬌氣與軟弱。他心安理得地接受著大家的照顧，用感激而溫柔的目光去看著幫助著他的人。他還在斷斷續續地上課。老師們對他總是表揚，即使他的課堂回答並不理想，即使他的作業錯得太多。桑桑也並不覺得這一切有什麼不合適，只是稍稍有點害羞。

在無數雙目光裡，桑桑總能感覺到紙月的目光。

自從桑桑被宣布有病之後，紙月的目光裡就有了一種似有似無的驚恐與哀傷。她會在人群背後，悄悄地去看桑桑。而當桑桑偶然看到她的目光時，她會依舊望著桑桑，而不像往常那樣很快將目光轉到一邊去。倒是桑桑把目光先轉到了一邊。

紙月知道桑桑生病的當天，就告訴了外婆：「桑桑生病了。」

從那以後，紙月隔不了幾天，就會走進桑桑家的院子，或是放下一簍雞蛋，或是放下一籃新鮮的蔬菜。她只對桑桑的母親說一句話：「是外婆讓我帶來的。」也不說是帶給誰吃的。而桑桑的母親在與邱二媽說起這些東西時，總是說：「是紙月的外婆帶給桑桑吃的。」

那天，桑喬揹著桑桑從外面回來時，恰逢下雨，路滑橋滑。紙月老遠看到了艱難行走著的他們，就冒著雨，從操場邊的草垛上拔下了一大抱稻草，將它們厚厚地鋪在容易打滑的橋上。趴在桑喬背上的桑桑遠遠地就看到了這一切。當桑喬揹著桑桑踏過鬆軟的稻草走進校園裡，桑桑看到了站在梧桐樹下的紙月：她的頭髮已被雨水打濕，其中幾絲被雨水貼在額頭上，瘦圓的下巴上，正滴著亮晶晶的雨珠。

冬天將要結束時，桑桑的身體明顯地變壞了。他每天下午開始發燒，夜裡睡覺時，動不動就一身虛汗，就像剛被從水中打撈出來一般。早晨起來，桑桑有一種輕飄飄的感覺，彷彿自己不久就會像他的鴿子一樣飄入空中。也就在這越來越感到無望的日子裡，桑喬帶著桑桑去外地求醫時，偶然得到一個重要的線索：在離油麻地一百多里地的一個叫牙塘的地方，有個老醫生，得祖傳的醫術與祕方，專治桑桑的這種病，治好了許多人。

這天，桑喬領著桑桑再一次出發了。

才開始，桑桑是拒絕出發的。他大哭著：「我不去！我不去！」他不想再給自己治病了。這些日子，他已吃了無數的苦頭。苦藥，他已不知喝下了多少碗。他甚至勇敢地接受了火針。一根那麼長的針，燒得通紅，向他脖子上的腫塊直扎了下去……

又是溫幼菊將他叫進了她的「藥寮」，她什麼也沒有說，只是像她的奶奶當年那樣，對桑桑說了一句話：「別怕！」然後，就坐在紅泥小爐的面前，望著藥罐，唱起那天晚上唱的那首無詞的歌……

文弱的溫幼菊，給了他神祕的力量。

一路上，桑桑的耳邊總能聽到那支歌。

隨著與牙塘距離的縮短，事情似乎變得越來越有希望。桑喬一路打聽著，而一路打聽的結果是：那個希望之所在，越來越清晰，越來越確定，越來越讓人堅信不移。人們越來越仔細地向他們描述著那個叫高德邦的老醫生的家史以及高家那種具有傳奇色彩的醫療絕招。桑喬甚至碰到了一個曾被高德邦治好的病人。那是一個四十多歲的病人，他看了一下桑桑的腫塊說：「和我當時的腫塊一模一樣，也是長在脖子上。」然後他一邊向桑喬訴說著高德邦的神奇，一邊讓桑喬看他的脖子——光溜溜的沒有任何病相的脖子。看了這樣的脖子，桑喬笑了，並流下淚來。他朝他背上桑桑的屁股上使勁地打了兩下。

而早已覺得走不動路的桑桑，這時要求下來自己走路。

桑喬同意了。

他們是在第三天的上午，走到牙塘這個地方的。當從行人那裡認定了前面那個小鎮就是牙塘時，他們卻站住不走了，望著那個飄著炊煙的、房屋的屋頂幾乎是清一色的青瓦蓋成的小鎮。在桑喬眼裡，這個陌生而普通的小鎮，成了讓他靈魂戰慄的希望之城。牙塘！牙塘！

他在心中反覆念叨著這個字眼，因爲它與兒子的生命休戚相關。

桑桑覺得父親一直冰涼乾燥的手，現在出汗了。

他們走進鎮子。

但僅僅是在半個小時之後，父子倆的希望就突然破滅了——

他們在未走進高家的院子之前，就已在打聽高德邦家住哪兒時聽到了消息：「高德邦去年就已經去世了。」但桑喬還是拉著桑桑，堅持著走進了高家院子。接待他們的是高德邦的兒子。當他聽明白了桑喬的來意之後，十分同情而不無遺憾地說：「家父去年秋上過世了。」並告訴桑喬，高德邦是突然去世的。他們家誰也沒有從高德邦那裡承接下祖上那份醫術。桑喬聽罷，不知道自己是怎樣拉著桑桑的手走出高家的院子的。

當天，桑喬沒有領著桑桑回家，而是在鎭上找了一家小旅館住下了。他突然地感到，他已再也抵擋不住沉重的疲倦。他兩腿發軟，已幾乎走不動路了。

桑桑也已疲倦不堪，進了小旅館，和父親一道上了床，倒頭就睡。

5

桑喬和桑桑回到油麻地小學時，全校師生正在大掃除。地已掃得很乾淨了，但還在掃；玻璃已擦得很亮了，但還在擦。見了桑喬，從老師到學生，都一臉歉意。因爲一直掛在油麻地小學辦公室牆上的那面流動紅旗，在這兩天進行的各學校互評中，被別的學校摘去了：油麻地小學從外部環境到教學秩序，一片混亂。昨天，當這面紅旗被摘掉後，老師們立即想起了此時此刻正揹著桑桑走在路上的桑喬，一個個都在心裡感到十分不安，他們甚至有一種犯罪感。因此，今天從一早上就開始整理校園。他們要在桑喬和桑桑回來之前，將油麻地小學恢復到桑喬未丟下工作之前的水平。

桑喬知道了這一切，苦笑了一聲。

春天到了。一切都在成長，露出生機勃勃的樣子。但桑桑卻瘦成了骨架。桑桑終於開始懵懵懂懂地想到一個他這麼小年紀上的孩子很少有機會遇到的問題：突然就不能夠再看到太陽了！他居然在一天之中，能有幾次想到這一點。因爲，他從所有的人眼中與行爲上看出了這一點：大家都已經預感到這不可避免的一天，在憐憫著他，在加速加倍地爲他做著一些事情。他常常去溫幼菊那兒。他覺得那個小屋對他來說，是一個最溫馨的地方。他要聽溫幼菊那首無詞歌，默默地聽。他弄不明白他爲什麼那樣喜歡聽那首歌。

他居然有點思念大家都不願意看到的那一天。那時，他竟然一點也不感到害怕。因爲在想著這一天的情景時，他的耳畔總是飄蕩著溫幼菊的那首無詞歌。於是，在他腦海裡浮現的情景，就變得一點也不可怕了。

桑喬從內心深處無限感激溫幼菊。因爲是她給了他的桑桑以平靜，以勇氣，使兒子在最後的一段時光裡，依然那樣美好地去看一切，去想明天。

桑桑對誰都比以往任何時候顯得更加善良。他每做一件事，哪怕是幫別人從地上撿起一塊橡皮，心裡都爲自己而感動。

桑桑願意爲人做任何一件事情：幫細馬看羊，端上一碗水送給一個飢渴的過路人……他甚至願意爲羊，爲牛，爲鴿子，爲麻雀們做任何一件事情。

這一天，桑桑坐到河邊，想讓自己好好想一些事情——他必須抓緊時間好好想一些事情。

一隻黃雀站在一根剛剛露了綠芽的柳枝上。那柳枝太細弱了，不能讓黃雀站立，幾次彎曲下來。黃雀不時地拍著翅膀，以減輕對柳枝的壓力。

柳柳走來了。

自從桑桑被宣布有病之後，柳柳變得異常乖巧，並總是不時地望著或跟著桑桑。

她蹲在桑桑身邊，歪著臉看著桑桑的臉，想知道桑桑在想些什麼。

柳柳從家裡出來時，又看見母親正在向邱二媽落淚，於是問桑桑：「媽媽爲什麼總哭？」

桑桑說：「因爲我要到一個很遠很遠的地方去。」

「就你一個人去嗎？」

「就我一個人。」

「我和你一起去，你帶我嗎？」

「那個地方，只有我能去。」

「那你能把你的鴿子帶去嗎？」

「我帶不走牠們。」

「那你給細馬哥哥了？」

「我已經和他說好了。」

「那我能去看你嗎？」

「不能。」

「長大了，也不能嗎？」

「長大了，也不能。」

「那個地方好嗎？」

「我不知道。」

「那個地方也有城嗎？」

「可能有的。」

「城是什麼樣子？」

「城……城也是一個地方，那地方密密麻麻的有很多很多房子，有一條一條的街，沒有田野，只有房子和街……」

柳柳想像著城的樣子，說：「我想看到城。」

桑桑突然想起，一次他要從柳柳手裡拿走一根燒熟了的玉米，對她說：「你把玉米給我，過幾天，我帶你進城去玩。」柳柳望望手中的玉米，有點捨不得。他就向柳柳好好描繪了一通城裡的好玩與熱鬧。柳柳就把玉米給了他。他拿過玉米就啃，還沒等把柳柳的玉米啃掉一半，就忘記了自己的諾言。

桑桑的臉一下子紅了……

第二天，桑桑給家中留了一張紙條，帶著柳柳離開了家。他要讓柳柳立即看到城。

到達縣城時，已是下午三點。那時，桑桑又開始發燒了。他覺得渾身發冷，四肢無力。但，他堅持拉著柳柳的手，慢慢地走在大街上。

被春風吹拂著的縣城，似乎比以往任何時候都要迷人。城市的上空，一片純淨的藍，太陽把城市照得十分明亮。街兩旁的垂柳，比鄉村的垂柳綠得早，彷彿飄著一街綠煙。一些細長的枝條飄到街的上空，不時拂著街上行人。滿街的自行車，車鈴聲響成密密的一片。

柳柳有點恐慌，緊緊抓住桑桑的手。

桑桑將父親和其他人給他的那些買東西吃的錢，全都拿了出來，給柳柳買了各式各樣的食品。還給她買了一個小布娃娃。他一定要讓柳柳看城看得很開心。

桑桑的最後一個節目，是帶柳柳去看城牆。

這是一座老城。在東南面，還保存著一堵高高的城牆。

桑桑帶著柳柳來到城牆下時，已近黃昏。桑桑仰望著這堵高得似乎要碰到天的城牆，心裡很激動。他要帶著柳柳沿著台階登到城牆頂上，但柳柳走不動了。他讓柳柳坐在了台階上，然後脫掉柳柳腳上的鞋。他看到柳柳的腳底板打了兩個豆粒大的血泡。他輕輕地揉了揉她的腳，給她穿上鞋，蹲下來，對她說：「哥哥揹你上去。」

柳柳不肯。因爲母親幾次對她說，哥哥病了，不能讓哥哥用力氣。

但桑桑硬把柳柳拉到背上。他吃力地揹起柳柳，沿著台階，一級一級地爬上去。不一會兒，冷汗就大滴大滴地從他的額上滾了下來。

柳柳用胳膊摟著哥哥的脖子，她覺得哥哥的脖子裡淨是汗水，就掙扎著要下來，但桑桑緊緊地摟著她的腿不讓她下來。

那首無詞歌的旋律在他腦海裡迴旋著，嘴一張，就流了出來：

咿呀……呀，

咿呀……呀，

咿呀……喲，

喲……

喲喲，喲喲……

咿呀咿呀喲……

登完一百多級台階，桑桑終於將柳柳揹到城牆上了。

往外看，是大河，是無邊無際的田野；往裡看，是無窮無盡的房屋，是大大小小的街。

城牆上有那麼大的風，卻吹不乾桑桑的汗。他把腦袋伏在城牆的空隙裡，一邊讓自己休息，一邊望著遠方：太陽正在遙遠的天邊一點一點地往下落……

柳柳往裡看看，往外看看，看得很歡喜，可總不敢離開桑桑。

太陽終於落盡。

當桑喬和蔣一輪等老師終於在城牆頂上找到桑桑和柳柳時，桑桑幾乎無力再從地上站起來了……

6

桑桑脖子上的腫塊在迅速地增大。離醫生預見的那個日子，也已越來越近。但無論是桑桑還是父母以及老師們，反而比以往任何時候都顯得平靜。桑喬不再總領著桑桑去求醫了。他不願再看到民間醫生那些千奇百怪的方式給桑桑帶來的肉體的痛苦。他想讓桑桑在最後的時光裡不受打擾，不受皮肉之苦，安安靜靜地活著。

在這期間，發生了一件事情：紙月的外婆去世了。

桑桑見到紙月的小辮上紮著白布條，是在小橋頭上。那時，桑桑正趴在橋欄杆上望著池塘裡剛剛鑽出水面的荷葉尖尖。

紙月走過之後，那個白布條就在他眼中不時地閃現。桑桑很傷感，既爲自己，也爲紙月。一連幾天，那根素淨的白布條總在他眼前飄動。這根飄動的白布條，有時還獨立出來，成爲一個純粹而優美的情景。

夏天到了，滿世界的綠，一日濃似一日。

這天，桑喬從黑暗中的牆上摘下獵槍，然後反覆擦拭著。他記得幾年前的一天，桑桑曾望著牆上掛著的這支獵槍對他說：「爸，帶我打獵去吧。」桑喬根本沒有理會他，並告誡他：「不准在外面說我們家有支獵槍！」桑桑問：「那爲什麼？」桑喬沒好氣地說：「不爲什麼！」後來，桑喬幾次感覺到桑桑有一種取下獵槍去打獵的願望。但他用冷冷的目光熄滅了桑桑的念頭。現在，他決定滿足兒子的願望。他不再在乎人們會知道他從前是一個低賤的獵人。

桑喬要帶桑桑好好打一回獵。

打獵的這一天，天氣非常晴朗。

桑喬完全是一副獵人的打扮。他頭戴一頂草帽，腰束一根布帶。布帶上掛著一竹筒火藥，褲管也用布束了起來。當他從校園裡走過時，老師和學生們竟一時沒有認出他來。他已一點也不再像斯文的「桑校長」了。

走過田野時，有人在問：「那是誰？」

「桑校長。」

「別胡說了，怎麼能是桑校長？」

「就是桑校長！」

「桑校長會打獵？」

「怕是從前打過獵。」

桑喬聽到了，轉過身來，摘下草帽，好像想讓人看個清楚：我就是桑喬。桑桑跟在父親身後，心裡很興奮。

桑喬選擇了桑田作爲獵場。

一塊很大很大的桑田。一望無際的桑樹，棵棵枝繁葉茂，還未走近，就聞到桑葉特有的清香。沒有一絲風，一株株桑樹，好像是靜止的。

桑桑覺得桑田太安靜了，靜得讓他不能相信這裡頭會有什麼獵物。

然而，桑喬一站到田頭時，臉上就露出了微笑：「別出聲，跟著我。」

桑喬從肩上取下槍，端在手中，跑進了桑田。

桑桑很奇怪，因為他看到父親在跳進桑田時，彷彿是飄下去的，竟然沒有發出一點聲音。倒是他自己儘管小心翼翼，雙腳落地時，還是發出了一絲聲響。

桑喬端著槍在桑樹下機敏而靈活地走著。

桑桑緊張而興奮地緊緊跟隨著。自從他被宣告有病以來，還從未有過這種心情。

桑喬轉過頭來，示意桑桑走路時必須很輕很輕。

桑桑朝父親點點頭，像貓一般跟在父親身後。

桑喬突然站住不走了，等桑桑走近後，把嘴幾乎貼在桑桑的耳朵上：「那兒有兩隻野雞！」

桑桑順著父親的手指，立即看到在一棵桑樹的下面，一隻野雞蹲在地上，一隻野雞立在那裡。都是雄雞，頸很長，羽毛十分好看，在從桑葉縫隙裡篩下的陽光下一閃一閃地亮，彷彿是兩個稀罕的寶物藏在這幽暗的地方。桑桑的心在撲通撲通地跳，讓桑桑覺得它馬上就要跳出來了，他立即用手緊緊捂住嘴，兩隻眼睛則死死盯住桑樹下的那兩隻野雞。

桑喬仔細檢查了獵槍，然後小聲地對桑桑說：「我點一下頭，然後你就大聲地喊叫！」

桑桑困惑地望著父親。

「必須把牠們轟趕起來。翅膀大張開，才容易擊中。」

桑桑似乎明白了，朝父親點了點頭，眼一眨不眨地看著父親。一見到父親點頭，他就猛地朝空中一跳，大聲叫喊起來：「噭——噭——」

兩隻野雞一驚，立即搧動翅膀向空中飛去。野雞的起飛，非常笨拙，加上桑樹的稠密，牠們好不容易才飛出桑林。

桑喬的槍口已經對準野雞。

「爸，你快開槍呀！」

桑喬卻沒有開槍，只是將槍口緊緊地隨著野雞。

野雞搧動著翅膀，已經飛到四、五丈高的天空中。陽光下，五顏六色的羽毛閃閃發光，簡直美麗極了。

桑喬說了一聲「將耳朵捂上」，少頃，開槍了。

桑桑即使用雙手捂住了耳朵，仍然覺得耳朵被槍聲震痲了。他看到空中一片星星點點的火花，並飄起一縷藍煙。隨即，他看到兩隻野雞在火花裡一前一後地跌落下來。他朝牠們猛跑過去。桑樹下，他分別找到牠們。然後，他一手抓了一隻，朝父親跑過來，大聲叫著：「爸爸！爸爸！你看哪！」他朝父親高高地舉起那兩隻野雞。

桑喬看到兒子那副高興得幾乎發狂的樣子，抓著獵槍，兩眼頓時濕潤了……

7

打獵後大約一個星期，紙月走進桑桑家的院子。桑桑不在家。紙月把一個布包包交給桑桑母親：「師娘，等桑桑回來，交給桑桑。」

桑桑的母親打開布包，露出一個書包來。那書包上還繡了一朵好看的紅蓮。那紅蓮彷彿在活生生地開放著。

「書包是我媽做的，可結實了，能用很多年很多年。」紙月把「很多年很多年」重重地說著。

桑桑的母親明白紙月的心意，心一熱，眼角上就滾下淚珠來。她把紙月輕輕攏到懷裡。桑桑的母親最喜歡的女孩兒就是紙月。

紙月走了。但走出門時，她轉過頭來，又深情地看了一眼桑桑的母親，並朝桑桑的母親搖了搖手，然後才離去。

從外面回來的桑桑，在路上遇見了紙月。

桑桑永遠改不了害羞的毛病。他低著頭站在那兒。

紙月卻一直看著桑桑。

當桑桑終於抬起頭來時，他看到紙月不知爲什麼兩眼汪滿了淚水。

紙月走了。

桑桑覺得紙月有點異樣，但他說不清楚她究竟是爲什麼。

第二天，紙月沒有來上學。第三天、第四天，紙月仍然沒有來上學。

第四天晚上，桑桑聽到消息：紙月失蹤了，與她同時失蹤的還有浸月寺的慧思和尚。

不知爲什麼，桑桑聽到這個消息時，並不感到事情有多麼蹊蹺。

板倉地方上的人，似乎也不覺得事情有多麼蹊蹺。他們居然根本就沒有想到要把這件事報告給上頭，彷彿有一對父女，偶然地到板倉住了一些日子，現在不想再住了，終於回故鄉去了。

過了些日子，桑桑對母親說出去玩一會兒，卻獨自一人走到了浸月寺。

寺門關著。四周空無一人，只有寺廟的風鈴，在風中寂寞地響著。

桑桑坐在台階上，望著那條穿過林子的幽靜小道。他想像著紙月獨自一人走到寺廟來的樣子。不知爲什麼，他在心裡認定了，紙月是常常從這條小道上走進寺院的。那時，她心中定是歡歡喜喜的。

桑桑陷入了困惑與茫然。人間的事情實在太多，又實在太奇妙。有些他能懂，而有些他不能懂。不懂的也許永遠也搞不懂了。他覺得很遺憾。近半年時間裡發生的事情，似乎又尤其多，尤其出人意料。現在，紙月又突然地離去了。他不知道，是不是所有的人，都是在這一串串輕鬆與沉重、歡樂與苦澀、希望與失落相伴的遭遇中長大的。

他在台階上坐了很久。有一陣子，他什麼也不去想，就光聽那寂寞的風鈴聲。

8

桑桑堅持上學，並揹起紙月送給他的書包。他想遠方的紙月會看到他揹著這個書包上學的。他記著母親轉述給他的紙月的話——「很多年很多年」。他在心裡暗暗爭取著，絕不讓紙月失望。

桑桑比以往任何時候都顯得剛強。

仲夏時節，傳來一個消息，有人在江南的一座美麗的小城看到了紙月與慧思和尚。那小城本是慧思的故鄉。他已還俗了。

也是在這一時節，油麻地來了一個外地的郎中。當有人向他說起桑桑的病後，他來到了油麻地小學。看了桑桑的病，他說：「我是看不了這個病，但我知道有一個人能看。他是看這個病的高手。」於是，留了那個高手的姓名與地址。

桑喬決定再帶著桑桑去試一下。

那個地方已出了本省。父子倆日夜兼程，三天後才找到那個地方。那個高手已是八十多歲的老人。他已不能站立，只是癱坐在椅子上，腦袋穩不住似的直晃悠。他顫顫抖抖地摸了摸桑桑脖子上的腫塊，說：「不過就是鼠瘡。」

桑喬惟恐聽錯了：「您說是鼠瘡？」

「鼠瘡。」老人口授，讓一個年輕姑娘開了處方，「把這藥吃下去，一日都不能間斷。七天後，這孩子若是尿出棕色的尿來，就說明藥已有效應了。帶孩子回去吧。」

桑喬憑他的直覺，從老人的風骨、氣質和那番泰然處之的樣子上，認定這一回眞的遇上高手了。他向老人深深鞠了一躬，並讓桑桑也深深鞠了一躬。

此後，一連幾個月，桑桑有許多時間是在溫幼菊的「藥寮」裡度過的。

溫幼菊對桑桑的父母說：「我已熬了十多年的藥，我知道藥該怎麼熬。讓我來幫你們看著桑桑喝藥吧。」她又去買了一只瓦罐，作爲桑桑的藥罐。紅泥小爐幾乎整天燃燒著。

溫幼菊輪番熬著桑桑的藥和她自己的藥，那間小屋整天往外飄著藥香。

一張桌子，一頭放了一張椅子。在一定的時刻，就會端上兩只大碗，碗中裝了幾乎滿滿一下子熬好的中藥。溫幼菊坐一頭，桑桑坐一頭。未喝之前十幾分鐘，他們就各自坐好，守著自己的那一碗藥，等它們涼下來好喝。

整個喝藥的過程，充滿了莊嚴的儀式感。

桑桑的藥奇苦。那苦是常人根本無法想像的。但是，當他在椅子上坐定之後，就再也沒有一絲恐怖感。他望著那碗棕色的苦藥，耳畔響著的是溫幼菊的那首無詞歌。此時此刻，他把喝藥看成了一件悲壯而優美的事情。

七天後，桑喬親自跟著桑桑走進廁所。他要親眼觀察桑桑的小便。當他看到一股棕色的尿從桑桑的兩腿間細而有力地沖射出來時，他舒出一口在半年多時間裡一直壓抑於心底的濁氣，頓時變得輕鬆了許多。

桑喬對溫幼菊說：「拜託了。」

溫幼菊說：「這將近半年的時間裡，你們，包括紙月在內的孩子們，讓桑桑看到了許多這世界上最美好的東西，他沒有理由不好好吃藥。」

一個月後，桑桑的脖子上的腫塊開始變軟並開始消退。

就在桑桑臨近考初中之前，他脖子上的腫塊居然奇蹟般地消失了。

這天早晨，桑喬手托獵槍，朝天空扣動了扳機。

桑喬在打了七槍之後，把獵槍交給了桑桑：「再打七槍！」

桑桑抓起那支發燙的獵槍，在父親的幫助下，將槍口高高地對著天空。當十四聲槍響之後，桑桑看著天空飄起的那一片淡藍色的硝煙，放聲大哭起來。

桑桑雖然沒有死，但桑桑覺得已死過一回了。

桑桑久久地坐在屋脊上。

桑桑已經考上了中學。桑喬因爲工作出色，已被任命到縣城邊上一所中學任校長。桑桑以及桑桑的家，又要隨著父親去另一個陌生的地方。

桑桑去了艾地，向奶奶作了告別。桑桑向蔣一輪、溫幼菊、杜小康、細馬、禿鶴、阿恕……幾乎所有的老師和孩子們，也一一作了告別。

桑桑無法告別的，只有紙月。但桑桑覺得，他無論走到哪兒，紙月都能看到他。

油麻地在桑桑心中是永遠的。

桑桑望著這一幢一幢草房子，淚眼朦朧之中，它們連成了一大片金色。

鴿子們似乎知道牠們的主人將於明天一早丟下牠們永遠地離去，而在空中盤旋不止。最後，牠們首尾相銜，彷彿組成了一只巨大的白色花環，圍繞著桑桑忽高忽低地旋轉著。

桑桑的耳邊，是鴿羽劃過空氣時發出的好聽的聲響。他的眼前不住地閃現著金屬一樣的白光。

一九六二年八月的這個上午，油麻地的許多大人和小孩，都看到了空中那只巨大的旋轉著的白色花環……

作品賞析

談《草房子》裡的人物

兒童文學作家
馬景賢

從《紅葫蘆》到《草房子》，在曹文軒的作品裡，大都是以描寫貧困孩子童年歲月生活爲背景的故事。這對現代的少年兒童讀者來說，似乎有些隔閡，但在「如何使孩子感動」的理念下，作者認爲雖然「在環境不斷改變下，今天的孩子與昨天的孩子，甚至明天的孩子相比，本性是不會有什麼改變。」像故事中桑桑暗暗喜歡紙月那種純眞無邪的感情，永遠不會受到環境變遷而改變的。從文學就是文學的觀點看，這道理是正確的。

《草房子》是寫桑桑在油麻地小學六年裡的學校生活。在兒童文學作品裡這是常見的題材，但能像《草房子》寫得有深度的作品並不多見，而其最成功的是故事中人物的刻畫。人物在故事中占有重要的地位，而有人就有問題，因此人物的刻畫成功是傑出作品的重要關鍵，因此，有許多名著提到作品就會讓人想到書中的人物，像《水滸傳》裡的武松、魯智深，《阿Q正傳》裡的「阿Q」，相信《草房子》裡的桑桑，也會在讀者的心中留下深刻的印象。

桑桑是個心地善良的孩子，願意幫助人做任何事。在書中出現的人物還有不甘受辱的禿鶴、桑桑喜歡而身世成謎的紙月、吹笛子向白雀求愛的老師蔣一輪、邱二爺和他收養的義子細馬、由富而貧的杜小康、死守草房子那塊地不放的秦大奶奶、愛榮譽的校長桑喬、小氣鬼谷葦，其他像故事中輕輕帶過的慧思和尚，每個人物的一舉一動，都會給人留下忘不了的印象。所以說桑桑這個角色成功，倒不如說是其他人物在故事中，把桑桑烘托得更生動感人。

桑桑從看到寫得一手好字的紙月後，立刻從一個邋裡邋遢的人，變成一個愛乾淨的人。他父親桑喬都感嘆地說：「我們的桑桑怎麼變文雅起來了。」桑桑為了引起紙月的注意，在碼頭上不停地跳，又顫顫抖抖地大唱鄉謠。紙月受人欺負他抱不平，桑桑打不過敵人又不甘在紙月面前丟人，作者不寫桑桑心中的恐懼，而寫桑桑的「兩條腿卻如風中的枝條，瑟瑟發抖，他甚至想放下手裡的磚頭，到大樹背後撒泡尿，因為他感覺到他的褲子已經有點潮濕了。」看看這樣描寫有多幽默而傳神。從心理上可以了解到，孩子和成人一樣，那種需要愛和被愛的欲望是一樣的強烈。

桑桑對人的愛與關懷，是用行動表示，而不是冗長的文句。蔣一輪老師和白雀的一段感情故事，桑桑樂於擔任傳信人，扮演一個重要角色，因為白雀最重要的一封信沒傳到蔣一輪手中，造成桑桑內心永遠無法彌補的遺憾。作者對蔣一輪和白雀之間的感情也是筆法相當細膩，有些場景眞是美極了，沒有說過一句粗俗的情話。同時桑桑旁觀成人間的感情，也在暗示著桑桑心理的成長。

紅門富家的杜小康，父親經商失敗，原來和桑桑是對頭，但桑桑在杜小康最困難的時候非常關懷他。杜小康想上學不行，到學校偷課本，桑桑爲他保密；杜小康要賣文具爲生，桑桑把最喜愛的鴿子賣掉給他當本錢；在桑桑生病的時候，杜小康用籃子提了五個雙黃鴨蛋，而且那是杜小康爸爸養鴨失敗最後的財產。這種具象地、生動地描寫兩個人之間的友情相當不錯。

在對比之下，那個要跟白雀結婚的谷葦，在人格上要比桑桑差多了。作者不寫谷葦吝嗇，而是寫他請白雀父親和白雀進城時，在小攤子上吃水餃，碗裡少一個水餃時，他要人家補，但是另外一碗中多了三個水餃他卻不吭聲了。谷葦在書中頂多算個小配角，但作者用這樣的一個小場面，把一個人的個性刻畫得這麼淋漓盡致，是相當高明而用心的。

小蠻子細馬，是邱二爺從南方要來的繼子，常常受人戲弄的禿鶴都敢對他不禮貌，跟著同學叫他「小蠻子」。因爲細馬的南方話大家聽不懂，他也聽不懂別人說的話，在一個陌生的語言世界裡，他不甘受人譏笑，情願去放羊也不去上學。但細馬誰都不怕，可是對桑桑卻很順從。當細馬要回南方的時候，作者不說桑桑難過流淚，而寫「桑桑不知道說什麼好，就在那兒傻站著。」在細馬艱困生活中，桑桑其實也在跟著成長。桑桑在故事裡說話不多，他的成長是在他得病時候，跟妹妹柳柳一段談話是最長的，充分表示桑桑不怕面對死亡的堅強心理。

在《草房子》裡還有一個讓人難忘的人物，那就是秦大奶奶，寫她守著草房子那塊地不放，她不吵不鬧，就在苗園地上打滾兒。在《草房子》整個情節中，秦大奶奶也是一個刻畫得相當成功的人物，從她身上可以看到傳統中國社會中早已失去的美德。

《草房子》情節感人，每個章節都可以獨立成一個故事，整本書又是一個完整的、細膩的藝術品，故事裡還有故事，尤其在結尾時候，桑桑對紙月的感情，雖然著墨不多，但比蔣一輪和白雀之間的感情更動人。紙月失蹤了，浸月寺的慧思和尚也失蹤了。桑桑看看寺門關著，四周空無一人，只有寺廟裡的風鈴在風中寂寞地響著。在故事高潮時作者揭開紙月身世之謎，桑桑似懂非懂，但看他揹著紙月送給他書包上學的樣子，桑桑眞的長大了。

曹文軒先生是個負有使命感的人，他擅長運用季節的變化烘托故事情節，而蘆葦幾乎是常常出現在他的故事裡，討論曹文軒作品時，這是値得細細研究的，因爲那蘆葦也許象徵著一個衰落的民族，或是一群貧困的孩子。他說過：「孩子是民族的未來，兒童文學作家是民族未來性格的塑造者。」了解這一點，就會了解他爲什麼會寫出《草房子》這樣的作品了。

在衝突中成長

——關於《草房子》的點點滴滴

兒童文學評論者
張子樟

一

「衝突」是小說情節最重要的特徵。有了衝突，人物的個性便能充分展現。評論家布魯克斯彭華倫說：「衝突與人物的關係最爲密切，因爲我們對非人之間的衝突，無法維持長期的興趣。」爲了凸顯人物的個性，作家常安排不同對象、不同程度的衝突來帶動故事的情節。少年小說亦是如此，曹文軒的《草房子》以衝突爲故事基調，詮釋了人性的不同層面。

小說中的衝突可略分爲個人與自我的衝突、個人與社會的衝突、個人與個人的衝突、個人與自然的衝突、個人與上帝的衝突五種。曹文軒的這本作品把主要衝突安排在前三種。作者藉著「衝突是小說的靈魂」的理念，以如細針般的筆觸，編織成一面完整的網，網上呈現的是一幅幅感人肺腑的圖像。

二

在個人與自我衝突中，作者對於桑桑著墨較多。透過他與杜小康之間的摩擦、較勁與諒解過程中，小男孩成長中的自我衝突表現無遺。他擔任蔣老師與白雀的「地下交通員」，雖然心甘情願，但有時難免覺得矛盾，行事方式便出了偏差。兩人的戀情沒有結果，桑桑不是主要的關鍵人物，但也有部分責任。

禿鶴、細馬與杜小康三人的成長過程中，同樣面臨了個人與自我的衝突。禿鶴的生理缺陷（禿頭）、細馬的學習能力不足與杜小康的家道中落，造成三人與自我的衝突。由於環境的不適與壓力，三人經常處於兩難困境。內心一番掙扎後，轉而變成個人對抗個人或個人對抗社會的衝突。所以禿鶴在不同場合展示報復心態，細馬以不停揹麥捆呈現對邱二媽的不滿，杜小康起初無法接受父親事業的敗落，一度把憤恨加在前來索債的人，雖然沒有直接的行動，但行爲舉止卻透露了他的厭恨與不滿。

作者以不同方式描繪這幾個人物如何在衝突中成長。桑桑除了目睹衆人在現實生活的起伏外，一場大病拉近了他與父親的距離，並且讓他體驗生命的眞義。禿鶴毛遂自薦參加《屠橋》的演出，憑著優異的演技與全力的投入，扭轉了全校師生對他的印象，他與社會的衝突降到最低點。細馬在洪水毀家、邱二爺過世、邱二媽出走後，體認到他應盡的責任。他花了七天把失憶的邱二媽找回，送醫治病、賣樹、牧羊，扛起振興邱家的重擔。杜小康在經歷內在與外來、生理與心理的種種困擾與折磨後，依然挺立不倒。難怪桑喬看到他在校門口出售小商品，不得不說：「日後，油麻地最有出息的孩子，也許就是杜小康。」

三

在無數衝突的後面，我們仍然感受到熠熠生輝的人生光明面。幾位老婦人的故事傳達了溫馨的親情。秦大奶奶在幾次護屋抗爭中，表現了頑固倔強的個性，但跳水撈救小女孩喬喬一事，扭轉了衆人的成見。她成爲所有學子樂於接近的奶奶，最後爲了學校的一個南瓜而落水過世，讓油麻地小學的師生永遠懷念她。紙月的外祖母對女兒不婚懷孕一事，沒有任何言語。紙月出生，女兒投水自殺後，她默默無言把紙月拉拔養大，無怨無悔，充分呈現了傳統社會中婦女的認命心態。〈藥寮〉中爲桑桑熬藥的溫幼菊老師也是奶奶帶大的。她教導孫女「學會了活著所必要的平靜和堅韌」。不管是過河或生病，她總是以「別怕」兩字來安慰孫女，讓孫女安然度過難關。這三位奶奶的無私奉獻傳遞了人間的至上情操，給後代子孫樹立了良好典範。

四

作者另一個傳達的訊息是人的生死問題。紙月母親、秦大奶奶、邱二爺的死亡，給許多相關的人某種啓示。杜雍和瀕臨死亡，讓杜小康體驗人生無常的消長、盛衰與榮辱過程。桑桑受困於鼠瘡，在死亡邊緣徘徊。他的抗爭與父親鍥而不捨的努力，終於挽回寶貴的生命，使桑桑更能深刻體會生命的莊嚴意義。

爲了以不同形式呈現衝突中的成長，作者把全書分成九章，每一章都可以單獨成篇，因爲章章都有完整的人物與情節。桑桑擔任的是串場的角色，他雖不是每章的主角，但不能沒有他。由於他的進進出出，九章才能連成一氣，故事才算完整。然而，作者並沒有只透過桑桑的雙眼來觀察世間百態，他採用了比較容易駕御的全知觀點，這方面依然不脫傳統小說的特色。書中每個角色都與桑桑有牽連，桑桑的一舉一動都會牽動其他角色的命運。書中處處都找得到細膩精緻文字組成的段落（例如桑桑與紙月如何利用肢體語言傳達對對方的關心），讀者細讀此書後，必定會感受到作者對寫作的執著、用心與功力。

發現之旅

東海大學中文系副教授
許建崑

如果你已經從「油麻地」回來，看過了曹文軒叔叔筆下的世界，一定有許多感想要找個人分享；眞的，純樸的鄉野世界，艱辛的生活環境，人們辛苦地工作，無可奈何地被傷害，或者是無心地傷害了他人，但這些都不能掩蓋他們天眞、燦爛、善良和奮鬥的本性。你好愛他們，不管是桑桑、柳柳、禿鶴、紙月、杜小康、白雀、細馬，還是邱二媽、蔣老師和桑校長，所有的人物都鮮活地在你的面前哭過、笑過、愛過，同時也錯過。

油麻地，在想像裡，應該是長滿三、四尺高的草本植物，一望無垠。開花的時候，葉腋下冒出白色帶有紫暈的小花，倒可以和苦楝樹上淡紫的花朵相映襯呢。油麻地小學，四面環水，十幾幢草房子，關不住孩子的歡笑聲。而桑桑，那個喜歡養鴿子的男孩，校長的兒子，首先出來迎接你。他的鬼點子特多，像是拿碗櫥去釘鴿籠，拿蚊帳去當魚網，敲破鐵鍋去換錢買糖，把禿鶴的白帽子掛在旗杆上，和杜小康在打麥場玩火，簡直讓人哭笑不得。

但這些事件，還比不上曹叔叔自身的故事。據他的妹妹說，小時考師院，因爲體重還差兩公斤，過不了體檢。曹叔叔就找來兩個大西瓜，要她當場吃下，直到體重及格爲止。你會爲曹叔叔的聰明機智，笑彎了腰。桑桑，不就是曹叔叔的化身嗎？他愛養鴿子，個性調皮搗蛋，爸爸又曾經是鄉間小學的校長，是個「如假包換」的影子人物。

書中人物，或許眞正存在過，但在曹叔叔的筆下，都給藝術化、形象化了。陸鶴，才小孩子就禿了頭，所以叫他「禿鶴」；要是他伸長了脖子站在同學之間，眞成了「鶴立雞群」。他有點孤獨，想要「表現」，吸引別人注意，可是表現得過火，又讓人討厭。這樣的惡性循環，終於被解開了。一場話劇演出，禿鶴演活了一個非他莫屬的禿頭連長。表演結束，同學來尋他慶祝，他哭得傷心，哭得嚎啕，有些同學也陪著他哭了。哭，眞能治百病嗎？

紙月，水靈靈的女孩，卻有一段隱忍難言的身世。爲了逃避鄉裡頑童欺負，外祖母送她來油麻地讀書。她，聰明巧慧，令人憐愛，照顧桑桑的妹妹柳柳，還會教人朗讀歌謠，也是戲劇中最適當的女主角。桑桑爲了她，有些「神魂顚倒」；那是純潔的愛吧！相對的，文藝宣傳隊的女主角白雀，與年輕老師蔣一輪有段纏綿悱惻的情感，叫人覺得「愛情眞悲苦」！

愛情悲苦，其實還比不上生活種種。秦大奶奶和丈夫努力了數十年，買下土地。當麥苗第一度長大，還來不及收割，就失去了丈夫，接著土地被「徵收」。一切的一切，只有留下悲哀和仇恨。她百般阻撓小學蓋在她的土地上，決心與校長周旋到底。這樣的僵局，竟因爲一個小女孩跌入水中，老奶奶捨命救人，大家露出敬愛眼神的那一刻，完全打破。原來，人和人之間，就只需講求這點「情義」吧！

出身富家的杜小康和投靠邱二爺的養子細馬，是強烈的對照設計。杜小康憑恃自己的聰明才智和家中物質的支援，贏得「班長」尊榮。但因爲父親商船沉沒、養鴨計畫失敗，失去了入學的機會。先前傲慢自恃，令人討厭；失學後，隔河唱戲的他望著學校上課情景，令人鼻酸；可是陪著父親到蘆蕩區養鴨，蒼涼歸來的情景，又讓人盛讚他的堅強毅力。錯不在那孩子，當他潔淨的衣著失去，尊貴的氣息消逝，到底是承擔了誰的罪惡？

細馬，隻身來到油麻地，遇上了沒有親緣的邱二媽。邱二媽自己沒生孩子，卻喜歡孩子，只要有機會抱得別人的孩子，恨不得「據爲己有」。別人怕了，疏遠她，她抱不到孩子，把情緒轉變成嫌惡。而細馬的到來，就變成她的眼中釘！細馬當然想離開這個無情的地方，可是他半途折回，接受了洪水摧毀屋宇、邱二爺病逝、邱二媽精神恍惚的事實，願意留下來照顧家園。他到底揹負了誰的責任？

一個人作出不可理喻的行爲，他的背後一定有個很難對人說清楚的理由。書中人物因爲物質貧乏，價值觀不同，引發了許多不必要的傷害。曹叔叔是否要我們注意這樣的事實，送給我們生活藥方，要「多同情諒解，少誤會責難」？這個藥方，在書中不斷地出現。〈艾地〉一章，那驅蚊除穢的艾草，在秦老奶奶死後，被移植到墓前，孩子天天來澆水，終日散發著特有的香氣。最後一章的〈藥寮〉，治療桑桑脖子上的腫瘤。那溫煦的溫幼菊老師在小屋裡「煎藥」，其實是熬煉著「人間的溫情」。儘管日子過去了，離開童年居地，只要肯回想，那曾經做過的、做錯的、愛過的、恨過的，是不是就襲上了心頭？如果沒有那苦口良藥，人生又將如何的悲涼困頓？

在苦難與孤寂中騰升

香港教育學院中文系高級講師
霍玉英

培養孩子良好的閱讀習慣，優秀的作品是重要的。那麼，怎樣的作品才適合孩子閱讀？也許有人會提議選擇貼近兒童生活經驗的圖書。這似乎很有道理，但如果我們再問：什麼是兒童的生活？是兒童曾經的生活嗎？

人一生的經歷其實有限，在有限之年所扮演的角色也寥寥可數。然而，閱讀能擴闊我們的生活領域，只要投入書中人物，千百種人面，萬千個經歷，我們都能一一體驗。閱讀讓我們認識生活，懂得生活，也明白該怎樣生活。

傳世作品所寫的有當時當地的情事，但在今天而言，早已不是今時今地的形容。可是，這些作品至今還能感動人心，道理在哪裡？孩子喜歡閱讀童話，那誇張的想像是他們的真實生活嗎？孩子喜歡閱讀冒險小說，那險阻重重的遭遇是他們的實際經歷嗎？陌生的環境與生活而能深深牽動小讀者，讓他們樂而忘返的原因在哪裡？從無知而有所感受，由未知而有所體會，閱讀的可貴在此。

爲兒童選擇圖書，引導兒童深入探討作品，我們不必迷信於所謂的「生活」，因爲書中陌生的世界正開拓了孩子的天地，讓他們見到未見，知所未知。當然，全然陌生的情事不容易引發閱讀的興味，因此，在未見與未知中，必須存在人類永恆的感情。見可悲可憫事，心有戚戚然；見勇毅犧牲者，讚嘆不已，人類純粹的感情在此，崇高的情操在此。

今天，學者中或認爲以孩子的閱讀反應爲要，以作品的遊戲性爲宗。然而，當孩子還沒有成爲一位成熟、主動的學習者前，我們還須引導、培養他們成爲一位高質素的讀者。優秀的作品需要導讀，曹文軒的作品也不例外。《草房子》的背景鑲嵌在六〇年代的鄉村，跨越近半世紀的生存境況放諸當下，無論是成長於內地城市，或是生活在香港與台灣的孩子，也許難以引起主動閱讀的興趣。然而，孩子在師長精心的經營下深入作品，並在同理感受中，跟桑桑、杜小康、禿鶴、細馬與紙月一起經歷一次又一次的考驗與磨練，終而漸次成長。

曹文軒的作品從不諱言苦難，也不避談生活的磨練，《草房子》中的少年人無不在苦難中成長，在孤寂中騰升，表現人性中高尚的情操。禿鶴與細馬同遭友儕的戲謔與欺凌，在憤懣與不解中，兩個孩子只懂得以敵對、以報復拒抗一切。曹文軒抓住孩子的天眞與純淨，以生活、以考驗引發他們內在的眞誠與善良。在〈禿鶴〉與〈細馬〉兩章末處，曹文軒以動人的畫面透現了兩個純眞孩子的身影，並把希望的種子深植在讀者的心田，讓我們對孩子、對世界都充滿期盼：

> 純淨的月光照著大河，照著油麻地小學的師生們，也照著世界上一個最英俊的少年……

> 夕陽正將餘暉反射到天上，把站在磚堆頂上的細馬映成了一個細長條兒。餘暉與紅磚的顏色融在一起，將細馬染成濃濃的土紅色……

杜小康與桑桑所面對的生活與考驗最爲嚴峻。紅門之子經歷了家道中落的大轉折，他別無選擇地拒抗世界。然而，遼遠的蘆蕩，孤寂的天地，狂風大雨，孤獨憂傷……一切一切在折騰杜小康，也在育化杜小康。處身杳無人煙的蘆蕩，除卻孤寂，還是孤寂，杜小康就在孤寂與困苦中頓悟，明白必須面對苦難，迎向苦難，人才能生活。

桑桑的成長與啓悟來自與死神的搏鬥，溫幼菊那無詞的歌溫暖了病中的桑桑，而「別怕」兩字更讓他明白得好好掌握生活的分秒。桑桑不再撒野，他願意爲人、爲羊、爲牛、爲鴿子、爲麻雀做任何事，在他內心所騰升的是一種民胞物與的感情。成長後的桑桑，顯得更爲善良。

有人避談生活磨練，也諱言苦難。但我們當下所謂苦難到底是怎樣的苦難？是優裕的生活，讓我們變得脆弱，不堪一擊？是豐盈的物質教我們耽於逸樂，不思進取？再難承擔生活！今天的孩子缺乏了苦難的磨練，因而沒法建立堅忍堅毅的精神，當遇上苦難與窘境的一刻，便想到退縮與迴避，又或以欺瞞，讓自己活在虛假的世界裡。今天的孩子面對的雖不是禿鶴、桑桑、細馬與杜小康的外在困境，但當中衍生的情緒與困惑卻沒有兩樣。曹文軒文字之力不用贅言，而作品中所呈示的人性美與積極向上的精神，是當下孩子成長的一帖藥，苦而甘美。孩子能否嘗得苦澀後的甘美，師長適切的導引與導讀是不二法門。

曹文軒作品集

草房子

2010年6月初版　　定價：新臺幣280元
2023年10月初版第十三刷

著者	曹文軒
繪圖	李永平
叢書主編	黃惠鈴
叢書編輯	葉倩廷
美術設計	讀力設計
	陳巧玲

出版者	聯經出版事業股份有限公司
地址	新北市汐止區大同路一段369號1樓
叢書主編電話	(02)86925588轉5312
台北聯經書房	台北市新生南路三段94號
電話	(02)23620308
郵政劃撥帳戶第0100559-3號	
郵撥電話	(02)23620308
印刷者	世和印製企業有限公司
總經銷	聯合發行股份有限公司
發行所	新北市新店區寶橋路235巷6弄6號2F
電話	(02)29178022

副總編輯	陳逸華
總編輯	涂豐恩
總經理	陳芝宇
社長	羅國俊
發行人	林載爵

行政院新聞局出版事業登記證局版臺業字第0130號

本書如有缺頁，破損，倒裝請寄回台北聯經書房更換。　ISBN 978-957-08-3599-1 (平裝)
聯經網址 http://www.linkingbooks.com.tw
電子信箱 e-mail:linking@udngroup.com

國家圖書館出版品預行編目資料

草房子/曹文軒著．李永平繪圖．初版．新北市．聯經．
2010年6月（民99年）．360面．14.8×21公分．
（曹文軒作品集）
ISBN 978-957-08-3599-1（平裝）
[2023年10月初版第十三刷]

859.6 99005920